批評回帰宣言

安吾と漱石、そして江藤淳

先崎彰容
Senzaki Akinaka

ミネルヴァ書房

批評回帰宣言——安吾と漱石、そして江藤淳

目次

目　次

目次

批評回帰宣言——序に代えて

アイデンティティの政治

ここ数年、国外内で起きた出来事をみてみると、なにか「近代システム」全体の大転換の兆しがあるように思えてくる。新型コロナ禍にはじまり、プーチンによるウクライナ開戦、さらには安倍晋三元総理の暗殺事件が起きたことは記憶にあたらしい。まず新型コロナ禍は、一九九〇年代以降の日本が急速に巻き込まれたグローバル化の負の側面を顕在化させるものだった。ヒト・モノ・カネが国境を超えて自由に流動し、規制緩和のもと、競争は世界規模となった。国境を否定しつづけたこの傾向は、ウイルスの伝播《でんぱ》を前にひとたまりもなかった。グローバル化が無限の拡張を意味するとすれば、ウイルスは僕たちに今度は極端な収縮を強制してきたのである。

これが僕たちにとって問題だったのは、他者との交流を絶たれた部屋の中で、連日、マスコミが垂れ流す感染者数を聞かされつづけた点にある。日本列島は一種の缶詰部屋になり、一人で閉じ込められテレビからくりかえし数字を聞かされ、不安を煽《あお》られた。当時僕は、この状態を「感染症パワハラ」と名づけ、宗教の強制勧誘とおなじ心理状態に日本人が陥っていると指摘した。密室で暗示をかけられた個人は、負の妄想へと疾走してしまう。ウイルスが眼に見えないことが、根拠なき不安に拍車をかけた。僕たちは隣人を疑いの眼で眺めていたし、自粛警察というかたちで、個人的正義感にかられて飲食店を糾弾《きゅうだん》したり、SNS上でつるし上げたりした。テレビであれSNSであれ、情報によって僕たちの心は占領され、「共同幻想」(吉本隆明)に閉じ込められた。汚い、臭いといった最も生理的な差別意識へと誘い込まれていったのである。

またプーチンによるウクライナ侵攻は、東漸するNATOにたいするロシアの拒絶を意味している。『歴史のおわり』で冷戦崩壊を予言したことでしられるフランシス・フクヤマ(以下、著者名はすべて敬称略)によれば、プーチンが体現しているのは、二〇一〇年代に顕著となった「アイデンティティの政治」である。マルクスにはじまる二〇世紀までの政治が取りくむべき課題は、原則的に経済的格差をめぐるものだった。たとえばアメリカでは、左派は平等を重視し、労働者の保護と経済の再配分をもとめたし、一方の右派は徹底した個人の経済的自由を重んじ、政府の規制を緩和し、市場原理主義を徹底することをもとめた。前者が大きい政府を要請したとすれば、後者は小さい政府をめざした。そして一九九〇年代以降の世界は、グローバリゼーションの名のもとに、後者の市場競争で成り立ってきたのである。巨大な貧富の差を生みだしつつも、平成二〇(二〇〇八)年のリーマンショック以前までは、世界はグローバリゼーションを支持したし、その中心であるアメリカの政治スタイル、つまり自由民主主義を肯定しつづけてきた。

この状況が激変し、「アイデンティティの政治」が登場したのが、二〇一〇年代なのである。具体的には、政治の中心課題が経済的格差よりも、より根源的な情念をめぐる課題に変化したのだ。国家であれ個人であれ、「尊厳」が傷つけられていることへの怒り、他者からの承認欲求や屈辱感の除去こそが政治の論点にせりだしてきた。これまで労働者の保護をもとめてきた左派は、黒人や女性、LGBTQなどの弱者に焦点をあてる政治運動を開始した。一方で、市場原理主義と小さな政府を主張していた右派は、人種や宗教を重んじ、自国の伝統を脅かす移民排斥をもとめるようになったのである。昨今のアメリカで、ブラック・ライブズ・マター運動がおきたり、#me too 運動で女性の権利が声高に主張される背景には、アイデンティティをないがしろにされているという感情があり、尊厳回復の感情が政治運動を駆動する燃料になっているのである。

だからプーチンがもとめる「新しい世界秩序」も、ロシア国家の自己承認欲求から生じた「アイデンティティの政治」なのである。ロシアは大国として応分の場所をあたえられるべきであり、また習近平の中国が「屈辱の一〇〇年」を取り戻す焦燥に駆られているのも、おなじ理由からである。自由民主主義諸国とは相いれないこれらの国々にとって、GATTであれEUであれWTOであれ、欧米中心で構築されてきた政治経済秩序は、閉域にほかならない。

フクヤマの議論が面白いのは、こうした国際情勢の変化をアイデンティティという哲学概念で説明したことにあって、彼の定義によれば、「まずアイデンティティは、自分のなかの真の自己と、その内なる自己の価値や尊厳を十分に認めようとしない社会的ルールや規範から成り立つ外の世界のギャップから生まれる」。もちろん人類はながいあいだ、こうした葛藤を抱えてきたが、自己こそが絶対に正しく、外の世界が間違っていると糾弾するようになったのは、ルソーが登場し、独自の「内面」を発見した「近代」に特有の現象だというのである（以上、『IDENTITY』）。つまり、プーチンや習近平にはじまりLGBTQ運動にいたるまで、国から個人にいたる自己承認欲求は、国際社会や時代の通念にたいする違和感、いわば社会不適応の感覚なのであり、それが「近代システム」の打破をもとめているのだ。従来の欧米の価値観は閉ざされた世界であり、暴力――過激化したデモや戦争――に訴えてでも解放されたいと願っているのである。

暴力と絶対的自己表現

そしてわが国で酷暑《こくしょ》の最中、元総理が凶弾に倒れたことは、なにか白昼夢のような気分を現出したのだった。その日、研究室にいた僕は、書棚から急いで数冊の本と読書ノートを取り出した。必死に頁をめくりながら探していたのは、戦前のわが国のテロリズムにかんする研究ノートである。とりわけ思い出したのは、政治思想史家・橋川文三の「昭和超国家主義の諸相」という論文であった。この異様な情念に突き動かされて書かれた論文は、フョードル・ドストエフスキーまで参照しつつ、戦前のテロリストの心理を描いた作品である。橋川によれば、日本のテロリズムは二種類にわけられるという。明治初期のテロリズムは、政治青年による政治的主張を特徴とする。政治的とは具体的には、「天皇制国家原理」に思いを抱いた人物による、腐敗政治家や財閥の殺戮のためのテロリズムのことである。壮士風の彼らは、屈強《くっきょう》な体躯をもち、政治青年として暗殺も辞さない連中である。幕末志士の豪傑風のなごりをとどめた彼らは、公的な正義感を堂々と暴力で主張した。

だが橋川が注目したのは、第二のテロリストの方である。昭和初期に登場した第二の類型では、凶行におよんだ者たちは、総じて青白くナイーブな青年たちであった。学歴も高く、豪傑よりは大正教養主義の影響さえうけた多感な青年たちが、鋭敏な感受性で時代に疑問をいだく。あるいは繊細であるがゆえに、時代に馴染めず、社会的地位を失い、居場所を失ってゆく。そして今、注目すべきなのは、この昭和初期に特有の暴力性の方だと橋川はいうのである。橋川は次のように彼らの論理と心理を描いている――「テロリズムは（中略）人間存在のもっと奥深い衝動とひろく結びついた行動であり」、「人間という恐るべき生物が、絶対的な自己表現にかりたてられる場合に、しばしば選択する手段の一つといってよい。そして、人間が絶対の意識にとらえられやすい領域の一つが宗教であり、他の一つが政治であるとするなら、テロリズムは、その二つの領域に同時に相渉る行動様式の一つとみることもできるであろう」。

橋川の分析で重要なのは、人間はある瞬間に「絶対的な自己表現」に駆られるということである。人は自分の考えが正しいと考え、のめり込む場合がある。そしてその正しさを証明したい衝動に駆られ、行動にでようとする。自己という存在、その存在が抱く思想が「絶対に正しい」。すると人はその正しさを普遍的な価値だと思い込む。普遍的価値である以上、すべての人びとはその価値を受け入れ、ひれ伏さねばならない。従わない者がいれば暴力によって排除し、世界全体を自分色に染め上げねば気が済まなくなる。「絶対的な自己表現」とは、今日風にいえば、暴力をもちいた自己承認欲求る。

ということができるはずだ。そして宗教と政治こそ、全能感に人間を駆り立てる領域だというのであ

この橋川の洞察は、どこかフランシス・フクヤマの「アイデンティティの政治」を想起させる。社会の規範よりも「真の自己」を絶対視する政治の登場は、二〇一〇年代よりもずっとはやく、戦前日本のテロリストの心情に宿っていたのかもしれない。

以上の橋川とフクヤマの考察が、安倍晋三に銃口を向けた山上徹也の心情に、どこまで肉薄できているのかはわからない。だが確実なのは、山上が社会から落伍し、位置づけを失っていくなかで、次第に閉鎖領域に追い込まれたこと、しかしなお、何らかの存在意味を主張しようとして、暴力に訴えたということである。暴力のみが窒息しそうな世界に風穴をあけ、自由に呼吸することを可能にする。宗教と政治がテロを生みだす二大源泉である以上、政教分離という「近代システム」がうまく機能しないこと、追い詰められた者にとって、宗教と政治は暴力で結びつけることができることを証明してしまった。そして山上のやみがたい衝動が、人間の最も根源的な衝動に結びついている以上、個人だけでなく、国家が発動する暴力にも、おなじ動機がひそんでいるということができるはずだ。

つまり個人におけるテロという暴力は、国家であれば戦争を引き起こす。欧米諸国とロシアが激突しているのも、究極まで煮詰めれば、この「絶対的な自己表現」をめぐる死闘なのである。

「近代システム」とは「虚無」のことである

以上からわかるのは、今日、身近な他者との関係から国際社会にいたるまで、僕たちの周囲が「閉塞」しているという実感が渦巻いていることだ。そして閉塞感を打破するための手段が暴力的になっている。昨今の事件や出来事は、閉塞感のさまざまな表現なのである。僕が冒頭で、「近代システム」全体の大転換の時期にきていると感じたのも、このシステムが閉域と感じられる状況を説明したかったからである。

では、「閉塞」の根本原因とはなんなのだろうか。暴力を生み出す根源は、いったいどこにあるのか。「閉塞」という問題を考えるために、二冊の本を参照しよう。まずはテリー・イーグルトン『悪とはなにか』である。博覧強記でしられる、この英国スコットランド生まれの文藝批評家は、フロイトの精神分析やシェイクスピアの戯曲を題材に、人間の本性を暴きだそうとする。古典読解は、最終的には二〇世紀最大の悲劇であるナチスのユダヤ人虐殺を妖しい筆致で描きだし、その根源的原因をあきらかにすることに成功している。

たとえばイーグルトンは『マクベス』の中に登場する三人の魔女こそ、最も注目すべき存在だという。主人公のマクベスをはじめ、戯曲に登場する男性たちは、この世界を構成する秩序を象徴している。スコットランド王ダンカンの暗殺まで企てて王座を狙い、出世を願うマクベスは、社会秩序と善悪の基準を疑わず、その階段をひたすら駆け上がることだけに専念している。一方の魔女たちは、世界秩序そのものを嘲笑する存在である。定義や善悪を一笑にふし、「きれいはきたない、あるのは無い」と叫びながら、意味を自在に反転し、踊り狂う。逆説を弄し、マクベスの立身出世への願いを揶揄し、まじめさに冷水を浴びせかけるのだ。

魔女は両性具有な生き物であり、男女という境界線を壊す存在でもある。魔女たちが赤子の指先やイモリの眼、犬の舌やトカゲの足などを煮込んだ大鍋の周囲を踊るのは、前向きな存在を忌避するからだとイーグルトンはいう。

魔女から見ると、社会秩序の中でいきる人間は、時間に追いかけられた窮屈な存在だ。現状に満足できず、常に上昇志向で、さらなる成果に没頭している。その象徴であるマクベスは、野望に急き立てられているため、常に現状に満足できず、揺るぎない存在根拠を見いだせない。その不安は猜疑心を生んで、周囲の者を疑い、次々に暗殺していく。だが心が休まることはないのである――「そうだったのか、また不安の発作が襲いかかってくる、それさえうまくゆけば、もうこわいものなし、大理石の硬さに、巌の揺るぎなさ、万物を蔽う大気の伸びやかさ、それをこの身につけえたろうに、それが、またしても、息苦しい穴倉に閉じこめられ（中略）とめどない疑惑と恐怖の虜となって」。

このマクベスの姿を踊りながら嘲笑する魔女たちが、人間の本質を暴きだす。マクベスたちが疑いもしない社会秩序を嘲《あざわら》うことで、僕らが生の基盤としている善悪の基準が「虚無」に過ぎないこと、この世界には目標も野心も存在しないこと、明日の世界などどうでもよいことを魔女たちは暴露するのだ。さらに魔女たちの陽気に踊り狂うさまは、「道化」も象徴するだろう。

イーグルトンによれば、この魔女の「虚無」と「道化」こそ、人間の本質を読み解く決定的なカギなのである。僕たちは表面的な秩序の下に、つねに「虚無」を隠しもっている。そして虚無的な人間の特徴は、他人を否定することでしか自分の存在意義をつくりだすことができない点にある。僕たちは世間で、嫌みをいい、他者否定ばかりしゃべっているひねくれ者に出くわすことが頻繁にある。彼らがたいがい「毒舌」なのは、確固たる存在根拠がない自分が、「他人の自我を覆すことを演じるためだけに生きているのである」。確実な自我をもてない人間が、それでも自己主張しようとする。すると残されている唯一の方法は、他者否定によって自己確認することだけなのだ。

魔女はナチズムを生みだす

魔女が嘲笑すること、お道化てみせることは、日常をゆさぶる。僕らの常識に「亀裂」を入れて、新しい世界の見方を与えてくれる。だが他方で、魔女が虚無的な存在であることも忘れてはいけない。「虚無」が問題なのは、中身をもたない自分が、それでも「自分」であるために、他者否定をするからだ。

そして他者否定が徹底的になり、おぞましく政治化されたのが、ナチズムの大量虐殺だったとイーグルトンは主張するのである。民族の殲滅こそ究極の他者否定だからだ。つまり魔女がお道化ながら他者を揶揄し、まじめな雰囲気を壊すこと、これがもたらす弊害の最たるものが、病的なまでの虐殺なのである——「たしかに暴露は積極的な道化の一種である。それは、思いあがった連中の鼻をへし折りはするが、虚無的な世界へ危うく近づくことにもなる。（中略）そこで問題なのは、健全なる因習打破の行いが病的な冷やかしに限りなく近づいてしまうことだ」。

ここでイーグルトンは、きわめて重要な指摘をしている。主人公のマクベスは、出世街道を信じすぎるあまり、上昇を脅かす他人を常に疑い、暗殺をくり返し、心が休まるときがない。存在根拠の不在に悩み、常に現状に安堵できないからだ。しかし一方で、マクベスの上昇志向と不安を嘲笑し、お道化てみせる魔女にも問題があるのであって、過剰な暴露主義が、世界の「虚無」をあからさまにするとき、人は、他者を無化したいという欲望の渦に巻き込まれてしまうのだ。

ユダヤ人虐殺を考察したハンナ・アーレントは、虐殺の実行者は、狂人でも異常者でもないことを強調している。陳腐で滑稽ですらあり、殺戮になんの意味も感じない者によって、淡々とおこなわれたというのである。イーグルトンは、このアーレントの指摘を受けて、「死の衝動は、利害や価値や意味や合理性に対するあからさまな反逆である」と結論したのだった。

利害や価値や意味、合理性こそマクベスが追いかけている社会秩序のことである。一方で魔女の踊りはナチズムの虐殺とおなじであり、人間の死になど、なんの意味も価値もない。つまり人間は「虚無」だということを証明したのがナチズムだったのである。僕が「近代システム」の大転換といったのも、小説や精神分析のなかに普段は閉じ込められ、表に現れてこない「虚無」が、今、戦争などによって僕たちの眼の前に露出してきていると思うからだ。現代社会の「閉塞」の真の原因であり、プーチンや習近平が呑み込まれているものは、この「虚無」である。それは巨大な暴力性と隣接している。

以上のイーグルトンの人間洞察は、現代社会を読み解くうえで、きわめて示唆的だと思う。マクベスが生きる社会は、不安が連鎖する「近代システム」の象徴である。だがその閉域を壊すこと、因習を打破することは、そうたやすいことではない。魔女たちの道化が病的な冷やかしになれば、過剰な否定の連鎖に陥り、より凄惨な虐殺にもつながるからだ。

だとすれば、僕たちはどうやって「虚無」に立ち向かえばよいのだろうか。道化や現実暴露以外の方法で、「閉塞」から抜けだすことはできるのか。

ドストエフスキーの示唆

フクヤマは二〇一〇年代に登場した新たな政治運動の起源を、ルソーやヘーゲルの登場した時代にもとめ、「近代」的な現象だといっていた。イーグルトンはシェイクスピアの古典を題材に、二〇世紀最大の悲劇であるユダヤ人大虐殺の原因に肉薄していた。ここでもう一冊の古典的な書物に救いを求めたい。ドストエフスキー『地下室の手記』のことである。ドストエフスキーを取りあげるのは、ロシアが西欧に比べて後進地域だったからであり、そのロシアに「近代」的な価値観が流入した際のありさまが克明に描かれているからである。それは日本の近代のはじまりによく似ている。僕たちが「閉塞」と感じる「近代システム」にたいし、ロシアの知識人はどのような評価をくだしたのだろうか。

一八四八年に発表されたこの作品は、前年発表され、当時若者たちの間で評判を呼んだニコライ・チェルヌイシェーフスキイの小説『何をなすべきか』を意識し、批判するために書かれている。『何をなすべきか』については、批評家の東浩紀が、「ドストエフスキーの最後の主体」という作品で、現代社会を意識した卓越した解釈を加えている。まずはチェルヌイシェーフスキイの流行小説について最低限の内容を見ておこう。

主人公の若い女性ヴェーラは、理想の繊維工場をつくろうと考えている。その工場は委員会を組織し、民主的な議論に基づいて自治的に運営されている。共同住宅を借りて生活をともにし、平等性も保たれている。チェルヌイシェーフスキイは、工場設立の過程を描く中で、ヴェーラをさまざまな問題に直面させる。たとえば雨が降った場合、工場勤務の労働者たちは傘を必要とするが、ヴェーラは、工場が傘を一括大量購入し共有したほうが費用を抑えられ、福利厚生にもなると考える。ここにも労働者相互の自治意識と、共有の思想が称賛されていることがわかるであろう。東浩紀は、具体例が盛り込まれたこの小説の執筆の意図を、当時の若者たちへ向けた「運動と起業のマニュアル」として書いたのではないかと推測している。今風にいえば、女性ベンチャー起業家のためのハウツー本として読まれたのであり、シェアハウスで共同生活をしながら経営哲学を説く小説だと指摘するのである（「ドストエフスキーの最後の主体」）。

さらにこの小説は、一種独特な恋愛小説でもある。ヴェーラはペテルブルクの中産階級の家庭に育ち、父親の上司の息子と結婚させられそうになる。そこに医学生ロプーホフが現れ、駆け落ち同然の結婚をする。ところが、ロプーホフの友人キルサーノフと知り合った彼女は、浮気をしてしまう。すると夫であるロプーホフは自殺を装って姿を消し、渡米して奴隷解放運動に参加するのである。

奇妙に見えるのは、ロプーホフが嫉妬に狂うことなく、自ら身を引いてしまう点である。一方、夫を失ったヴェーラは絶望しつつもキルサーノフと再婚する。数年後、アメリカから帰国したロプーホフも別の女性と再婚し、互いの家族は久しぶりの再会を祝いあう。そして両家族は隣り合わせで暮らすのだ。この部分を描く意図は、彼ら彼女らが旧来の家族像に縛られないこと、自由な男女の共同をめざす姿を描きたいからだ。彼ら彼女らは徹頭徹尾、融和《ゆうわ》を重んじるのであり、人類が理想社会構築へむけて邁進《まいしん》する明るい未来像、すなわち「水晶宮」が現れてくるのである。

チェルヌイシェーフスキイが、工場経営であれ恋愛関係であれ、私的所有を拒否し、自治と共有を賛美していることは明確であろう。コミュニズムによる共同体を理想的に描きだそうとしたのだ。また「新しい人間」は、利益を平等にわかちあい、貧困問題を解決しようとする理性的な人間たちであって、男女関係すら共有しようとする。その結果、嫉妬も貧困も戦争もないユートピア世界、すなわち「水晶宮」が未来には待っているのだ——これが小説のあらすじである。

以上の主張に猛然と反抗したのが、『地下室の手記』なのである。ドストエフスキーは「新しい人間」像を受け入れることはもちろん、「水晶宮」と呼ばれる理想社会が、未来に出現することなど絶対にありえないと考えた。あってはならないとすら、考えたのである。現在でも、ユートピア的世界を子供の理想論に過ぎないと嘲笑する人は多いだろう。ではなぜ、ドストエフスキーの批判だけが、今日にまで残る独自性をもったのか。なぜ『何をなすべきか』はほとんど読まれなくなったのに、『地下室の手記』は古典となったのか。

それはドストエフスキーが最も正確に「近代的人間像」を描いたからである。

ドストエフスキーがまずやり玉に挙げたのは、善意の人、直情型の人間たちであり活動家たちだった。彼らは「行動」する人であり、合理的に物事を判断しようとする人たちである。人間は必ず理想を目指す存在だと信じていて、よい世界をつくるために動くことを疑わず、自然法則に沿った生き方をするという。

合理性と自然法則の重視は、現代風にいえばエビデンス主義者たちとおなじである。気候変動問題であれ、資本主義批判であれ、ＡＩやデータなどの科学的実証性にさえ依拠すれば、問題は顕在化し、社会はきっとよくなるという。「近代システム」が抱える諸問題は容易に乗り越えられるというわけである。

しかし彼らは、社会を構成する「人間」が、どう考え動くのかについては驚くほど素朴かつ無知なのである。たとえば現代の「水晶宮」を夢想する人たちは、会社にしばられない自在な働き方を提案するだろう。プライベートの充実だけではない、ボランティアやデモなどの政治活動に参加する余裕も生まれてくるだろう。しかし、この人間への洞察が、なんと単線的でやせ細っていることか。なんと美しく善意を信じ、しかし深みに欠けていることか。

それを指摘したのが、ドストエフスキーだった。なぜ彼らは、自分の正義感と理想社会の存在を「信じる」ことができるのか？　「そうだ、こう言えばよい。彼らは視野が狭いために、手近にある第二義的な原因を本源的な原因ととりちがえ、それでほかの人間より手っとり早く、簡単に、自分の行動の絶対不変の基礎が見つかったように思いこみ、そこでほっと安心してしまうのである」。

彼らは現代がどのような時代なのかを、深く洞察できていない。だからこそ簡単に悪の所在を見つけだしたと叫び、その悪を叩けば世界はよくなるのだ、その悪の所在を自分は知っているのだと「第二義的な原因」を「信じる」ことができるのである。世界の善悪の輪郭ははっきりしていて、自分たちは善の側にいるのだ。

だが一九世紀的人間、文明を生きる人間は、そんな簡単に物事を断定することができないとドストエフスキーはいうのである。彼がいう一九世紀的人間とは、「近代システム」を生きる人間という意味である。僕たちが閉じ込められていると考える世界は、ドストエフスキーが生きていた時代と地続きなのだ。

『地下室の手記』の主人公は、「自意識」にさいなまれた人間である。では自意識とは何だろうか。自意識とは、ある価値判断を下しても、すぐさまそれの反対命題が頭にひらめき、決定的な価値をもてない人のことを指す。「ぼくは意地悪どころか、結局、何者にもなれなかった——意地悪にも、お人好しにも、卑劣漢にも、正直者にも、英雄にも、虫けらにも」。

あるいは、「内攻した欲求不満のやり場のない毒素、永遠不変の決断を下したと思う間もなく、たちまち悔恨に責められねばならない、熱病にうかされたような不断の動揺——」。「不断の動揺」という言葉のうちに、「近代的人間像」がはっきりと描かれている。ドストエフスキーが描く人間は、きわめて屈折していて、何者にもなれないということは、目の前の社会問題にたいし、断定的な結論を下せないということだ。資本主義、超富裕層、先進国、新自由主義、東京電力、自民党……人はそれぞれ現代社会の諸悪の根源を名指しし、断定し、批判することで、はじめて「行動」することができる。反対像を叩くことはそのまま理想社会を描く自分への肯定につながる。

だがそうした行為一切ができないのが近代人なのだと、ドストエフスキーはいっているのである。自意識にさいなまれた人間は、一切の根拠をもてない人間である。空虚な心の中に、様々な価値観が入り乱れているのだ。その苦悩から逃れるために、主人公は社会関係を断ち、「意識の地下室」へとひきこもるのである。

チェルヌイシェーフスキイとドストエフスキーの対立は、現代社会を解明する手がかりを与えてくれる。先にイーグルトンが教えてくれたのは、マクベスの秩序をかき乱し、嘲笑する魔女たちが大虐殺の象徴にもなりうるということだった。つまり「近代システム」からの解放は容易ではなく、暴露や道化は暴力を生みだすかもしれないということである。

では「水晶宮」はどうだろうか。チェルヌイシェーフスキイが描く美しい共同体は、「近代システム」にたいする唯一の処方箋になるのだろうか。「水晶宮」に人びとは飛びつき、「虚無」と「閉塞」から抜けだせると思う者もいるだろう。だがドストエフスキーの眼には、別の世界が映っていた。

人を夢にむかう行動に駆り立て、連帯の渦に巻き込もうとすること、人びとを組織化し、動員すること、つまり人間の集団化は、ほかならぬ僕の個性を奪うのではないか。「水晶宮」とは、たとえば北朝鮮のマス・ゲームのような、整然と美しい独裁体制のいいかえではないのだろうか。こうして、

『地下室の手記』を世界文学に押しあげた、有名な一節が生まれる――「世界が破滅するのと、このぼくが茶を飲めなくなるのと、どっちを取るかって？　聞かしてやろうか、世界なんか破滅したって、ぼくがいつも茶を飲めれば、それでいいのさ」（傍点先崎）。

二一世紀も二〇年を過ぎた今、僕たちの社会の隅々にまで、「虚無」が浸透している。社会は細分化され、それぞれが各自の嗜好世界に閉じこもり、バラバラに砂粒化した「自意識」が、社会との接点を失い、内向した気分を持て余している。

コロナ禍がおわった今なお、世界は密室なのだ。

そして、だからこそ逆に、鬱屈を晴らすかのように、「水晶宮はある！」と断定する人間が登場してくる。不安の特効薬があると声高に叫び、自分の指さすほうを見よ！　そこには世界を破滅から救う一切の解決手段があるのだと主張する人物が登場する。

批評回帰宣言

今、必要なのは、批評である。求められているのは繊細でしかも躍動する言葉である。「虚無」に巻き込まれず、「水晶宮」のユートピアにも溺れない、しなやかな僕の個性が必要なのだ。

批評は、「近代システム」に違和感をもち、密着することを拒否しながら、それでもなお刻印される時代の証言である。するどい感受性は、時代や流行に必ず傷つけられるものだ。あるいはまた、若々しい頭脳は、ルールや権威を挑発したり嘲笑するものだ。その傷を叙情することを禁じることから、批評は出発せねばならない。意外かもしれないが、人間の弱さを描き、分析し、若さを過大に評価する態度から逃れることから批評ははじまる。強者には弱者を、中心には周縁を、権力には反権力を、という二項対立図式から離脱した場所に、批評の言葉は生まれると僕は思っている。なぜなら、いずれかの立場に立つことなど、できない時代になっているからだ。描くべきは、この居場所のなさ、不確実性に耐える言葉の立ち姿である。それは自由であると同時に、とても孤立した営みであり、いわば故郷を奪われていること、戻る場所をもたない自分を受け入れるために書くということである。いずれにせよ、遠い場所にいること、これが批評を書く際の出発点なのである。そして痛切に孤独であることを味わい、言葉の宝石を吟味し手にとったとき、その輝きが死者たちの日本語の堆積によって光を帯びていること、自分の言葉が自分以外の先人とのかかわりをもつことをしり、ようやく孤独は癒されていく。

たとえば、近代日本の批評家が取り組んできたのは、個性的な言葉をいかなる状況下でも確保しつづける営みであったといってよい。『共同幻想論』などの著作でしられる吉本隆明が、ベトナム戦争反対運動の盛りあがりを目にした際、大衆運動を認めなかったのは、その一例である。「アメリカ帝国主義反対！」の声を挙げ、権力者の横暴にたいし弱者の側に立ち反戦運動に参加すること。この一見して「正しい」行為を、吉本は認めなかった。なぜなら戦争体験を批評活動の原点にしていた吉本にとって、最も警戒すべきことは、人間が何かを信じ、絶対の正義を握りしめ、他者を糾弾することだったからだ。戦前の天皇万歳と、目の前のアメリカ帝国主義反対は、実はおなじなのであって、正義感に満ちた声で絶叫する人びとの顔つきに、吉本は違和感をいだいたのである。だから吉本にとっての「閉塞」とは、妄信する閉ざされた心なのだといってよい。戦争であれ反戦であれ、自分の正しさを信じきること、世界を善悪二元論で考えることを、吉本は拒絶したのだ。

講演「個体・家族・共同性としての人間」において、次のように吉本はいうだろう。「啓蒙家」と「思想家」の違いに注目しながら読んでほしい。

啓蒙家諸君というものと、思想家というものとはどこがちがうかといいますと、啓蒙家はあたうかぎり抽象的なマッスとしてかんがえられている抽象された大衆が、国家の共同幻想性の法的規範に黙って、つまり唯々諾々として服従している、だから啓蒙すればいいんだ、というふうに大衆を把握するわけです。しかし、われわれはそう把握しないので、大衆というものは沈黙の言語的意味性として存在し、それは国家の法的言語にいわば対峙しているというふうにかんがえます。だから、沈黙の意味性というものがさしだす一種の裂け目というのもを了解できるかできないかということが、いわば啓蒙家というものと思想家というものとを本質的にわかつ分岐点です。

「啓蒙家」も「思想家」も、社会の課題をわかっている。「近代システム」が「閉塞」していることをしっている。だが「啓蒙家」は時代を乗り越えるために大衆に注目し、それをマッス、すなわち一人ひとりの人間を抽象化して大量の群衆として取り扱い、ことば巧みに操れば、思うがまま動かすことができると考える。指導しうる量的な存在としてみている。しかしこれは政治運動のはじまりではないのだろうか。

たいする「思想家」とは吉本自身のことを指していて、大衆を地道な生活者としてとらえる。日常的な生活感覚がとらえる違和感を「沈黙の意味性」ということばで定義し、閉ざされた空間に「裂け目」が生まれる場所だといっているのである。

吉本の「裂け目」を、「外部」や「意味という病」ということばで、指示したのが柄谷行人である。柄谷はイーグルトン同様に『マクベス』を論じた文章のなかで、悲劇には、ギリシア悲劇と近代西欧の悲劇の二種類があるといっている。柄谷によれば、近代西欧の悲劇はギリシア悲劇とはまったく性格を異にする。なぜなら、その代表例であるキリスト教悲劇のばあい、劇中の悲惨や不幸などは、最終的にはかならずより大きな善に回収され、ハッピーエンドで終わるからである。一方のギリシア悲劇本来の姿とは、あらゆる意味づけを拒絶して、究極的な不正と不条理があることをしめす。かくしてキリスト教悲劇の特徴、「それは『意味づけること』の悲劇である。この意味に憑かれるという病は、『近代』からはじまったのではなく、むしろ『近代』を生みだしたのである」。ここで柄谷が否定的にいう「意味」とは、固定された概念や方向性のことである。自己同一性といいかえてもよいし、もっとわかりやすく「○○らしさ」にがんじがらめにされるとしてもよい。先の例でいえばマクベスの出世主義であり、それを拒絶し、ズラし、不条理を露出させるのが魔女に相当する。ギリシア悲劇は魔女のように秩序や常識を攪乱したままで閉幕する。しかしキリスト教悲劇にはそれができない。

最後には必ず救済と幸福がやってくる、つまりマクベスのように出世のために、スコットランド王になるために、などの生きる「意味」を与えてしまうのだ。柄谷が「意味という病」という概念でキリスト教悲劇を否定的に評価していることはあきらかだろう。人間は「らしさ」になど縛られない、もっと過剰で錯乱した何者かだというわけだ。だから柄谷は、魔女の立場に立つことで「近代システム」を超克しようとしている。魔女の言葉、「きれいは穢い、穢いはきれい」とは、意味を反転し拒絶することにほかならないからだ。以後、柄谷が『探究 I』で展開した他者論もおなじ問題を取り扱っているのであって、次の引用は、言語と、それを操る人間同士の常識をゆさぶる、魔女柄谷の考えをよく示している。

言語が本来対話的であり、他者に向けられているというバフチンの主張でさえも、今やそれだけでは不十分である。ヴィトゲンシュタインは、《他者》を、「われわれの言語を理解しない者、たとえば外国人」とみなしている。むろん、それは子供であっても動物であってもかまわない。肝心なのは、「話す＝聴く主体」における、「意味していること」の内的確実性をうしなわせることであり、それを無根拠な危うさのなかに追いこむことなのだから。（中略）われわれが社会的・実践的とよぶものは、いいかえれば、この無根拠的な危うさにかかわっている。そして、われわれが《他者》とよぶものは、コミュニケーション・交換におけるこの危うさを露出させるような他者でなければならない。

難解にみえる論理構造は、意外なほど単純である。バフチンは人同士が発する言葉を「対話的」だと考えている。そこでは、自己と他者の間に、共有できるルールがあるという前提から出発している。日本人同士が会話できるのは、日本語を共有しているからだ。だがこの微温的で安心感にみちた対話を破砕したい。もっと対人関係が危険に満ち、あやうく、ヒリヒリするのが《他者》ではないのか。得体のしれない存在、いつもこちら側の常識を超えてくる忌まわしい者、それが《他者》ではないのか。

柄谷によればここで参考になるのが、ヴィトゲンシュタインの言語論である。ヴィトゲンシュタインにとって、会話する《他者》は、外国人であり、子供である。彼らには共有できるルールがない。手探りで前進する恐怖に直面すること、これが会話なのだ。この事実に驚く時、僕たちは魔女になっている。ルールや秩序が通用しない場面を演出しようとしているのだから。「意味していること」の「確実性をうしなわせる」こと、「無根拠な危うさ」を求めてやまない柄谷は、魔女の側に立ちたいと願っている。そしてこうした一連の運動を、「外部」という概念で強調したのである。

だが、柄谷の「外部」とは実際、何なのだろうか。「わたしは批評を書く人間だが、批評の本質は考えることの裸形に届くことだと思っている」。このような書きだしではじまる加藤典洋の評論『日本という身体』は、丸山眞男から柄谷行人まで、日本という共同体を閉域だと批判し、そこから外にでようとする試みはことごとく失敗してきたとみなす。

たとえば加藤によれば、西洋の模範的にみえる人権思想の根底にも「私利私欲」があるという。理念的公共心を背後で支えているのは、「私」に対するエゴイスティックな関心なのである。こうした身体的な感覚を隠蔽し、あるいは排除し、主体性を「構築」しようとしたのが丸山眞男であった。丸山が、江戸期の儒学者・荻生徂徠を肯定し、国学者・本居宣長を批判したのは前者が「構築」主義者であり後者が「自然」を強調したからにほかならない。徂徠のばあい、古代の聖人が「作為」することで共同体は成り立つといったが、これが社会契約論を想起させ、近代政治思想の発見をイメージさせる。たいする宣長は共同体を「おのずから」生成するとみなしていて、人間の意思が介在することを認めない。

加藤によれば、丸山＝徂徠の「作為」でも、柄谷の「外部」でも、日本という共同体からの脱出は成功しない。僕たちの身体感覚、考えることとの「裸形」から外れているからだ。したがって加藤が取ろうとした立場は、「近代システム」を否定するのではなく、徹底的にその世界に没入することだった。「近代システム」とは具体的には、資本主義のことであり、飽くなき私利私欲《エゴイズム》を追求することである。僕たちにとって自然な感覚をまず受け入れ、私利私欲に溺れた先に、そこで生じる違和感を元手に、外にでるきっかけをつかむこと——加藤が「裸形」と呼んだものこそ、吉本の「裂け目」のことなのである。

吉本の「裂け目」と柄谷の「外部」そして加藤の「裸形」。

今日、現代思想の入門書を読めばすぐにわかるように、共同体・資本主義・自己同一性・天皇制、なんでもよいが「閉塞」からの脱出願望の言葉は、書店に溢れている。だが、こうした凡百の流行は書籍の売り上げというかたちで資本主義を強化するだけのことである。そのとき、僕に最も説得力をもって迫ってくる言葉は、柄谷や加藤ではなく、むしろ吉本隆明だった。吉本の言葉だけが、批評の言葉になっていると思えたのである。

なぜか。それは僕には吉本が「裂け目」を求める必然性がわかるからだ。吉本だけがなぜ共同体をズラしたいのかの切実な理由を説明している。その理由は、極めて個人的な感覚に由来しながら、しかも日本人総体に共有できるだけの問いの開放性、ひろがりをもっている。そのひろがりが、僕の心を爽快《そうかい》にしてくれる。

吉本は、戦争体験の渦中で、一度は徹底的に天皇制を「信じた」。その体験の先に、「何かを信じ切った人間が、自分自身を疑うことは可能か」という問いをつかんだのである。その「信じる」ことをめぐる、壮絶な精神のドラマを吉本は追いかけつづけ、言葉を紡いだ。天皇制を越えて資本主義・自己同一性など、より普遍的な問題へと問いを開いていった。

こうした言葉だけが、僕を、批評の必要性へとうながす。SNSの閉鎖空間であれ、プーチンの国際秩序への窒息感であれ、山上を襲う自己承認欲求もまた、僕らが閉ざされた「近代システム」にいることの困難を教えてくれる。そこからの脱出方法は、『マクベス』の魔女でもないし、ナチズムの暴力でもない。『地下室の手記』の「水晶宮」でもない。だとすれば、日本の批評のなかから、手探りで現代をつかみなおし、開放的な言葉をつくりださねばならない。

「批評回帰宣言」とは、日本語を携《たずさ》え、どこまでも広い世界を目指して歩みはじめる旅の始まりにほかならない。

参考文献

東浩紀「ドストエフスキーの最後の主体」『ゲンロン　0　観光客の哲学』所収。トランスビュー、二〇一七年
加藤典洋『増補　日本という身体』河出文庫、二〇〇九年
柄谷行人「マクベス論」『意味という病』所収。講談社文芸文庫、一九八九年
柄谷行人『探究　Ⅰ』講談社学術文庫、一九九二年
橋川文三「昭和超国家主義の諸相」『橋川文三著作集　5』所収。筑摩書房、一九八五年
吉本隆明「個体・家族・共同性としての人間」『吉本隆明前著作集　14』所収。勁草書房、一九七二年
ウィリアム・シェイクスピア『マクベス』新潮文庫、二〇一〇年
テリー・イーグルトン『悪とはなにか』ビジネス社、二〇一七年
チェルヌイシェーフスキイ『何をなすべきか』上・下、岩波文庫、一九七八年
フョードル・ドストエフスキー『地下室の手記』新潮文庫、二〇〇三年
フランシス・フクヤマ『IDENTITY（アイデンティティ）——尊厳の欲求と憤りの政治』朝日新聞出版、二〇一九年

第Ⅰ部　戦争と人間

第一章　天皇と人間――坂口安吾と和辻哲郎

1　天皇は、美しすぎる

和辻哲郎の戦後

天皇について何ごとかを語ろうとするとき、僕たちはまったく身動きが取れないことに気がつく。天皇その人が、あまりにも多くの事柄を要求されているからだ。天皇は一度たりとも皇統を絶やしてはならず伝統を背負わねばならず、だが政治に関与してはならない。またときに、天皇は国民の意思を映しだす鏡であり、ルソーの「一般意思」を思わせるが、一方で単なる政治的道具として為政者に都合よく利用されただけだと馬鹿にされもする。どうして天皇は「人間」になってしまったのかと詰《きつ》問《もん》されるだけでなく、天皇制はどんどん形骸化しているのであり、すみやかにこの国から退場して欲しいと非難される。

天皇は、ふつうの人なら気を失ってしまうくらい、見られ、そして求められる。だが夥《おびただ》しい要求のむこうで、天皇その人と天皇をめぐる制度はあい変わらず朦朧《もうろう》としたままである。誰もが実は手探りで天皇をかたり、何ごとかを求めている。だが実際のところ、僕らは何を手がかりに天皇をかたりはじめればよいのだろうか。

敗戦直後にまで戻ってみよう。昭和二〇年代のことである。天皇をめぐる二つの発言が登場する。それは戦争の影を色濃く落としているにもかかわらず、現在の僕たちにまで届く射程をもつ言葉である。もっとも典型的な天皇評価だと思うので、まずは引用してみる。

> わたくしはこの天皇の伝統的権威が、日本の歴史を貫ぬいて存する事実だと考えるのである。それは天皇が国民の全体性を表現するがゆえに生じた権威であって、国法の定めによりはじめて成立するのではない。それは厳密な意味での国家の成立に先立って存し、また国家の統一が失われた時にも存続した。（和辻哲郎『佐々木博士の教示について』、傍点和辻）

> いまだに代議士諸公は天皇制について皇室の尊厳などと馬鹿げきったことを言い、大騒ぎをしている。天皇制というものは日本歴史を貫く一つの制度であったけれども、天皇の尊厳というものは常に利用者の道具にすぎず、真に実在したためしはなかった。（坂口安吾『続堕落論』）

二つの天皇イメージは驚くほどかけ離れている。戦後の象徴天皇制をかたる際、かならず参照されるのが、和辻哲郎の天皇論である。和辻はここで、天皇とは国民全体性の表現者であり、その伝統的権威は、法治国家の成立に先立つ歴史をもつものだといった。天皇は、政治体制とは無縁の起源をもつ古い存在にほかならず、たとえ国家の政治的統一が失われたときでも連綿とつづく共同性の象徴、つまり文化的な存在だともいっている。ここで政体と文化概念としての天皇を峻別し、国家成立以前の伝統を強調するのは、敗戦による憲法改正が、単なる政体の改編にすぎず、「尊皇思想」の連続性をいささかも傷つけるものではないことを擁護するためだったに違いない。実際、憲法学者の佐々木惣一との間で象徴天皇論争を展開した際、佐々木が日本国憲法により天皇主権から国民主権へと変更が起きたとみなし、国体は変更したと主張したのにたいし、和辻は反対の論陣を張った。和辻によれば、佐々木の議論は、天皇の役割を「統治権の総覧者」にのみ限定している。しかし天皇とは、国家成立以前からの「国民全体性の表現者」なのであり、敗戦でもその役割にいささかの変更も起きていないのである。

ところで和辻哲郎は、大正・昭和期を代表する倫理学者である。『存在と時間』の哲学者・ハイデガーと、『我が闘争』のヒトラーとおなじ明治二二（一八八九）年の生まれである。和辻の学問的業績は、大きく三つに分類できる。第一に『古寺巡礼』や『日本精神史研究』、さらに晩年の『桂離宮』にいたる日本文化史研究を挙げることができる。第二に、「和辻倫理学」と呼ばれる、西洋哲学を吸収した壮大な原理論と、その歴史的具体化である『日本倫理思想史』研究である。いかにも倫理学者らしく、「人間」という言葉を言語哲学的に分析して、僕らが「人と人との間柄」を生きる存在、「実践的行為的連関」なのだと定義した。そして第三に、『国民統合の象徴』などの著作にみられる、時事論である。和辻の一連の天皇論は、この三つの業績すべてにかかわりがある。なぜなら天皇に注目することは、日本文化への興味にほかならず、また日本人の生き方に深いかかわりをもつ以上、『日本倫理思想史』は、天皇と国民の歴史に多くの紙幅を割いているからである。そして稀有な戦争体験が、戦後の象徴天皇論争へと和辻を導いていった。

和辻哲郎が描く壮大かつ独特な、日本史観を見てみよう。和辻は日本史を、天皇と武士の時代に区分する。基調をなすのは天皇であり、日本人の全体性の表現者として文化的な役割を担いつづけてきたとみなす。その途中、いわば逸脱として武家政権の時代があったと考える。興味深いのは、和辻が日本歴史を倫理学の観点から考察したことで、武家政権時代の人間関係の特徴と、天皇と国民のそれがまったく異なると指摘した点にある。

人間関係のちがいについて、より具体的に見てみよう。

和辻は織田信長や『葉隠』を除けば原則的に武士道ぎらいであり、天皇好きである。それは大化の改新以降の歴史への独自の解釈と評価をみればあきらかだ。大化の改新による律令制度の創設は、土地国有制度つまり一種の国家社会主義政策であって、班田収授法などは、とりわけすばらしいと和辻は評価している。ところが、土地の国有化は生産の停滞をもたらしてしまう。そこで政府が導入を許した私有制度が庄園である。庄園とは政府公認の自由市場という矛盾した制度であって、要するに政府の支配が及ばない無法地帯が国内にまだら状に生まれ、各々の土地は独自の秩序を自前でつくりだしていた。その庄園を自分たちの手で守るための自警団が、武士の登場を促したわけである。

武士団は自らの土地をめぐる小さな世界で武力を背景に、主君と部下のあいだに情誼的関係を交わす。これが封建的主従関係という倫理観である。その特徴は面と向かいあった人間同士で交わされる情に満ち溢れた人間関係を理想とみなすものだ。和辻の理解によれば、この武士団に特有の濃密な対人関係を武家政権時代だけでなく、その後の天皇と国民のあいだにまで適用したのが、ずっと時代をくだった明治憲法下の日本ということになる。「忠君愛国」思想とも呼ばれる結びつきを強調しすぎた明治憲法の時代を和辻は嫌った。武家政権以来、戦前の明治憲法体制下までつづいた忠君愛国の濃密な倫理観は、本来の天皇のあり方からの逸脱であり、明確に誤りだったと和辻はいう。

では、本来の天皇と国民の関係とは何なのか。それは武士道以前の、大化の改新のころにあった天皇と国民の関係である。したがって、敗戦による明治憲法から日本国憲法への政体の変化は、武士道から本来の天皇と国民の関係を奪還するチャンスであり、この度の象徴天皇制こそ、日本の歴史につらなる理想のかたちなのだ。和辻は戦前と戦後の「断絶」を強調し、戦後をはるか以前からの文化的伝統のなかに位置づけなおして見せたのだ。

だがこうした独自の天皇論を戦前から主張し、戦後も一貫しつづけた和辻は、批判の矢面に立たされる。天皇みずからが神格化を否定した、いわゆる「人間宣言」がでたのは昭和二一（一九四六）年正月のことである。中国共産党の本拠地から、野坂参三が帰国し、戦前は弾圧されていた日本共産党が復活をとげるのも、おなじころのことである。和辻など戦前の右翼学者の典型だという雰囲気ができあがりつつあった。さらにＧＨＱによる憲法改正が日程に登りはじめると、憲法問題は天皇制廃止論とリンクし、人びとの意識のうえに「天皇」が浮上してきた。新憲法の公布が一一月三日、施行は翌二二（一九四七）年五月のことである。
恐ろしいスピードで、この国のかたちが変化してゆく政治の季節のはじまりだった。

坂口安吾・吉本隆明という系譜

ところで、たとえば坂口安吾が和辻の発言を聞いていたら、武士道も象徴天皇制もおなじこと、天皇に尊厳などありはしないというだろう。つねに政治的理由によってその存在を認められてきたにすぎないのであって、「ただの人間になるところから真実の天皇の歴史が始まるのかも知れない」（『堕落論』）。安吾はさらに、何より伝統などという言葉は、胡散臭く黴臭い代物としか思えなかった。安吾はいい放つ、「京都や奈良の古い寺がみんな焼けても、日本の伝統は微動もしない。（中略）必要ならば、新らたに造ればいいのである。バラックで、結構だ」（『日本文化私観』）。これはまるで、若き日に『古寺巡礼』を書き、戦後の古寺巡礼ブームをつくった和辻への、挑戦状のような文章である。戦後の混乱が終息すると、和辻の思索は大正教養主義の豊かさが評価され、最も穏健な保守リベラリストとして時代に迎えられた。たいする安吾の投げつけるような伝統批判の文体に共鳴する論客も数多い。天皇制などは早晩形骸化し消滅すべきなのだと大きく頷く者までてくることになる。両者の人気は拮抗《きっこう》してゆく。

ここでは、安吾の立場にたつ天皇批判が、僕たちの日本語を豊かにも、その逆に貧しいものにもすることを証明しておこう。天皇批判の可能性と危険性を見定めておきたいのである。まずは日本国憲法と象徴天皇制との関係を例にとろう。日本政治思想史が専門の坂本多加雄は、日本国憲法はほんとうに孤独で不幸な憲法であるといっている。ふつう護憲派と改憲派の対立は、憲法第九条の戦争放棄と平和主義をめぐって争われる。昨今しきりに話題となった集団的自衛権の行使容認の是非も、九条の解釈をめぐる問題だし、とうぜん護憲派ならば、九条を死守し行使容認反対の立場をとるだろう。

ところが、その護憲派の人たちは、憲法第一条を読み始めると、国民主権の部分だけを強調して、象徴天皇の一文には苦虫を噛み潰す。つまり改憲派になるというのである。たとえば、民俗学者の赤坂憲雄は次のように書いている——「ところで、憲法条文の、天皇の地位は〝主権の存する日本国民の総意に基づく〟という一節は、ごく素直に読むかぎりにおいて、主権を有する国民の共同の（または多数者の）意志が、たとえば天皇制の廃止を選択する、といった非常の事態の生じる可能性を除外していない」（『象徴天皇という物語』）。

坂本が注目しているのは、平和を愛し、国民主権をもとめる赤坂タイプの人びとが、一転して象徴天皇を嫌い反対する結果、だれひとり「真の護憲派」がいないということである。彼らの天皇制批判の背景には、君主制打倒をかかげたフランス革命の影響があるはずだと坂本は推測している。日本国憲法は天皇がいるばかりに、全文を肯定してくれる人がいないのだ。だから孤独で不幸というわけである。

吉本隆明との対談集『天皇制の基層』の赤坂の発言は、天皇批判の典型的事例である。たとえば赤坂のばあい、天皇制を否定し無化することが、あらかじめ目標設定されている。天皇制を破砕すれば、その奥に、数千年の天皇制以前の日本人があらわれる。「源日本人」が顔をだすのである。つまり清く正しい世界が、天皇制さえ突き破れば源流の清水のように噴出してくるわけだ。戦後の象徴天皇制もまた、「形骸化とか消滅の方向へ向かうひとつの中間的な過渡的なプロセス」なのであって、到底、和辻哲郎の戦後天皇論など擁護することはできない。

こうした天皇批判の背景には、おそらく次のような論理がある。天皇が稲作の主宰者であり、稲作以降の定住し土地を耕す生き方を支える存在だとするならば、天皇以降の歴史は「近代」だともいえる。この「近代システム」の閉域から離脱したい。「近代の超克」をめざす姿が、赤坂の発言を魅力的なものにしているのだ。漱石が、明治以降の近代化に違和を唱え、神経衰弱になったことは有名である。また岡倉天心が「東洋の理想」を掲げ、アジアの連帯を主張したのは、西洋近代への対抗のためだった。さらに和辻哲郎の大著『倫理学』も、その冒頭を近代個人主義批判から始めているのである。だから「近代システム」から離脱することは、批評家であるための必要条件であり、赤坂もまたこの系譜にある。

だがそもそも、人間に「源」つまり羊水に抱かれたような本来的な自己など、あるのだろうか。赤坂と吉本の対談は、次第に議論がかみ合わなくなる。天皇批判の告白を聞かされた吉本隆明は、対談の席上、違和感を表明し赤坂を困惑させる。天皇批判で共闘できると思い込んでいたはずの二人に、何か決定的なちがいがあるからだ。吉本の天皇批判には、次のような論理があった。

精神的な絶対帰依の対象はすでに日本列島に存在していて、それを天皇、あるいは天皇制というものが、どういうかたちで天皇信仰にまで集約したかという問題になるわけです。（中略）僕は天皇制の議論は天皇制の問題に終わるという論議の仕方自体をモチーフとしてもっていません。

（『天皇制の基層』）

赤坂が最初から天皇批判という前提をもち、その先に、「近代」で失われた世界の恢復を夢想している限り、吉本との差異は埋まらない。天皇制が嫌いだという信念の吐露しか聞こえてこないからだ。赤坂は何かを「信じて」いる限りにおいて、天皇絶対帰依の人と何も変わらない。「近代システム」からの離脱の試みは天皇の周囲で堂々巡りをくり返し、開かれることはない。たいする吉本にとって、天皇制それ自体は自分の問題関心のひとつにすぎない。問題は、戦争体験をテコに掴みだしてきた人間の宿命の発見にある。驚くべきことに、吉本は天皇制をダシにして、縄文時代の人びととおなじ問題に直面しているのだ。もちろん縄文時代には天皇制は存在しなかった。しかし彼等のなかにも「信仰に心を鷲づかみにされる人間とは何か」という問いは発見できるし、事実、生きてもいたはずである。吉本は天皇をはるかに超えた時間の尺度から日本の歴史を眺めて、次のようにいう——「天皇信仰の根本的な問題は、現人神信仰が縄文時代から日本列島に存在していることが基本になるわけです」（『天皇制の基層』）。

つまり戦時中、日本人が天皇への絶対的忠誠に心を鷲づかみにされた経験があることを、吉本は認めている。だがそれは戦時中だけではないのだ。遡れば天皇制の成立以前から存在する人間の宿命のようなもの、何かに没入し、信じこんでしまい、そこから抜けだすことが困難だという事実を直視している。そのうえで吉本は、転落した穴倉からどのような方法で脱出するかという問題をえぐりだしてくる。赤坂と吉本隆明という二人の天皇制否定論者には、二重三重の問いの立て方の違いがあって、その違いは、批評とは何かという根本問題へと僕らを誘う。

僕らが「近代」批判をする際、慎重に避けなければならないのは、素朴な正義観に寄りかかり、自分だけでは醒めた冷静な判断ができると思うことだ。天皇制が悪であるとすれば、それとは違う空間に恐らく善的世界はあるのであって、それを「源日本人」と名づけ、称揚する。つまりこの世に正義は存在するのであって、自分と「源日本人」はその正しさの起点なのだろう。それが如何に誠実な「近代の超克」の方法論であり、天皇制というシステムからの脱出を意図したとしても、善悪で明確に世界を腑分けし、自分は善の側にいると「信じて」いる限り、彼の言葉は閉鎖的になってしまう。つまり天皇制の中にとじこめられていると批判し、そのシステムをこわしたいといっているにもかかわらず、批判したとうの相手とおなじなのである。

もっと常識に立ちかえろう。日常生活で僕らは少しも天皇のことなど考えていない。子供を保育園につれていくために自転車をこいでいる母親にとって、天皇などどうでもよいはずである。だからもし、民俗学者と批評家によるこの対談が、天皇制批判に終始しているとすれば、僕らは読む必要性など感じない。

吉本は天皇批判とおなじくらい、こうした正義観にも興味がなかった。戦争体験であらゆる善悪の秩序の天変地異を目撃した吉本は、この世がそう容易に善悪で腑分けできるなどと思っていない。一つだけ確かなのは、人間が比較的容易に何ごとかを信じ帰依してしまうことだけだ。正義の御旗の側に立ちやすい人間への驚きに吉本は心を鷲づかみにされたのである。その秘密を解くカギが、天皇制だということにすぎない。天皇から人間の宿命をつかみだすことが出来る限りで、吉本は天皇に惹かれたのだ。

一切の善悪と正義をギロチンにかけながら語る、吉本の天皇論に、僕らは真の意味での開かれた言葉を聞き、身近に感じて興味を掻き立てられる。吉本が他ならぬ人間の宿命につかまれ、何かを信じ切ってしまうことの恐ろしさについて語り始める時、自転車に乗っていた母親は足を止めて聞き入る。会社の上司の独善的な断定に悩んでいるからだ。あるいは持論を正義であるかのようにしゃべり散らす自己陶酔型のママ友たちに、日々うんざりしているからだ。こうした日常性に突き刺さる論点を吉本が抉りだす手つきに、母親は驚き足を止めているのだ。

この時、僕らはこの国で最も良質な「批評」に出会っている。批評とは、僕らの度肝を抜くくらい「身近な」議論であり、にもかかわらず日常の前提を破砕する起爆力をもつ。不思議の国のアリスよろしく、言葉を夢中で追いかけて、日常から真っ逆さまに落っこちる。そのときだ、僕らが批評に出会っているのは。批評とは、穴蔵へ落っこちて尻餅をつきながら放つ言葉の強度のことであって、近代を反近代で超克するといった、無気力な営みとは別の「行為」なのである。文藝批評が死んだとか、高踏的で売れないといった酒場でよく聞く嘆きを、僕はぜったいに信じない。簡単なことなのだ。自転車に乗った母親が立ち止まる問いを、これまでの文藝批評が棄てて顧みなかっただけである。

はなしを戻そう。坂口安吾と和辻哲郎は、この意味で十分に批評的である。あるいは彼等の化学反応が、批評を生みだすことを可能にする。彼らは軽々と「天皇」からはみ出し、「人間」へとむかっていく。たしかに敗戦直後に書かれた二つの天皇像は、真っ向から対立している。そして結局、今日に至るまで、天皇制にのみ興味をもち、善悪のレッテルを張りあっている議論は、和辻と安吾のそれを一歩もでていない。しょせん天皇など政治的に利用されたにすぎない、だからいらないという立場と、それを超えた神聖性と伝統を探ろうとして文献の森のなかを逍遥《しょうよう》する立場と。

改めて、僕らにとって天皇とは何者なのだろうか。あるいは天皇を語っている自分は、どんな顔つきをしており、どのような存在なのか。そもそも僕ら人間とは、いったい何者なのだろう。そんな基本的なことすらしらないまま、天皇について語っている。こうしたわけしり顔の論者の饒舌《じょうぜつ》な自己信念の表明や、偽装された実証主義の権威を、全的に疑うことからはじめなければならない。むしろ次のよう身振りで、問うことからはじめるべきではないか。和辻はどうして、天皇や伝統が必要だといい募ったのか。なのに、安吾はなぜ天皇制を危険だといったのか？――つまり日本という身体に、天皇は良薬なのか劇薬にすぎないのか、と問うべきなのだ。これはとても明快な問いの立て方だ。僕らの周囲には、情緒的な賛否と、その逆の論理でグルグル巻きにされた実証主義の天皇論で溢れている。これではあまりに複雑にすぎる。僕は日本国を左右する天皇という問題について、感情の好悪から出発することを好まない。ましてや天皇という古酒に酩酊することも。

坂口安吾がいた「場所」

まずは坂口安吾に寄り添おう。

苦悩のはてに、二〇歳を過ぎてから東洋大学でインド哲学に入門した安吾は、昭和二一（一九四六）年、立てつづけに発表した『堕落論』と『白痴』が熱狂的に受け入れられ、一躍、流行作家になった。するとその重荷に耐えられず大量の薬物とアルコールを服用しはじめる。ときに反狂乱となるなかで多くの作品は世に送りだされた。あまりにも敏感な感受性をもった作家は、身近なものの死と、夥しい死者を生んだ時代に傷つき、とても正直に病んだのである。死の匂いを全身いっぱいに浴びて、作品を生むことを強いられた結果、安吾の言葉は途方もない透明感をもった。

それはまるで時代中毒そのものであった。『堕落論』や『続堕落論』、『風と光と二十の私と』「帝銀事件を論ず」などの珠玉の評論・小説群は、アドルム中毒によるうつ病のなかで書かれている。戦争時代は当然のこと、眼の前にある戦後社会も嘘臭くて仕方ないと安吾は思っている。周囲の人びとは、戦争というから戦争だと思い、終戦だといわれれば、そうか終戦かと頷《うなず》いていた。今日から民主主義の時代だといわれれば、そんなものかと思い、戸惑いつつも隣人と顔を見合わせ表へでて、新しい時代の到来を日の丸を振って歓迎している。要するに人びとは、観念が変われば瞬時に世界も変わると考えていて、民主主義という観念の斧を振りかざせば前の時代とのつながりを絶てると思っているのだ。

でも戦争が「終わった」からといって、実は僕らは何も変わっていないのである。たとえば民主主義を振りかざす手つきは、戦前に天皇を振りかざしていたのとおなじ手捌《さば》きだ。時代の舞台はまわり、出来合いのイデオロギーが次々と押し寄せてくる。要領よく次のイデオロギーに飛び乗っている限り、眼の前の光景は天皇制・戦前・終戦・民主主義・憲法九条などのワンフレーズでクルクルと変化することだろう。つまり安吾は、戦前と戦後に「断絶」を見ないのである。戦後の知識人などというものは、天皇制批判と民主主義擁護をワンセットに主張する論客にすぎないことを、安吾はよくしっていた。戦前と戦後の断絶が、彼らにとっては前提なのであって、天皇制を批判するための処方箋として民主主義という新しいイデオロギーを「信仰」しているにすぎない。

だが安吾はちがう。安吾は断絶よりも連続を強調する。それは安吾が戦後を生きられなかったという意味である。イデオロギーの左右など目くらましに過ぎないのであって、何かを「信じ」、時代毎に変わる価値を盲信する連中に、安吾は違和を感じているのだ。安吾にとって戦前はもちろん戦後も冗談ではないと思っている以上、所属はどこにもないのである。では安吾はいたのはどこだったのか。おそらく次のような場所である。

まったく原色的な一つの健康すら感じさせる痴呆的風景で、しみる太陽の光の下で、死んだものと、生きたものの、たったそれだけの相違、この変テコな単純な事実の驚くほど健全な逞しさを見せつけられたように思った。これが戦争の姿なんだ、と思った。(「帝銀事件を論ず」)

昭和三〇(一九五五)年の死の瞬間まで安吾が居続けた場所、それは戦争という場所である。色彩は、地中海の陽光のように燦燦《さんぜん》と原色的で、あるのは単純な生死しかない。抜けるような明るさと空白がそこにはあるだけで、饒舌《じょうぜつ》なイデオロギーなど、どこにも見当たらない。時計の針は進み、世間は動き始め、戦後が始まった後にも、安吾はこの場所を動かないし動けない。恐ろしく眩《まぶ》しすぎて、どこを目ざせばよいか分からないくらいだ。

この場所から、天皇について考えたい。

安吾の天皇評価は、和辻と同様、武士道と戦争にふかい結びつきをもっている。たとえば、『堕落論』を書きながら天皇に思いを巡らせている最中、脳裏をよぎったのは、赤穂浪士討ち入り事件なのである。元禄一五(一七〇二)年、主君浅野長矩《ながのり》の仇討《あだうち》のために、吉良義央《きらよしなか》のもとに押しかけ殺害におよんだこの事件は、現在でも忠君義士の物語として語られる。事件に参加した四七名にたいし多くの助命歎願が行われたにもかかわらず、処刑が断行されたのはなぜなのか。

安吾によれば、それは彼らの美しい行為を、美しさのまま凍結保存したいという人情のせいである。生きれば生きるだけ生き恥を晒《さら》し、美談は腐臭を放つ。腐食を恐れ、美談を喝采《かっさい》する傾向が、人情には必ずある。武士の仇討もおなじことで、本来、日本人には草の根を掻《か》き分けても敵を追いかける熱狂はもち合わせていない。にもかかわらず、部下を忠君に仕立て上げようとするもう一つの人情が、仇討という熱狂的武士道を生みだした。つまり武士道は「美しい」のである。

赤穂浪士の逸話が、なぜこのとき安吾をよぎったのだろうか。それは戦争もまた美談を生みやすく、武士道も天皇もあまりにも「美しい」からである。

だが美談を剥ぎ取って見るがよい。政治的に利用されてきた天皇がいるだけではないか。天皇制だの、武士道だの耐久の精神だの、こうした美談は偽物にすぎない、「裸となり、ともかく人間となって出発し直す必要がある」（『続堕落論』）。特攻隊だってそうだ。あの勇姿《ゆうし》は幻影にすぎず、人間はもっとしたたかで闇屋のように生きるものだ。だとすれば、僕らが見ている美しい天皇もまた、幻影にすぎないのではないか――「ただの人間になるところから真実の天皇の歴史が始まるのかもしれない」（『堕落論』）。

これから詳細にみていく安吾の天皇制批判がもつ奥行きと広がりは、まるで吉本隆明のそれのようである。安吾は、民主主義への懐疑と同様の理由で、天皇制にも批判的なのであって、天皇それ自体には実はまったく無頓着である。今でも「天皇制の外部にでる」というたぐいの話を知識人たちは比較的容易に口にするが、天皇制反対論にだけ固執した彼らの言葉は、安吾とはちがって、とても閉じられている。民主主義に立て籠もった天皇制批判は、自分だけは何ごとにも絡めとられず、騙されもしないという奇妙な信念のうえに成立している。たいする安吾の生のスタイルは、こうした信念とは無縁なのであって、むしろ正反対の生き方である。自分の含めた人間の弱さを、徹底的に知り尽くしているからだ。安吾は、日本人が閉じ込められている空間を、宗教・カラクリ・美などの言葉で必死に概念化しようとする。美の虜になりやすいと知りながら、それでもなお、対抗手段として「裸」と「堕落」、何より「人間」であれといいつづける。

坂口安吾は倫理学者である

人間の強調、それはよくわかる。

だが改めて、なぜ僕らが天皇の美しさにうっとりすることが、安吾には耐えられないのだろう。端的に、悪なのだろうか。

安吾はおそらく、反論を許されない狭い場所に、いつの間にか追い込まれてしまう危険性を指摘している。民主主義であれ、天皇制批判であれ、狭い場所が安吾は嫌いなのだ。天皇はまるで新興宗教の教祖のようであり、教祖を前にして人びとが笑顔なのは、一見、幸福そのものに思える。実際、彼ら自身も間違いなく、「信じる」ことである種の幸福を感じている。彼らの心は活き活きとすらしていて、同志との心はつながり合い、充たされているだろう。だが安吾が生理的に嫌ったのは、この手の居心地のよさ、一糸乱れぬ調和なのであって、人間と世界とのかかわりは根源的に違和感と齟齬《そご》、つまり永遠の不調和なのである。

安吾の眼前には、人が画一化され群衆と化し、一つの巨大な塊のようになった状態がある。一人ひとりはとびきりの笑顔である。でも全員同じ顔をして笑っているではないか。それはどうみても異様である。笑顔が溢れているだけで社会が健康とは限らない。むしろ、横にいる人とのちがいに気づかず、他者の肌の手触りや厚み、反発を感じない以上、自他の区別は失われ、自己は溶解してしまっている。と同時に、他者の感触をしらず自閉しているともいえる。自己溶解と自閉は、こうしたぶよぶよとした集団の中で、容易にひとつになってしまうのである。

必要なのは、個性的であることだ。人が個性的であるとき、横にいる他者と喧嘩し、許し、浮気し、怒鳴られ……つまり笑顔とは限らない。何かを信じきれない／きらない、没入しないことはむしろ苦痛を伴うものなのだ。

それはとてもくだらない日常の積み重ねなのかもしれない。しかしこのとき、僕らは暗黙のうちに、自分とは異質な価値観をもち、世界をまったく違った色合いで眺める他者の厚みを実感している。外観からうかがわれる肯定的な笑顔と、その奥深くに潜む内面、このふたつが分裂している得体のしれない存在、つまり全面的に信頼などできない存在、それが他者である。日常生活でくり広げられる、こうした他者との間の悲喜劇が、僕という存在をつくっているのであって、このとき自己の輪郭は周囲との関係によって絶え間なく伸び縮みしている。つまり日々の他者との距離感の調整こそ、「倫理」のはじまりなのであって、異質な存在を認めている点で、「倫理」と「美」とは正反対の概念なのである。まずもって安吾は、倫理学者なのだ。

一方、安吾のいう「狂信的」とは、個性を嬉々として放棄し、批判も違和感もなく、何ごとかを全面的に「信じて」しまう精神状態を指している。ここでの自己は、何かの対象に没入し雲散霧消してしまっている。聖戦、民主主義、武士道、教祖、憲法九条――そして天皇。これらの言葉の下に集まり、叫び声を上げ団結する彼らには、互いにたいする批判も軋轢もない、つまり倫理をつくりあげる「人間」がいない。

これほど恐ろしいつながりがあるだろうか、安吾はそう思っている。たとえば戦争中の軍部を見てみよ。彼らは天皇を盾に、どんな横暴でもふるうことが許された。天皇の名を騙れば、自分に反抗した者は、即道徳的に悪の烙印《らくいん》を押せるからだ。問題の核心は、彼らが自分の正義観を少しも疑わないですむことにある。正義と暴力はまったく問題なく同居できる。真面目になればなるほど、正論を吐けば吐くほど、彼らはおなじ日本人を傷つけることができる。正義とは支配欲の別名なのだ——「オレはエライと思う。大衆はバカだと思う。ちょっと理屈屋の日本人はすぐそう考えて、世をガイタンし、拙者の選ぶものが正しいとくる。たちまちファッショである」(『詐欺の性格』)。

安吾はこの文章を、戦時中の日本を批判するために書いている。だが少し考えればわかるように、こうした大衆批判は、戦後の僕らの周囲でもごく普通に見かけることができるものだ。大衆をポピュリズムと訳せば、ポピュリズム批判は現在でもごく普通にいわれている。安吾によれば、大衆批判とは歪んだ自己肯定と支配欲であり、正義を懐に忍ばせた暴力である。

難しい話しではない。オレだけが大衆民主主義の愚劣さについて、わが国の経済政策について、戦後日本のくだらなさについて、歯医者の方針について、日本のプロ野球の未来、そして人生とは何かについて「分かっている」。世を嘆く論客の心を領しているのは、その思想の左右を問わず——実際、保守派もリベラル派もつねに大衆の堕落を嘆き、世を慨嘆している！——屈折した自己主張にすぎない。

大衆を批判する者は、しばしば、自らを少数派だと規定する。そして多数派の横暴を指弾する。たしかに多数派は数の力で暴力をふるい、民主主義をポピュリズムに堕落させたりもする。だがだからといって、少数派即正義にはなりっこない。

僕はすでに、安吾が何ものにも「所属」できないこと、あえていえば戦争という場所にいると指摘したが、戦争が一切合切の前提をくつがえす状態を指す以上、安吾は固定的な「何ものか」になることができない。ということは、少数派ですらないのだ。少数派を気取ることが、卑屈な自己主張を世間へ向けて喧伝しがちなことを、安吾は「分かっている」のだ。民主主義擁護派から、それを批判している少数派気取りの保守系知識人にいたるまで、その正義への酩酊ぶりは驚くほど戦前の軍部に似ている。やはり安吾の理解によれば、戦前と戦後は「地続き」なのである。

天皇は、世間を睥睨《へいげい》した少数派気取りの連中に利用されつづけてきた。彼らの正義観に天皇は奉仕し、全員が酩酊《めいてい》するための手段として利用されてしまったのだ。「美しい」日本は、こうしてできあがる。

この美がもつ暴力性に気がつけば、一見正反対にみえる天皇制批判論者も大同小異であることが分かるだろう。天皇制廃止とか近代批判などというフレーズに立て籠もり、現実の手触りを失ったばあい、批評家の言葉は閉じていく。閉じるとは、自分への違和感をもたないことを指している。人間と世界が、根源的な矛盾と齟齬を抱えているとすれば、まずもって嫌悪し、醜悪《しゅうあく》だと感じ、投げ出したいのは自分自身のはずではないか。なのに、なぜ彼らは自分を後生大事に抱きしめて離さないのか？——つまり自分はなぜ、そんなに「正しい」し「美しい」のか？

天皇を奉じる者と批判する者は実はおなじである。世界であれ、自分自身であれ、安吾は一色に染めあげられることを断固、拒絶する。安吾の思考は、天皇制肯定／否定といった二項対立を、軽快にすり抜けていくことだろう。人間はもっとそれぞれがゴツゴツしていて、その凹凸は容易にかみ合わない。道義は頽廃すべきだし、美は攪乱《かくらん》せねばならないし、人は隣人の噂話で日々、泣き笑いしているものだ。何の軋轢《あつれき》も齟齬《そご》もない時間を日常と呼ぶとすれば、僕らが送っている生活時間の大半は、実は「非日常」と呼ぶべきである。そしてすべてを粉砕する戦争によって露出するのも、武骨で「非日常」的な「人間」そのものである。

> 私は偉大な破壊が好きであった。私は爆弾や焼夷弾に戦きながら、狂暴な破壊に劇しく亢奮していたが、それにも拘らず、このときほど人間を愛しなつかしんでいた時はないような思いがする。
>
> （『堕落論』）

ここでの爆弾と焼夷弾《しょういだん》は、周囲を取り巻く他者のいいかえだとも読める。自転車に子供を載せた母親は、焼夷弾のあいだをすり抜けてこいでいく。日常とは戦争の別名であり、母親には非日常こそが日常なのだといいかえることもできる。安吾が愛してやまない「人間」とは、恐らくこの母親の後ろ姿である。

戦争と美

安吾をするどい批評家にした場所、つまり戦争とは何だろうか。なぜ僕たちは美と画一化を、なにより政治的熱狂を生みだしてしまうのか。どうすればそれを乗り越えられるのか。

戦争とは、これまでの秩序一切が破壊されることである。僕たちはふつう眼の前の光景をビルがあり道があって、その先は駅に通じていると思って暮らしている。ビルも道も駅も、駅で働いている人びとも、明日またそこにいると前提している。眼にしている風景は、僕ら自身とそこに住んできた人たちの歴史が紡いできた織物としてあるのだ。

戦争は、それら一切を破壊する。橋・駅・看板という名前をもった物、秩序内に収まっていた世界は崩壊し「瓦礫」と化す。名前を失うということは、だから無・意味な「もの」の露出である。瓦礫を前にして人は言葉を失う。なぜなら、意味を付与できない何かを前にしたとき、人は立ちすくむしかないから。蓄積と歴史は否定され、なまなましい意味不在の混沌が、肉塊のように血を滲ませてそこに「ある」。

だとすれば、「道義頽廃、混乱せよ」と叫んだ安吾は、戦争をどう見ていたのだろうか。あらゆる秩序を吹き飛ばす爆風は、混乱を好む安吾にとって、むしろ快楽だったのではないか――。こういう問いを持ちながら安吾を読み進めてみよう。

昭和二〇（一九四五）年四月四日夜、安吾は初めて二時間にわたる空襲を実体験する。照明弾のひかりが昼のように周囲を照らしだし、大声をあげようとしてまったく声がでないことに、安吾は愕然《がくぜん》とした。

自宅周辺の蒲田ばかりではなかった。当時、嘱託《しょくたく》職員として勤めていた日本映画社のある銀座にも爆撃の手は伸びた。その運命の日に、安吾は会社にいた。

五階建てのビルの屋上に這《は》いあがる。さらにその先の塔のてっぺんに三台のカメラを据えつけた。空襲警報が鳴り、人びとはいっせいに路上や窓際から姿を消した。人影はなくなり、ただ人間が名づけた「銀座」という秩序がサイレンの音の向こうに、とても静かに存在している。破局を前にした街ほど美しいものはない。何ひとつ動くものはなく、こだまする警報音は透明な空間の広さを強調するばかりである。唯一の人影はといえば、自分たち日映社屋屋上の一〇人足らずだけだった。

石川島の向こうに、焼夷弾《しょういだん》が雨のように降るのがみえる。黒雲のような編隊が、自分たちの真上までどんどん押し寄せてくる。まるで映画のようだ。なぜなら煙草をくわえた同僚カメラマンが憎らしいほど冷静な手つきで、カメラを編隊に向けていたからだ。銀座ばかりでなく、麹町にある大邸宅も一瞬にして硝煙と化していた。

また道玄坂では爆撃ではなく、自動車に轢《ひ》き殺された死体があった。だが、その横を大きなうねりのように流れていく人びとは、死体に一瞥《いちべつ》もくれない。死臭のただよう空間で、罹災《りさい》した者は虚脱や放心のまま歩いているのではない、と安吾は直感する。死を前に、たしかに彼らは無心である。だがその無心は何かに満たされ充実している。彼らは「運命に従順」になっているからである。彼らの一切の感動のない眼、おなじ方向へと無言ですすむ姿は、眼の前の破局を運命として受け入れ、あまりにも美しい——。

ほらまた、美が出てきた。

かくして安吾は、決して戦争や破壊を好んでいないことがわかるだろう。「私は偉大な破壊が好きであった」（『堕落論』）と宣言し、道義を唾棄し、混乱を賛美する安吾は、にもかかわらず焦土と化した光景を肯定しない。なぜなら、ここでもまた破局後の風景が美しすぎるからである。それは天皇や武士道、戦後でいえば民主主義や共産主義と「美」の一点だけでかかわっている。いずれも美という言葉でつながっている。

この美に対抗する原理、それが「人間」と「堕落」なのである——「人間。戦争がどんなすさまじい破壊と運命をもって向うにしても人間自体をどう為しうるものでもない。（中略）人間は変わりはしない。ただ人間へ戻ってきたのだ。人間は堕落する」（『堕落論』）。全体主義の整然とした秩序にも、焦土の抜けるような青空も、ともに美しすぎる。それに抗うために必要な「堕落」とは何なのだろうか。安吾がもどかしい身振りで口にする「人間」とは何か。

ここまできて、僕らが安吾から手渡されている問題は、恐らく三つある。

第一に「破局」とは何だろうか。戦争という暴力によってもたらされる「破局」とは何なのか。第二に、戦争と「美」とはどのような関係にあるのだろうか。そして第三に、戦争のなかで「堕落」することで保たれる「人間」とはいったいどんな顔つきをしているのだろう。硝煙立ちのぼる光景が安吾にあたえた問いは、こういうかたちをしている。

暴力について

まずは「破局」について考えてみよう。僕らはしばしば、目の前の秩序に不満を抱くあまりに、破壊願望を感じることがある。暴力によってしか、現実社会にメッセージを送れないとまで思い詰めれば、テロリズムを引き起こす。システムを破壊し、自由に世界を駆け巡りたいと願い、暴力で世界を引き裂く。世界というキャンバスに裂開が口をあける。それが批評だと僕らは思う。だが安吾がいう「堕落」や「人間」は、こうした暴力とは何の関係もない。こうして、「破局」を考えるとは、僕らにとって暴力と批評の関係は何かを考えることになる。

この暴力と批評の関係をめぐって、ここで導入したいのがヴァルター・ベンヤミンである。安吾と同時代人であり、アメリカ亡命途上で自殺したベンヤミンは、第一次世界大戦後のユダヤ系ドイツ人の悲劇を象徴している。バロック演劇を論じた『ドイツ悲劇の根源』では、まるで安吾と重なるかのように、歴史を破局と廃墟の場として描いたみせた。また戦争に傷ついた心は、彼にマルクス主義への接近をうながし、「消費」に注目した独自の解釈をおこなった。マルクスは資本主義を「生産」の観点から詳細に分析したが、ベンヤミンは人間の「消費」行動に着目し、マルクスを読み直したのである。ヒトとモノとの関係は、最低限の必需品を「生産」しているだけではない。モノは必需品を超えた独自の魅力をもって、人間の欲望を喚起する。そのイメージに促されてモノを「消費」するのが人間の本質なのだ。このイメージの分析こそ、ポストモダン思想の流行を支えた記号論の領分である。また『パッサージュ論』では都市の哲学的役割に注目し、一九世紀のパリの街を華やかに彩ったアーケード空間を詩人・ボードレールの批評作品も参照しながら描いていった。

とりわけここで注目したいのが、「暴力批判論」で展開された法と国家と暴力との関係である。法と国家とは、秩序の代表であり、それと暴力との関係性について、ベンヤミンは次のように述べている。

太古の神話時代では、世界の秩序を決めているのは神であった。しかしそれ以降、神の死を経て、人間が秩序を構成する主体となってゆく。その象徴である法は、したがって人為的なものにすぎず、絶対的なもの、所与の体系ではないはずである――「法のかなたに、純粋で直接的な暴力がたしかに存在するとすれば、革命的暴力が可能であることも、それがどうすれば可能になるかということも、また人間による純粋な暴力の最高の表示にどんな名が与えられるべきかということも、明瞭になってくる」（「暴力批判論」）。

この文章を説明しよう。ベンヤミンは法が虚構にすぎないことを証明するために、ここで「純粋な暴力」による革命という言葉をつかう。善悪の基準、あるいは何が絶対に正しいかは、あらかじめ決まっているわけではない。僕らはそうした秩序（法）の拘束から解放されて、無政府的な状態を祝祭すべきなのだ。それが生きているという充実感を与えてくれる。あたかも祭りの日の治外法権のように、日常から非日常へ、その区別さえぶっ壊し、非日常が常態となるような世界、永久革命の世界をつくろうではないか。

また僕らを縛りつけるもう一つの秩序に、国家がある。国家はつねに境界線を引き、僕らを隔離してしまう。他人を排除する。だから国境を乗り越えつづけねばならない。絶えざる流動性こそ、暴力革命なのである。「批評回帰宣言――序に代えて」で取りあげた『マクベス』に登場する「魔女」にその主張は近づいてゆく。

ユダヤ民族の宿命を背負い、自死を賭《と》して書き遺したベンヤミンの言葉は、緊張感で張りつめている。だがこうしたベンヤミン流の法批判や国家批判は、書店の思想コーナーに溢《あふ》れている。僕らに耳慣れたものになってしまっている。緊張感が弛緩した瞬間、おなじ内容を口にしても、その言葉はせいぜいのところ、自身の生きにくさを吐露《とろ》する程度に堕落するからだ。自民族の悲劇を背負い、暴力について問い質す言葉の力を失っているのだ。

だからベンヤミンに直接、次のように問うべきである。ベンヤミンよ、お前の暴力論は、端的に「破滅」に人を導きはしないだろうか。法の批判は破局をもたらすだけであって、安吾とは似て非なる主張をしているのではないか。あるいは、『マクベス』の魔女のように、僕たちを「虚無」と「虐殺」に導きはしまいか。

この問いかけをめぐって、今もっとも刺激的な応答をしてくれるのが、イタリアの美学者であるジョルジョ・アガンベンだ。アガンベンは著作『例外状態』のなかでカール・シュミットとベンヤミンの発言を精密に比較読解し、両者の思想が衝突する瞬間を描きだすことに成功した。ベンヤミンとおなじく戦時期に活躍したシュミットは、ヴェルサイユ体制を欺瞞だと告発し、ナチス政権の理論的支柱として活躍した法哲学者である。「例外状態」や「決断」、「友・敵理論」などの概念を駆使して自由主義の限界を論じ、独特の民主主義論を展開した。ナチスとの関係から長らく封印されていた膨大な著作は、ポストモダン思想の流行とともに復活し、単純に否定できない妖《あや》しい魅力をもって研究者を惹きつける。

アガンベンによれば、シュミットにとって戦争とは、死の匂いに満ちた政治のいい換えである。シュミットが描く「人間」は、端的に他者抹殺《まっさつ》の衝動に突き動かされる暴力的存在であり、政治的な生き物であるとされる。そのうえでアガンベンは、シュミットとベンヤミンにとっての「暴力」の違いについて、次のように指摘している。

> 例外状態をめぐってベンヤミンとシュミットとのあいだで交わされた論争において賭けられていたものが何であったのか、いまこそいっそう明確に定義することができる。（中略）究極的には人間の行動の暗号としての暴力の地位なのだ。暴力を法的コンテクストのうちに書きこみなおそうと事あるごとに努めているシュミットに対して、ベンヤミンは純粋暴力としての暴力を法の外部にあっての存在を保証しようと事あるごとに努めることによって応じているのである。
>
> （『例外状態』）

アガンベンによれば、シュミットとベンヤミンは、おなじ光景を見ている。人間とは暴力の別名であるといっているからだ。シュミットのばあい、戦争状態という人間の暴力性が噴出した修羅場にたいし、法の機能をなんとか復活させようともがいている。「破局」こそ世界の原初状態（常態）なのであって、そこに法的秩序をつくり、蓋をするのだ。たいしてベクトルが逆なのがベンヤミンである。ベンヤミンはむしろ秩序を最初から前提していて、それを破壊する祝祭を純粋な暴力として肯定し、その存在を認めてほしいといっている。ベンヤミンは哲学者なので用語に独自の定義を込めてつかい、自身の考えを説明する。たとえば「経験」と「体験」の区別もその一つで、体験とは眼の前にある意味や秩序を壊す「衝動」と深いかかわりをもつ。暴力は体験をもたらすのであり、その祝祭的状況こそ「美」なのだ。

以上の二人のやりとりを描きながら、アガンベンはもう一歩深く人間の闇へと降りていく。アガンベンが注目したのは、法をつくろうとする人間の「意志」以前の世界である。徹底的な破滅の瞬間に出会おうとするのだ。それはまるで僕らの意志などせせら笑い、押し流してゆく津波が生みだす光景にほかならない——「大地を救済された彼岸へと導くことはせず、それを絶対的に空虚な天空に託す、このような『白い終末論』こそが、バロックの例外状態を破滅として形象化するのである」（『例外状態』）。絶対的に空虚な天空とは、戦争であれ震災であれ、決定的な破局では、僕らの意志の自由などどこにも存在を許されないということを意味している。安易に彼岸や救済を語らないし語れないということだ。そこに広がっているのは、だから何も描かれていない、人の手が入っていない真っ白いカンバスなのである。これほど「美しい」光景はないだろう。それは死の香りに満たされた絶対的に空虚な天空である。どこまでも白い空間だ。法をつくりだそうとする意志の存在を許さない、まるで運命に支配された状態なのだ。

シュミットの定義した人間とは、他者抹殺の衝動に憑かれた存在であり、「例外状態」を常態化したような存在のことである。僕らは他者を抹殺するのは何かの目的のためだと考えがちであるがそれは誤りであって、抹殺それ自体が目的なのだ。シュミットによれば、手段自体が目的と化した生き物、他者否定の運動につき動かされる生き物、それが「人間」の定義なのである。

そしてシュミットの他者抹殺《まっさつ》の衝動を、アガンベンはここで「白い終末論」という言葉に託して語っているのである。この空虚を満たし、抹殺衝動を回避するためにシュミットが行ったのが、法の重要性を訴えることである。暴力を法のうちに閉じ込める必要性を感じたと、アガンベンは理解したのである。

しかし第一次世界大戦の敗北を受けて、巨額の賠償金に苦しんだドイツの悲劇が、シュミットを突き動かす。ヴェルサイユ体制などという国際秩序は、否定せねばならない。また大戦後に成立した議会制民主主義の限界もあきらかだ。この危機を前にして、議会は何も決定できない。討論の自由を主張し、対話を重ねるばかりで決断ができないのだ。立法府の限界がはっきりした以上、他の方法をとるしかない。それが「委任独裁」と呼ばれる手段なのであって、アドルフ・ヒトラーという解決方法なのだ。無意識の他者抹殺の衝動を具現化したのがヒトラーであり、彼がつくりだしたユダヤ人浄化システムだったのだ。法に代わる決断のシステムが、こうしてできあがり、ドイツ人はこのシステムに閉じ込められたわけだ。それはおそらく『マクベス』の魔女たちも見た光景、大量虐殺の悲劇である。絶対的に空虚な天空とは、魔女たちの「虚無」とおなじだからだ。

一方のベンヤミンが、このシュミットの立場と激しく対立していることは明白である。ベンヤミンは、まるで自らの意志によって、この破局がもたらされたかのように振る舞うべきだと主張している。無秩序を生みだす暴力それ自体を肯定してみせたのである。暴力とアノミーと破局を、自らつかみ取った成果として肯定する身振りを見せたのである。秩序が破壊されるその瞬間に顔をだす空白にこそ、「人間」本来の姿が露出すると考えたわけだ。

坂口安吾の「堕落」

ならば安吾は、どちらの側についたのだろうか。

僕らが名づけたビル、道、駅などの秩序は戦争によって砕け散った。そこには善悪の基準はなく、何を正しいと考えるかの固定した基準はすべて裁判にかけられた。ベンヤミンが歓喜して迎えそうな状況、名前を剥奪され「もの」が露出した状況は、如何にも安吾が好みそうな光景である。ところが安吾は、この手の革命願望とは無縁であったことに注意せねばならない。戦争の瓦礫を前にして、安吾はシュミットとベンヤミン、いずれの立場にも立たなかった。それはおそらく、「人間」の定義が違ったからである。次の安吾の発言をみてみよう。ここには『堕落論』を書くことになった決定的な動機が書き記されている。

あの偉大な破壊の下では、運命はあったが、堕落はなかった。無心であったが、充満していた。（中略）偉大な破壊、その驚くべき愛情。偉大な運命、その驚くべき愛情。それに比べれば、敗戦の表情はただの堕落にすぎない。だが、堕落ということの驚くべき平凡さや平凡な当然さに比べると、あのすさまじい偉大な破壊の愛情や運命に従順な人間達の美しさも、泡沫のような空しい幻影にすぎないという気持ちがする。（『堕落論』）

私達はいきなりそこで突き放されて、何か約束が違ったような感じで戸惑いしながら、然し、思わず目を打たれて、プツンとちょん切られた空しい余白に、非常に静かな、しかも透明な、ひとつの切ない「ふるさと」を見ないでしょうか。（「文字のふるさと」）

安吾は、「運命」と「堕落」を周到に腑分けしようとしている。破壊と運命とはおなじ事柄であり、ベンヤミンの暴力に近い。戦争がもたらす破局や秩序の崩壊、そして瓦礫《がれき》の山、傍らを無心に蠢《うごめ》く人びとは、あまりにも「美しい」ゆえに否定されねばならないのである。たいする安吾が主張する堕落は、とても平凡な真理をいっている。

ここで安吾をとらえているのは、「近代システム」から離脱することの困難さである。あるいは、僕らが革命や暴力という言葉を口にする、その陳腐さである。天皇制や武士道、法や国家を嫌うからといって、単純にその破壊だけを叫んでいれば済むものではない。言葉の先頭に「反」をつけて、何ごとかをした気になるには、空襲体験はあまりにも苛酷すぎたのだ。つい先ほどまで整然と並んでいた銀座の街が爆撃で一瞬にして名前を剥奪され、瓦礫という「もの」と化す。この光景をみた安吾が、ベンヤミンのように破壊を肯定し受け入れるわけがない。秩序やシステムの破壊は、それが徹底されたばあい、さらに恐ろしい「美」を、たとえばアガンベンが「白い終末論」と名づけたような状態を、生みだしてしまうからである。本当に苛酷な破局のしたでは、ベンヤミンのような意志は、その存在の余地を許されない。運命と呼ぶしかない事態——「批評回帰宣言——序に代えて」でみた魔女がたどりついたファシズムの暴力と虚無——が起きてしまうのだ。

だとすれば、ベンヤミンのように破局を言祝ぐことはできない。またシュミットのように、独裁者の決断に総てを委ねることもできない。安吾も彼らと同様、善悪が瓦礫のように転がった世界に空虚を見ていたし、そこに「ふるさと」があるともいっている。だが、安吾の「ふるさと」や「堕落」は、とてもしずかで、祝祭や熱狂とは無縁である。「人間」の恢復《かいふく》はしずかに行われる必要があるのだ。安吾が執拗なまでに「堕落」を平凡だというのは、ベンヤミンとシュミットと自らの人間像がまるでちがうからである。つまり「美」と「平凡」、「運命」と「堕落」は、それぞれ対極的な概念なのである。

よう。

政治の美学化

先に僕は、安吾から三つの問題を手渡されていると書いておいた。第一は戦争による暴力、それがもたらす「破局」とは何なのかであり、第二が戦争と「美」との関係であった。そして第三に、安吾にとって「人間」と何かということである。ここでは第二の問い、すなわち「美」について考えてみよう。

天皇制や武士道が、人間関係を「美しく」描くとき、安吾は拒否の身振りをとっていた。ただ安吾を特異な作家にしているのは、集団化を拒絶する手つきがシステムからの離脱などという陳腐な作業のためではなかったことによる。また天皇制には民主主義を対置させればよいのだという戦後支配的な考え方からも安吾は遠い場所にいる。空襲の偉大な破壊によって露出した何かを、安吾は目撃している。だから破壊や擾乱《じょうらん》だけを言祝《ことほ》ぐアナキストと安吾は無縁であって、人同士のつながり方に、とても敏感であることができた。「堕落」や「人間」で主張したかったのは連帯の否定ではない。むろん「民主主義！」などと絶叫し、政治運動にのめり込むことでもない。しずかに、上手に、人が寄り添う方法がこの世にはあるはずだという強い確信なのである。

天皇制は、僕らに美と政治の深いかかわりを考えさせる。警戒すべきことは、天皇制が利用されることで政治が美学化してしまうことにある。ここでもう少し、先にふれたカール・シュミットに付き合っておくことは、恐らく安吾の美学論をしるためにも有効である。

シュミットが生きた時代とは、第一次世界大戦後の荒廃したドイツであり、国家再建の切り札としてワイマール体制が発足した時代である。多額の賠償《ばいしょう》金問題などを抱えたこの政治体制は、期待とは裏腹に脆弱《ぜいじゃく》なものであり、議会制民主主義はつねに不安定をきわめていた。一九二九年に世界恐慌が襲ってくると、混乱はもはや収拾不可能となり、高まる失業率を劇的に改善するカリスマ待望論が支配的になる。一九三三年、ヒトラー登場。これをもってわずか一四年で、ワイマール体制は瓦解《がかい》したのである。

時代の不安と緊張が、珠玉の言葉を生みだす。それが参照すべき三冊の本『政治的ロマン主義』（一九一九）『政治神学』（一九二二）、そして『政治的なものの概念』（第二版 一九三二）である。著作には哲学や文学、法をめぐる夥しい言葉が引用され、シュミットの批判と検討に供される。時代状況や哲学的知識をあらかじめ読者側がしっていることを前提しており、決して読みやすいものとはいえない。戦間期の不気味な静寂《せいじゃく》がシュミットの心を急《せ》かし、乱れた呼吸が言葉を走らせている。

そのシュミットを安吾との関連から読むとは、次のようなことを意味する。

すなわち、美と政治の関係を「ロマン主義」という概念に注目し、明らかにするということだ。ロマン主義は、戦争時代の精神的荒廃、そして政治の美学化をしるための格好のキーワードなのである。安吾が向島方面から襲来する米軍機をにらみつけ、あるいは空襲時に、白痴の女と押入れのなかで異様に濃密な体験をしている少し前、シュミットはドイツの悲劇を描きつづけていた。「戦争」「例外状態」「友・敵理論」という三つの概念が美と政治のかかわりを暴き、化け物のような「人間」の本性をえぐりだす。

そもそもロマン主義者は、彼らの前の時代を席巻《せっけん》していた文学運動、とくに啓蒙主義と古典主義をつよく否定しながら登場した。古典主義は「芸術には参照すべき模範があり、芸術家はそれに従わなければならない」という。こうした規範主義への反抗心がロマン主義の母胎だった。あらゆる拘束は否定されるべきであり、生のダイナミズムを規制するルールや秩序は御免である。軽やかに移動し浮遊つづける人間、社会があたえるペルソナや役割などより大事な「自分」というかけがえのないものがある。それをロマン主義者は「絶対的自我」と名づけた。仕事上の肩書きや、世間が騒ぎ立てる社会的ステイタスのその奥に、本当の自分がある。だから「絶対的」であり、唯一信頼できるものさしということにもなる。

だが、ロマン主義者の自己主張にはどこか不安定なものがある。たとえば、アダム・ミュラーという人物の思想を読んでいると、他人からの価値観や意見にしばしば翻弄されていることが分かる。時代状況を見とおすことができる価値基準がなくなった状況で、ミュラーは戸惑っている。このロマン主義者の不安定性が、第一次世界大戦に敗れ、疲弊しきったドイツ人にリアルだったのは、次のような意味からである。

これまでなら社会秩序のなかで、決まった役割をしていれば生活は成り立っていた。だが海外へと市場を広げる帝国主義政策に遅れをとり、第一次世界大戦に敗北したドイツは、商業資本主義の激しい競争に曝《さら》され、国内には失業者が溢《あふ》れかえっていた。歯車のひとつのようにサラリーマンをしても食えない今、残されているのは「自分自身しか頼るものがない」という状態だったのである。

だとすれば、「絶対的自我」などと呼び、肯定すべきはずの自分は、「不安」の別称ではないだろうか。世の中で、なにが正しくてなにが悪いのかを、自分で判断することは、思いのほか苦痛を強いる。どう生きていくのか自分で選択できるといえば聞こえはいいだろう。しかし実際は、会社の歯車として過労死寸前で働いている人に、「次の選択」をする金銭的時間的余裕などあるはずがない。会社を転々とすることは、精神も収入も転がり落ちることの方が、現実では圧倒的多数派だったのである。

僕らにとって、自己判断には迷いがつきものである。情報であれ流行であれ、結局は他人に左右されながら、僕らは自分で判断したつもりになっている。第一次世界大戦後の「大衆社会」では、一人ひとりの心のなかを覗き込んでみると、意外なほど孤独なのであった。呆れ果てるようなインフレによる食糧難とともに、ドイツ人を襲っていたのは、こうした実存的な不安だったのである。シュミットは次のようにいう――「彼は自分自身の重心を持っておらず、具体的な経験や自己の責任に拘束されなかったから、或る考え方に心を動かされるとその考え方の論理を追って、その考え方の打出す主張の最も極端な形にまで簡単に行ってしまうのだった」（『政治的ロマン主義』）。

他者の大袈裟な主張に心動かされ、すぐさま絶対的なものだと思いこみ、左右されてしまう。「重心」がない。その場そのときに自分を刺激するスローガンに熱狂し、翻弄《ほんろう》される。それは自己とは呼べないような無色透明で空洞化した自我である。入りこんでくる色に染まることで、自分は何者にもなれるが、何者でもなく、心の空洞を抱えて恐れおののいている。

と同時に、世間には奇妙に情緒的な言葉が溢《あふ》れている。断定的で、自己陶酔した指導者の言葉で溢れかえっている。戦争と革命を賛美する物語があるかと思えば、世界平和へ邁進《まいしん》した人物伝が感動をよんでいる。偉大なる人物に眼をむけよ、信じ、そして安心せよ。つまりシュミットの前には、失業し、バラバラになり膝を抱え、なにかをきっかけに一時的に興奮する人びとがいたのであり、彼らの孤独な心を慰撫する断定的な口調の言葉が溢れかえっていた。

ここに、日本の坂口安吾が最も恐れた政治の美学化がはじまる。

政治的ロマン主義

第一に、シュミットによれば、ロマン主義者が場当たり的な刺激に反応する態度は、政治の場面にも当てはまる。ドイツ大衆にとって、立憲君主制であれ民主主義であれ、保守主義すらも、想像力を刺激してくれる「機会」にすぎない。「革命が行われているかぎり政治的ロマン主義は革命的であり、革命の終焉とともに保守的になる」（『政治的ロマン主義』）。左翼的な人ほど「急に」転向して保守主義者になる。天皇を賛美していた連中は、明日には民主主義こそ必要だと叫ぶのとおなじである。いずれの主義をしゃべっているときも顔つきはおなじであって、攻撃的でしばしば興奮している。個人における不安定性、重心のなさは政治決定についても当てはまるのだ。

第二に、ロマン主義が一切のルールを拒否し、逸脱する文学運動から始まったことを思いだそう。ドイツのばあい、ロマン主義者は自由主義を重んじ、議会制民主主義を目指した。いずれも価値の多様性、異なる意見を話しあうことをよしとするからである。

実際、ワイマール体制は、多様性をみとめる自由主義を特徴としている。さまざまに関心が分かれる以上、人びとの「会話」が重視される。すべては議論とおしゃべりによって饒舌《じょうぜつ》に話しあわれるのだ。確かにそれはよいことだ。しかし非常事態の場合はどうだろうか。最終結論をだす時間がきたら、どうすればよいのか。複数の価値に序列をつけないで、終わることのない議論やおしゃべりに興じている間に危機は——たとえば戦争や津波は——襲いかかってくるではないか。だからシュミットからみれば、自由民主主義の政治では、人びとの多様な意見を集約し取捨選択し、ときには切り捨て、ひとつの価値判断にまで高めることができない。

「決められない政治」こそ、シュミットが「政治的ロマン主義」と名づけた態度である。現実にも働きかけることができず、翻弄されているだけの政治的ロマン主義者は、自分ではなにも決められないのだ。

以上をまとめよう。古典主義を否定したあらゆる権威への反逆、「近代システム」からの逸脱を高らかに宣言したはずのロマン主義は、手渡された自我の醜悪さに動揺している。自己などというものは、人の意見に翻弄され身を委ねる、あやふやな存在にすぎない。あるいは現実に傷ついた心は、「今とはちがい、かつて人は慎ましく美しい生活をおくっていたはずのだ」と、「近代」を否定し中世をロマンチックに夢想する。これがロマン主義の「美」なのだ。また民主主義はたんなる饒舌《じょうぜつ》であり、危機的状況で決断をくだせない。これがロマン主義の「政治」なのだ。

美と政治に共通しているのは、結局、現実社会には一切の働きかけをしていないことにある。理想のなかに閉じこもってしまうのだ。そしてあらゆる議論が行きづまり閉塞の頂点に達したとき、断然、「決断」する主体があらわれる。シュミットのいう「主権者」が独裁者として登場してくるのである。

坂口安吾の政治観

極東の下町で、おなじく紙に文字を刻みながら、安吾もまた「人間」とは何かを追いかけている。おそらくロマン主義とシュミット双方を乗り越えることで、安吾は自らの人間観を固めていったのであって、それは政治と人間の関係をどう受け止めたのかという一点にかかわっている。

敗戦前後で明らかになったのは、日本人は場当たり的に信じ、熱狂し、つながりやすいということであり、しかも信じたものをやすやすと手放すということは、当の対象は何でもよいということである。本当は何一つ信じてはいないし、不安を紛らわすために連帯できるなら対象は何でもよいからだ。たとえば『白痴』のなかで、戦争に熱狂する芸術家たちを批判して安吾はいう――「芸術家達の情熱は白熱的に狂躁し『神風特別攻撃隊』『本土決戦』『ああ桜は散りぬ』何ものかに憑《つ》かれた如く彼等の詩情は亢奮している」（『白痴』）。日本人もまた、ロマン主義の政治の美学化とおなじく、自己のなかにさまざまなものを注ぎ込んでいるだけであり、場当たり的に翻弄され、現実への働きかけはなされないのである。

シュミットはロマン主義の政治を批判し、友・敵の区別をはっきりとわけ、他者を殲滅《せんめつ》・殺戮《さつりく》することを「政治」といった。しかも「政治」とは人間そのものであって性悪説なのだ。

シュミットは人間を友と敵に二分し、敵を鮮明化することで、逆に友との連帯を盤石なものにしようとしている。つまり友同士のつながりはとても「美しい」。さらにロマン主義者は現実から隠居し、中世にロマンチックな人間共同体を夢想する「美しい」世界の住人であることも指摘してきたとおりである。いずれにせよ、人間関係は美的なものへと吸い込まれていくのである。

以上のシュミットによる「政治の美学化」を拒絶したのが、安吾の政治観だった。

まず安吾は、政治によって人間をまるごと描けるという思考態度を拒絶する。天皇制から民主主義、さらに世界平和から共産主義もふくめて、こうした政治的スローガンによって「人間」はつながりつづけることはできない。そこから零《こぼ》れ落ちる何か名づけようもないものによって、人間関係は支えられている。たとえば保守主義を標榜する人たちが、いくつものグループに分裂して、我こそは本物の保守主義なりと騒ぐ醜態を、僕たちはよく知っている。おそらく彼らの対立は、イデオロギーや信念の差によって生まれたものではないのであって、相手を気に入るか気に入らないという生理的・肉体的な反応がまずはあるのである。身体的な好悪がまずはあり、それがイデオロギー論争と離合集散を生みだしている。良かれ悪しかれ、人はそういう何か得体のしれないものに突き動かされて眼をギラつかせて生きている。だから安吾は、政治イデオロギーとは人間にとってくだらないもので、せいぜいのところ、穏やかな生活を営むための手段にすぎないと考えていた。政治など、信じすぎるべきではないと思っているのだ。

政治、そして社会制度は目のあらい網であり、人間は永遠に網にかからぬ魚である。天皇制というカラクリを打破して新たな制度をつくっても、それも所詮カラクリの一つの進化にすぎぬこともまぬがれがたい運命なのだ。人間は常に網からこぼれ、堕落し、そして制度は人間によって復讐される。（『続堕落論』）

政治と「人間」は区別すべきである。あるいは、「人間」は政治のみによって生きるものではない。天皇制や武士道に注目し、政治と人間について話すのは、シュミット同様、戦争がきっかけだった。ただ、導きだした「人間」にたいするイメージは、シュミットの性悪説とはずいぶんと違うものである。

敵と味方の単純な二元論で世界をふわけし、他者抹殺するのが「政治」だ、所詮人間はそんなものだ——このシュミット流の考えに、安吾は断固反対しようと思ったのである。「政治」の行われる世界、他者抹殺後の世界は、たしかにとても「美しい」。敵を抹殺するのは、過剰に味方とつながりあい、「強く」なろうとするからだ。一致団結とは人間関係が単純化し、画一化することに他ならない。この連帯はたしかに「強さ」となる。

しかし「人間」は、もっと複雑な生き物のはずなのであって、自分の感情さえコントロールできず、複数の感情に分裂し取り扱いかねている「弱い」生き物である。あるいはそれを、弱いと人はいうべきである。「堕落」とは、個人においてははげしい起伏に富んだ感情を、人間関係においては陰影に富んだつながり方を認めよ、無理をして「強く」団結してはならないという意味である。だから堕落とは、殺伐とした戦争、惨劇と瓦礫の前にたたずみ、なす術を失った自分の卑小さを認めることである。だが人はそれでもなお、つながろうとし、秩序を取り戻そうとする。戦争であからさまになるのは、人は躊躇《ためら》いながら瓦礫《がれき》の片づけを始めることだけだ。どれだけ他者抹殺の悲劇をみても、街の風景が瓦礫に変わり果てても、なお他者とのあいだにつながりを、共通の秩序を取り戻そうと試みようとする。ではどうやって？

正義に酔ってみたり、感情的にならずに、である。文学とは何かと問われて、安吾はモラルがないこと、突き放すことだといっている。モラルが倫理、つまり人間同士のつながり方を指すのだとすれば、文学は人間の社会性を破壊するものだということになってしまう。しかしそうではないのだ。社会性というものは、文学的な感受性をつねにたっぷりと含んだ豊饒な関係として構築されなければならない。でないと硬直化してしまう。そしてふつう、人は硬直化した道徳をモラルだと思っている。それは強固であり「強く」、また「美しく」すらあるだろう。モラルはいつの間にか人間関係を画一化し、自己と他者の間にある喜怒哀楽をそぎ落としてしまう。だが本当は、自己と他者との凹凸を、ああでもない、こうでもないと調整する作業のことを倫理と呼ぶべきなのだ。安吾は批判したのは倫理ではなく、硬直化したモラルの方であった。そして文学こそが、この硬直性をやわらげ、正義の荒々しい声など響かないつながりを生みだす源泉なのである。

安吾が天皇制を否定したのは、天皇制そのものへの嫌悪感からではない。むしろその背後に垣間見える「政治」を徹底的に嫌い、「政治」にたいして文学を、正義にたいしては堕落を、肯定したからである――「自分自身の天皇をあみだすためには、人は正しく堕ちきる道を堕ちきることが必要なのだ」（『堕落論』）。

安吾がここで天皇といい、その存在を否定せず、堕落の方法を説いている点に注目すべきである。思索の原点として美と政治への疑問があり、その一事例が天皇制であるにすぎなかった。批判され注目すべきは、天皇という具体的人間ではないのであって、天皇の周囲でくり広げられる僕ら人間の政治的なあり方、制度の問題のほうである。

天皇という「カラクリ」は、静かな日々の秩序を取り戻すためにのみ意味をもつ。政治に絡めとられない天皇、美しすぎない天皇を日本人はつくりだせるか。戦後の日本人は象徴天皇を抱きながら、「人間」になれるか。安吾はこう問いかけてくるのだ。

つまり好き嫌いにかかわらず、日本人が「人間」になれるかどうかは、ひとえに天皇という他人との付きあい方次第なのである。身近な人間関係とは別種の、なにか大仕掛けの罵詈雑言《ばりぞうごん》、毀誉褒貶《きよほうへん》で天皇制を語るとき、すなわち二項対立的にものごとに対処するとき、僕らはすっかり「政治」に絡めとられている。いくら天皇制を、近代システムを、国家権力を離脱・否定したつもりでも、「政治」の影はしっかり踏んだままなのだ。それは安吾が追い求めた「人間」とは何の関係もないのである。

2　天皇と肉体

日本ロマン派とは何か

ところで、もし仮に、和辻哲郎が安吾の天皇と人間、そして戦争をめぐる発言を聞いたとしたら、どんな反応をするだろうか。予測では、たぶん和辻は、それは「人間」ではないと答えると思う。にもかかわらず、わたくし和辻哲郎は、あなたと同様、「人間」の復活こそが最重要課題だと考えているとも。

冒頭で触れておいたが、和辻にとって、戦後の日本国憲法下での象徴天皇制は、明治をはるかに遡った古代の理想的な天皇と国民の関係に復帰することを意味した。終戦から新憲法発布までの時期、天皇制打倒の議論も沸騰するなかで、和辻はいくつかの論文を書き、批判の矢面に立たされている。たとえば同盟通信社の知人・矢野公義から乞われて書いた文章は、大手では掲載を拒否され地方新聞でのみ広まったらしく、掲載した秋田新聞も「日本史に重なる歪曲、神がかり論理の再版、天皇制と和辻的哲学」と罵倒《ばとう》されてのものであった（「国民統合の象徴」）。

北国毎日新聞をはじめ新聞各社は、天皇制は支配階級の偽装にすぎないと煽《あお》り立てていた。八月一五日を境にジャーナリズムは手のひらを返し、敗戦の犯人捜しをはじめたのである。アメリカに敗北した以上、アメリカ自体に怒りをぶつけることはできない。だとすれば、怒りの矛先が屈折して国内にむかうのも当然であった。「支配階級」を擁護する「神がかり」の哲学者・和辻哲郎を批判した新聞には、切迫したジャーナリズムの気分があった。

しかし和辻本人は、積み上げてきた学問にたいする絶対的自信に満ちていた。世論は戦前と正反対の方向に、雪崩を打って変わったように見える。それはかつての軍人たちと性格的にきわめて相似た少数の支配欲に燃えた人々が、その意志を多数者の意志として擬装《ぎそう》する運動をしているにすぎない。もちろん戦後、軍人に代わって少数の支配者の地位に躍りでたのは、ジャーナリズムである。

戦前は軍人が、戦後は新聞屋が、多数者の意志だといって自らの正義を、世間に拡散しようとしている。つまり戦後も相変わらず、この国は善意一色で染めあげられ、その善から零《こぼ》れ落ちる意見は罵倒され、排除される「美しい」社会のままだった。

けれど、そんなことはどうでもよい。実際の日本人は、天皇についてどう考えてきたのだろうか。過去にまで遡り、冷静に考えるべきだと和辻は思っていた。自分の戦前以来の学問を信じるかぎり、天皇制の核心部分は戦前戦後をつうじて一切変化していない。天皇の伝統的権威はいささかもゆるがない。武家政権からはじまり明治立憲体制下の天皇と臣民の関係までつづく体制、つまり「忠君愛国」の思想こそ本来の姿からの逸脱である。したがって敗戦はあるべき天皇像恢復のチャンスなのである。和辻が注目し期待を寄せたのは、武家以前の天皇と国民の関係であり、それが象徴天皇制で復活するのだ。

だから自分の研究成果に、敗戦は悪い影響を与えないし、与えられるべきでない。なぜなら敗戦とは、政治的な敗北にすぎないからである。文化研究の成果が、政治情勢に左右されるならば、戦争中は戦争を賛美し、民主主義になれば民主主義を無条件で肯定せねばならなくなる。それは文化の政治への敗北である。だが天皇は政治的喧騒の外側で、つねに共同性と伝統を背負った文化的権威として存在してきたはずなのだ。

それにしてもなぜ、和辻にとって共同性と伝統が、それほど大事なのだろうか。もちろん天皇のこうした特徴が、「人間」にかかわるからに他ならない。僕らはここで坂口安吾と和辻哲郎が、ともに人間へのつきない興味から天皇へ接近しているのだということに気づくだろう。両者は、明治憲法下での天皇に懐疑的だった点でも似通っていたし、少数者が正義の立場を誇る姿も拒絶していた。だが、天皇をめぐる評価はまるで逆なのである。安吾は、天皇制と人間は対立しているといい切った。たいする和辻は、象徴天皇制と人間はぜひとも互いに手を取り合うべきだと思っていた。

安吾はいう、「無限に遡る伝統の権威」など怪しいものだ。戦後の天皇は、ぜひとも人間にならねばならず、僕たちもまた堕落によって人間に復帰すべきだ。

和辻は反論する。それはちがう。天皇への評価はもちろん、人間イメージがそもそも僕とまったく違っている。和辻は明治憲法体制から「天皇の伝統的権威」を救いだせ、それが戦後には必要なのだといった。さらに『人間の学としての倫理学』『風土　人間学的考察』などで、しきりに人間とは何かを考えていた。天皇をめぐって、両者は激しく対立している。しかし共に、執拗なまでに人間、人間といっている。ここには戦争を経験した者にしか分からない、決定的な何かがある。天皇とは何かという問いが、人間につながるとはそういう意味である。

だから僕らは今から、和辻の多彩な業績を次のように読んでいこう。和辻が二〇代から重ねてきた日本研究と倫理学研究は、確実にひとつの問題関心に貫かれている。それは人間とは何かという問いである。天皇論もその系譜の一齣をなしているのだ。まずは和辻の人間理解を問い詰めてみる。すると、おのずから和辻がなぜに天皇と人間は手を取るべきだと考えたのかが分かってくる。つまり和辻天皇論もまた、人間への関心に裏打ちされたものなのである。

だから今度は和辻に寄り添おう。

『人間の学としての倫理学』を書くために、アリストテレス・カント・マルクス・ヘーゲルをむさぼり読み、和辻が自分の考えの基本線を定めたのは、昭和九年のことである。思索をつづけ、『倫理学』上巻を世に問うたのが昭和一二（一九三七）年、中巻は一七（一九四二）年のことだった。和辻倫理学と呼ばれ、現在でも研究書の刊行が絶えない巨大な学問大系の、それは完成を意味していた。しかもその執筆時期は、戦争に重なっている。

たとえばこの時期について、近代日本思想史は、マルクス主義の弾圧と衰退の時期だと教えてくれる。昭和一〇年前後、和辻の学問が完成されてゆく時期は、社会を批評し判断するものさしの役割を果たしていたイデオロギーが解体していった。社会を改造したいと考える若者は、マルクス主義を含めたあらゆる手段を奪われ途方にくれたのである。後年、『日本浪曼派批判序説』を書いて、ドイツと日本のロマン主義研究で頭角をあらわした橋川文三《ぶんそう》は、自分が思想形成をおこなった昭和一〇年代について、次のように振り返っている。

> 大正末＝昭和初年のプロレタリア・共産主義運動というもう一つのトータルな試みとその挫折ののちに、啄木の場合と同じ心理的実質に支えられながら、それと著しく異った文明批評形式として日本ロマン派が生まれたものと考える。そのさい、もっとも根本的な（中略）差別となったものは、啄木の文明批評が「時代閉塞の現状」のもとに、「強権（＝国家）、純粋自然主義（＝中間層的意識）の最後及び明日の考察（＝抵抗）」というまさに現代的な構想を含んでいたのにたいし、日本ロマン派の文明批評は（中略）「無限の自己否定」の志向としてのみ（即ちイロニイとしてのみ）自己を主張するという悲劇に終ったことである。（『新装版　増補　日本浪曼派批判序説』）

時代背景を含めた解説が必要だろう。昭和初期までは、社会改造を目指す人びとのバイブルはマルクス主義であった。『資本論』は社会情勢を判断する基準、ものさしの役割を果たし、理想的未来像が描かれていたからである。しかし相次ぐ政治的弾圧によって、未来像を失ったのが昭和一〇年代だった。その際に若者を襲った精神的危機を、橋川は、明治末期の石川啄木とおなじだと指摘している。この指摘の背景には、次のような明治時代への評価があった。明治は「富国強兵」を国民全体のスローガンとして、国づくりをはじめた時代である。結果、日清日露戦争に勝利し、明治三〇年代後半には植民地化の危機から完全に脱出する。その結果、国民を束ねていた「富国強兵」のうち、「強兵」

とそして「国」への関心が薄れていくことになる。国家について常時緊張して考える必要性が、なくなったからである。若者の関心に残ったのは「富」すなわち経済的成功だけとなった。若者が情熱を賭ける場所は、国家でも強兵でもなく、金銭獲得になったのだ。

当時、進出していた大陸で、一獲千金を求めてグローバルに活躍する若者の悲劇を、同時代の夏目漱石が『門』で描いている（詳しくは「第五章　グローバル時代の日本人――夏目漱石『門』を読む」参照）。だが成功者はごく少数なのであって、大半の若者は都会の片隅で膝を抱えているしかなかった。啄木が悲しみ深い歌を多く残したこと、文明批評のタイトルを「時代閉塞の現状」としたのはこのためであった。自暴自棄となり、出口なき貧困を生きねばならぬ若者たちを魅了したのが、自然主義文学であった。リアリズムを強調し、人間の赤裸々な姿を描くことで、社会の欺瞞《ぎまん》を告発しようした作品が、若者の退廃的な気分をよく映しだしたのだ。

そして橋川は、大正デモクラシーと世界大恐慌、共産主義運動の挫折を経て、昭和一〇年代に再び、明治末期の啄木的心情が、若者の間に復活したと指摘しているのである。啄木に代わってこの時期登場したのが、保田與重郎らによって主導された文学運動、すなわち日本ロマン派であった。ロマン派という名前が示すように、ドイツ・ロマン主義の影響を彼らは意識しつつ日本古典への回帰を主張し、「近代システム」からの脱出を主張したのである。美文を駆使した保田の文体は、戦争へむかう若者を虜《とりこ》にした。時代はもう戦争を回避することはできない。だとすれば、共産主義革命など夢想に過ぎない。革命は言葉の世界で起きる。しかも古典に耽溺《たんでき》することで、瑞々しい若者たちが死を受け入れる理由を与えてくれることが「近代システム」から逃れる唯一の手段なのだ。

自然主義リアリズムと「人間」

ではこうした時代の大きな流れの中で、和辻哲郎はどのような思索に明け暮れていたのだろうか。若き和辻の戯曲作品にヒントが隠されている。

たとえば、若き日の和辻哲郎に強烈な印象を与えたのが、明治三六（一九〇三）年におきた一高生・藤村操の投身自殺である。日光華厳の滝から投身自殺した藤村の傍らには、木を削り書き込まれた遺書があった。「巌頭《がんとう》之《の》感《かん》」と題された遺書には衝撃的な内容がふくまれていて、とくに「万有の真相は唯だ一言にして悉《つく》す、曰く「不可解」。我この恨を懐いて煩悶《はんもん》、終に死を決するに至る」の一文がもった破壊力はすさまじいものだった。夏目漱石や岩波茂雄ばかりでなく、和辻自身が戯曲「復活」で、次のようにとりあげたのである。

文科大学で哲学を専攻した主人公・藤波は、友人の裏切りによる恋愛事件をきっかけに精神を病み、中禅寺湖畔をひとり逍遥している。もちろん中禅寺湖とは藤村操が身を投げた場所のことである。苦悩を支えようとする友人・山野の問いかけに藤波は、次のようにいう。「藤波　神経衰弱かも知れん、デカダンかも知れん。しかし儼然たる事実だ。病的だといいたいなら勝手にいうがいい。（中略）現代の社会を見て虚無という事がありありと見えるのを、どうして覆う事が出来る」（「復活」）。

主人公・藤波には、この世の不調和と醜悪な部分ばかりが眼について離れない。信仰も理想も芸術すらも、一切が空虚だとしか思えなかった。内向する思考は、彼をどんどん死の誘惑へと引きずりこんでゆく――。

この時点で、和辻を捉えているのは自死への誘惑である。自分の意志によって死という究極の自然現象、万物の宿命をコントロールすることは、自由のもう一つの素顔である。神の宿命を意志で操ることは、自由の象徴的行為なのであり、和辻は思春期の誘惑に、あやうく身を委ねかけている。明治末期、そこに火を放つように広がったのが自然主義リアリズムの流行であった。

たとえばここで、江藤淳のリアリズム批判を参照してみよう。江藤淳は若干二三歳のときに書いた夏目漱石論でデビューし、石原慎太郎・大江健三郎らと時代をリードした戦後の批評家である。その江藤は、坪内逍遥と二葉亭四迷、さらに正岡子規から自然主義リアリズムの特徴と、その「人間」像に迫れるといっている。まず明治一八年に『小説神髄』を書いて、逍遥が新しい文学の特徴をリアリズムにあると主張したとき、それは人情を赤裸々に描写する西洋文学の写実主義のことだった。この手法を日本に導入することで、勧善懲悪の単調な物語に堕していた江戸文学の伝統を斬る。これがまずもって逍遥が目指していた文学の「近代化」のはずであった。

ところが不思議なことに、実際の逍遥の作品は、自らの主張とは似ても似つかない古風なものであった。文体が、滝沢馬琴や式亭三馬といった江戸の伝統にどっぷりと漬かっていて、近代文学のていをなしていなかったのである。逍遥だけではなく四迷もまた、最終的には筆を折っている。どうしてこういう事態が生じたのか。つまり、彼らは「近代」文学を書くことができなかったのだろうか

——江藤淳がだした答えは次のようなものだった、「彼らにはものがはっきり見えなかったのであり、しかもそれでいながらものの存在は感じられたのである。おそらく彼らは、そのことに怯えていた。なぜならこのものは、名づけようのない新しい現実、とでも呼ぶほかないものであったから」（「リアリズムの源流」、傍点江藤）。

抽象的な言葉を駆使して、江藤がいいたいことは次のようなことだ。逍遥や四迷の前には、明治維新いらい激変をつづける日本社会がある。根本的な世界観のゆらぎと瓦解が起きていた。維新期の変化は、自分の血肉となっている江戸文芸の伝統では、もはや「名づけようのない新しい現実」に他ならなかった。ところで言葉とは、世界を腑分けし理解することを可能にする道具である。バラバラになった世界を回収し、一つひとつ自分が背負った籠の中に回収し、もう一度組み立てなおすための道具である。使い慣れた杖が、眼とおなじになるように、言葉は僕らの身体と化している。馴染んだ杖は、延長された身体ということもできるだろう。

だとすれば、道具が届かない世界が現われれば、「彼らにはものがはっきり見えなかった」ことになる。世界は確かに広がっているが、流動極まりない。杖がその形状を捉えられない以上、世界は混沌のままなのであって、「自己」もまた世界での位置づけを見失ってしまう。杖によって拡大されていた身体は、今や自己を抹殺しかねない程までに縮小してしまう。世界の解体は、自己像の溶解なのであり、和辻哲郎を襲った自死への誘惑も、この自然主義リアリズムの流れのひとつなのである。

逍遥と四迷は、それぞれ『小説神髄』『小説総論』を書くことで時代の変化を知っていた。だがしかし、変化をつかみ直す言葉、近代小説を生みだすための新しい杖を見つけることができない旧世代だった。いっぽうで、流入する西洋文明を器用に使いこなし、文学作品にも応用する小説家もいた。江藤が強調したのは、こうした流行作家もまた日本の「近代」を描くことに失敗したということだった。だとすれば、逍遥も四迷も失敗し、西洋文学心酔者も書けない「近代日本文学」はどこにあるのか。その特徴は、自然主義リアリズムとどう異なり、「人間」をどう描いたのか。江藤が発見したのは、正岡子規の言葉を批判的に検討することであった。もう少しだけ、江藤の自然主義リアリズム批判を辿っておこう。

正岡子規が登場したのは、明治二〇年代後半のことである。江戸文化の崩壊が決定的に進み、明治藩閥政府によって政治制度も完成をむかえた時期である。このとき子規は江戸期の文語文を手放し過去の世界観を失ったのである。こうして言葉から江戸時代を脱色したとき、子規の手元には何が残ったのだろうか。江藤によれば、子規の手に残された言葉は過去の色彩を失い、ほとんど記号とおなじものになってしまったのである。たとえば僕たちは普通、「うれい」という言葉ひとつとっても、愁・憂・患などによってさまざまなイメージを手に入れる。言葉は陰影をもっていて、選び方ひとつで心の中を秋風はよぎり、木々のざわめきを感じとることができる。それは言葉が本来、弾力を帯びていて過去からの養分を吸い込んだ豊饒なものだからである。積み重なった「うれい」の記憶が、僕たちに継承されているのだ。

だから言葉は断じて記号であってはならない。にもかかわらず子規にいたって、日本文学は弾力性を失った。子規の手元にある言葉には時間性がない。人びとの記憶が消し去られているからだ。この子規の特徴こそが、自然主義リアリズムの最終到達地点である。

つまり文学とは、馴染んだ時間があってはじめて生まれる。自然主義リアリズムが描く「人間」には、時間がないのだ。

日本文学は「離人症」である

自然主義リアリズムとは、歴史と記憶が剥落《はくらく》した無色透明な記号で書かれた文学である。自然主義リアリズムは、他者との「関係」を結ぶことができない。作品中の言葉は徹頭徹尾、自分の生きにくさや性的描写に費やされ、他者と出会わないからだ。自閉的モノローグの穴倉から脱出できず、ひたすら「自分さがし」の言葉を書き連ねる。「もの」のように無色透明となった自分を追いかけ、描きつづけたのである。

この自然主義リアリズムを、精神病理学から見たばあい、日本文学は「離人症」に分類することができる。たとえば木村敏は、僕たちが世界と出会うありかたを、「こと」的世界と「もの」的世界という概念をもちいて説明した。「自分」という存在が、目の前にある世界と「関係」をむすび、そこに位置づき、存在しているというごく当たり前の感覚を説明することは、意外にむずかしい。当たり前どころか、離人症患者はこの感覚を喪失し苦しんでいるのだ。

離人症において欠落する感覚がことの世界についての感覚であることは、あらためて言うまでもない。健康時の生活において世界のもの的な知覚を背後から豊かに支えていたこと的な知覚が一挙に消失して、世界はその表情を失ってしまう。離人症患者はほとんど異口同音に「自分がなくなった」、「自分ということがわからない」と訴えるけれども、このことは、われわれが「自分」とか「自己」とか呼んでいるものが実はものではなくて、自分ということによって成り立っているのだということをはっきり物語っている。（『時間と自己』、傍点木村）

この精神分析学者の指摘は、江藤淳の自然主義リアリズム批判と完全に重なっている。江戸の伝統に支えられていた逍遥と四迷が、幕末の激変に突き落とされ、失ったのが「こと」的世界観である。「こと」をはく奪された言葉は、「もの」になる。「もの」的にしか世界とかかわれない作家が、言葉を紡げば当然、「もの」的な小説しかできない。

離人症の特徴は、一つひとつの事象の関連性が脱落し、「もの」が無数に点在するイメージである。患者が「自分がなくなった」というとき、自己が時間と密接なかかわりがあって、はじめて成り立つことがわかる。一時間前の経験と、今この瞬間の経験がつながり、おなじ人格が行っているという感覚が、アイデンティティをつくる。この感覚の喪失が「もの」的世界観である。他人にたいし責任を感じるのも、過去の行為を自分がしたものだという確信に支えられていなければ成り立ちようがない。つまり離人症患者は、時間をうしなった結果、他者もうしなっているのである。

このイメージこそが、文学をふくめ、開国後の日本で起きた時代を正確に理解するカギとなる。自然主義リアリズムや子規を江藤淳がはげしく批判したのも、この離人症的＝「もの」的に言葉を取り扱っているからに他ならない。それは言葉から時間が剥落し、記号になってしまっているということだ。

　無数のいま、いま、いま、が転がっていて、「流れ」という持続がない。正岡子規いらいの日本文学は、しばしば自己を絶対化したといわれるが、正確には、「自分がなくなった」という感覚を恐れた作家たちが、自分さがしを無限定に続けているに過ぎない。「自分ということがわからない」のは当然のことであって、時間性も他人も見失った記号でいくら自分を描いても、自分と世界との生き生きとした「関係」を描けるわけがない。

　木村によれば本来、「ことばはそれ自体一種のものでありながら、その中に生き生きとしたことを住まわせている」（同前、傍点木村）。このような言葉の姿をすっかり失った文学が、自然主義リアリズムの正体なのである。江藤淳が夏目漱石を評価したのは、漱石だけが自己の背後にある「こと」の世界に敏感だったからだ。西洋文学と自己の「あいだ」の軋轢葛藤《あつれきかっとう》を言葉にした漱石は、世界を「こと」的に見ているのだ。

　そして和辻哲郎もまた、離人症的状況からの脱出を試みた思想家だった。「こと」的世界観を取り戻そうとした思想家だといい換えてもよい。和辻は自然主義リアリズムを江藤淳とはちがう方法で乗り越えようとしたのであって、彼の「人間」の学としての倫理学は、他者との関係＝時間の回復をめざしていた。そして象徴天皇制の発見は、歴史（時間）奪還の試みだったのである。

和辻倫理学と天皇

倫理を問うことは畢竟人間の存在の仕方を、従って人間を問うことにほかならぬ。すなわち倫理学は人間の学である。（『倫理学』）

倫理学について考えることは、「人間」を知るためである。そして倫理を問う唯一の入り口は、この言葉が、僕たちに共通の問いとして論じられていることだけである。デカルトは、コギトが唯一確実な哲学の出発点だといったが、和辻のばあいは、倫理という言葉が共有されていること、つまり関係性が出発点となる。

だから「倫理」「世の中」「存在」などの言葉を、古典の用例にあたり調べると、「人間」とは何かを突き止められる。デカルト的な立場から出発すれば、倫理は道徳、つまり個人的な傾向をもつ。しかしたとえば、人と人との「関係」は、様々な階層や色分けがなされている。家族、師弟関係、会社の同僚によって、僕たちは挨拶の仕方を変えている。それぞれのルールがあるのであって、倫理は個人を超えた人間関係を考えることを第一とする。

和辻が気にかけるのは、人間関係の脆さと危うさである。「従って共同存在はあらゆる瞬間にその破滅の危機を蔵している」。にもかかわらず、「人間存在は、人間存在であるがゆえに、無限に共同存在の実現に向かっている」（以上、同前）。この矛盾した人間イメージは、「人間」が常に「関係」を結びあう存在であり、でもそのつながりは、いつ破滅し、終わりを迎えるかもしれない「こと」を示している。

和辻が一例に挙げるのが手術である。患者の親族が手術を見学すれば、多くのばあい、卒倒してしまうだろう。だが医者は、施術している時は、あたかも肉塊を取り扱うかのように、坦々と作業をこなしていく。しかし一旦、手術室を出れば、患者を一人の「人間」として、喜怒哀楽をもって接するようになる。

家族が動転し、気を失うのは、この肉体をかけがえのない父、あるいは肉親と見るからである。横たわっている肉体は、家族の歴史に包まれて、見つめられている。ともに野球をし、卒業式で写真に納まり、結婚式で涙し、震災の時にはひときわ大きく見えたのが「父」であり、蓄積された時間を蔵した肉体である。ところが、手術室の医者の前では異なる事態が起きている。そこでは「人を単なる生理的肉体として取り扱うためにはさまざまの資格を取り除き一つの抽象的な境位」（同前、傍点和辻）をつくらねばならないのだ。社会から与えられた役割を、一つひとつ削ぎ落すことで、父は肉塊となるのだ。

先に木村敏が、離人症患者の世界を「もの」的世界だと指摘したことを思い出そう。和辻が、父親が肉塊に変化する際に見ているのも、この「もの」的世界である。また江藤淳が、正岡子規の言葉から歴史が剥落し、記号になっていると指摘したこともおなじことを語っている。

木村が精神分析によって、江藤が明治文学から近づいた世界を、和辻はデカルト批判でおこなっている。僕たちがデカルト的に、人を「もの」のように見なし、思考の出発点にしたばあい、「良心」や「負い目」さらには「死の覚悟」は、すべてコギトが解決すべき問題になってしまう。善悪とは何か、何に負い目を感じるのか、死にどう向き合うかという問題は、すべて、単独で判断せねばならなくなってしまう。死を自在に取り扱うことができる以上、いつ自殺しても構わない。負い目もまたおなじであって、「負い目は人間存在の規定ではなく、ただ個存在があらゆる『不』の根柢たることをのみ意味することになる」（同前）と和辻は指摘する。

人間が「関係」を喪失することは「不」、すなわち内面に出所不明の自己否定を抱え込み、相手不在の罪責意識に苛《さいな》まれつづける。人はこのとき「もの」にまで転落しているのだ。だから和辻は力強く次のように断定する、「個人存在があらゆる空しさの根柢であることを覚るのみでは、個人の超個人的な意志への合致を命令する道徳法は可能とはならない」（同前、傍点和辻）のだと。

ここでの道徳法とは、もちろん「倫理」のことを指している。しかも若き日の和辻は、自然主義リアリズムへの違和感から思索を出発させていた。言葉と肉体の違いこそあれ、過去が奪われるという意味で、自然主義リアリズムと手術はおなじ事態を表している。手術室のような特別な空間であれば、人が肉塊になることも必要だろう。だが、手術室以外で、自己も他者も過去を全否定し、「もの」対「もの」になってしまえば、そこには、「関係」不在のヒトたちがひしめきあっていることになる。箱の中にびっしり詰まったボールがいかに身を寄せ合っても親しくはならず、喧嘩が起きることもない。それをかつて、マルクスは「人間」だけが「関係」を結べる存在なのだといったことがある。和辻のばあい、ズラリ並んだ手術台の上の肉塊は、決して関係を結ぶことができないし、自然主義リアリズムは「人間」を描くことができないといいたかったわけだ。

和辻は、負い目の泥沼に沈むのを防ぐために、超越性（神）のような存在をもちだすことはない。『古寺巡礼』や『日本精神史研究』において、仏像を信仰の対象ではなく、美術作品として見ることを発見した和辻は、超越的な価値を信じられないからだ。だから彼は「倫理」を強調する。江藤淳であれば「他者の感触」と呼んだものを、和辻はアカデミックな倫理学によって主張しているのである。

人間は、歴史的存在である

この人間の基本的なあり方は、つねに危機にさらされている。たとえば和辻は、「人間存在」という日本語に注目する。存在の「存」は、いつ時間が途切れるかわからない恐怖をあらわしており、あらゆる瞬間に「亡」に転じる可能性がある。存亡の危機という言葉があるのはそのためだ。時間はその背後に、つねに終焉と崩壊の自覚を含んでいる。また、存在の「在」もおなじあやうさを宿している。今ある場所から、何か大切なものが奪われ、忽然と消える可能性を「在」は含んでいる。和辻が人間存在の具体例として挙げるのは、次のような母子関係をめぐってである。

> たとえば子を失った者ほど子の存在を強く感ずる者はない。子は無くなることによってかえってあらゆる事物に己を現わしてくる。子の残して行ったものがすべて子の存在をさし示すのみなら

ず、子の生きていた時には子と関係があるとも思わなかった物までが、たとえば電車、自動車、雪、雨、犬、馬等々、総じてその子が興味を持ちその子の存在に関与していたすべてのものが、その子を思い出させる種になる。（『倫理学』、傍点和辻）

和辻がいいたのは、母子の間に横たわる存在の脆さのことだ。さらに和辻が発見しているのは、死というものが、自然主義リアリズムが陥ったような自死だけではないということだ。子供の死が教えるのは、どう転んでも帰ってこない喪失感である。その不在感が、他者の「存在」を強調する。痛切に他者を感じる感覚が、時間と空間を背負った「自己」を形成する。母親という役割を生きることが、自己を形成しているのだ。

　母親は、子供と乗った自転車をいとおしむ。子供のぬくもりを感じ取り、椅子を撫でまわす。そこに思い出があるからだ。他の椅子に取り換えはきかない。つまり天や神などの超越性に代わって、歴史だけが母親を生かしている。絶望から「人間」へと戻る唯一の手段は、歴史なのである。「人は死に、人の間は変わる、しかし絶えず死に変わりつつ、人は生き人の間は続いている。それは絶えず終わることにおいて絶えず続くのである。個人の立場から見て『死への存在』であることは、社会の立場からは『生への存在である』」（『風土』、傍点和辻）。

　だから和辻は、「人間」が歴史を身に帯びて、しかも他者と「関係」する生き物だといった。その時空間は、デカルトのコギトや延長といった無色透明で、普遍的な「もの」ではない。何とでも交換可能という意味での自由はない。日本という凹凸と色彩をもち、歴史と他者が僕らを拘束してくるのだ。だが、この拘束は、自然主義リアリズムが陥った「自己」、モノローグから僕たちを解放してくれる。つまり「人間」は、歴史（時間）と他者（関係）を背負うことで、逆に「自由」になれるのである。

だから和辻が、『倫理学』と、『日本倫理思想史』を書き、何より天皇に注目したのは当然のことなのだ。和辻は「人間」が滅亡と解体をはらんだ時空間を生きていることを知っている。それでもなお、人は生きるために、慣習の継続性へと手を伸ばし、世界と人間を色づける。「人間」は日本人・アメリカ人・イギリス人でしかあり得ないのであって、日本という時空間は、天皇に象徴される文化に色づけられていると考えたのである。

わたくしが前に天皇の本質的意義としてあげたのは「日本国民統合の象徴」という点であって、必ずしも国家とはかかわらないのである。（中略）それは日本の国家が分裂解体していたときにも厳然として存したのであるから（中略）その統一は政治的な統一ではなくして文化的な統一なのである。（「国体変更論について佐々木博士の教えを乞う」、傍点和辻）

頻出する「文化的な統一」という言葉に注目すべきである。「人間」は、時空間の分裂解体を防ごうとする存在である。時間と空間が宿している喪失と崩壊を、なんとか防ごうとし、秩序をつくりつづけようとする。天皇は、そういう人間存在のあり方を象徴している。たとえば戦争によって、政体としての国家、法律によってつくられた秩序が崩れても、なお、僕たちは不変なものをもっている。それが文化概念としての天皇なのだ――「日本の歴史を貫ぬいて存する尊皇の伝統は、このような統一の自覚にほかならない」（同前）。自然主義リアリズムと離人症から日本人を救出するには、天皇という存在が不可欠なのである。

「人間」、この弱きもの

ところで柳田國男と坂口安吾に、自然主義リアリズムとはまったく異なる《現実《リアル》》がある、といったのは柄谷行人である。柄谷によれば、カントとマルクス、フロイトには共通した思想態度がある。それは啓蒙主義への懐疑とでも名付けるべき態度であり、日本思想史のなかでは、柳田と安吾がそれにあたる。

たとえば、分裂病の患者にたいして、君の考えは妄想である、だから理性的になれ、ありのままの現実を直視せよと迫るのが啓蒙主義である。これは宗教批判についてもいえるのであって、マルクスが指摘したように、宗教からの覚醒を合理的に求めたとしても、それは不可能なのである。人間が憑かれている信仰や幻想は、啓蒙主義以外の方法で「外部」へ出ねばならない。近代日本でいえば、柳田と安吾こそが啓蒙主義を免れ、妄信を破砕しその外側にある《現実》に到達できたのである。

柄谷が安吾を論じた「『日本文化私観』論」のなかで、具体例として分裂病患者を取りあげているのは偶然ではない。宗教への妄信と分裂病の妄想にはどこか共通点があるからだ。では分裂病の特徴とは、具体的にはどういうものなのだろうか。ここで僕が参照したいのが、「自明性の喪失」という概念である。分裂病の典型的な特徴は、現在の「自分」にたいする決定的な喪失感である。その名も『自明性の喪失』のなかで、精神分析医・ブランケンブルクが具体的症例としてあげた患者アンネは、生活で感じる幸せが、何によって支えられているのかわからないことに悩む。生まれや育ちがよいとか、家族関係に恵まれていることは何ら生きていく上での「気楽さ」の担保にはならない。アンネがもどかしげにいう「何か」安心させてくれる基盤、健常者にとってはごく自明な安定感を、彼女はあらかじめ失っているのだ。彼女から見て、健常者には何かを判断する基準があるのだが、「自明性」を失った彼女は、つねにいろいろなことにかき乱され、何ごともまとめることができない。彼女はどれだけ努力しても、結論をだし、決定することが不可能なのである。自己の確実性を奪われた分裂病患者の心を、他者が圧迫して攪乱してくる。

　ここには、江藤淳のいう「他者の感触」とはまったく別の他者がいる。このばあいの他者は、不定形で攻撃的な存在として分裂病者を襲う。つまり、アンネが妄信や幻想から解放され、自由になることはあり得ない。分裂病患者にとって、現実とは、自分の不確実性を確認しつづける作業場なのである。以上のブランケンブルクの分裂症の説明を念頭におきながら、もう一度、柄谷の論考に戻ってみよう。すると柄谷は、柳田と安吾に、分裂病患者に接する独自の方法を発見していたことがわかる。分裂病患者が苦しむ不確実性、妄想のなかに閉じ込められた状態からの脱出方法を柳田と安吾は教えてくれるのだ。

民俗学に進んだ柳田は、常民の生活に《現実》を発見し、分裂病を克服したといえる。また柳田の《現実》は、安吾では「ふるさと」と呼ばれる。それはロマン主義がしばしば口にする、故郷喪失のふるさととは異なる。ロマン主義の故郷が温かみを帯び、追憶の対象であるのにたいし、安吾の「ふるさと」は途方もなくあかるく、透明である。帰る場所というよりも、むしろひとを突き放すようなある感覚のことであり、「むしろそれらの裂け目からのぞきみえる何かグロテスクな感触」(『日本文化私観』論)のことなのである。それは意味でも無意味でもなく、非意味なのだと柄谷は説明する。以後、柄谷が『探究Ⅰ』などの著作において、ヴィトゲンシュタインとマルクスを論じ、執拗に指摘する「外部」とは、この安吾の「ふるさと」のいいかえである。この《現実》を、「近代システム」からの離脱とも、閉域からの脱出ともいいかえることができる。つまり僕が冒頭で、批評とは開かれていなければならない、といったことにつながっている。吉本隆明が人間にとって信じるとは何かという開かれた問いをもって、天皇に対したのとおなじ姿勢が柄谷にはあるのだ。

では、安吾の「ふるさと」は、僕らをどこに導くのだろうか。「近代システム」の「外部」に連れ出してくれるのか。その際に出会うことができる《現実》は、どのような表情をしているのだろう。それを『白痴』と『桜の森の満開の下』という二作品で具体的に見てみることにしよう。とくに、両作品における「孤独」という言葉の違いに注意しながら読んでみよう。

まず、『白痴』の舞台は、戦時下の空襲の場面である。空襲の最中、白痴の女は一切の言葉をうしない、顔からも表情が消えてしまう。傍らにいる主人公・井沢の存在すら、忘れてしまったかのようである。安吾はこのように二人を描いたうえで、「人間」であるならば、女の陥った孤独は、あってはならないものだと指摘する。男女が二人だけで押し入れの中にいて、空襲の最中で、もう一人の存在を忘れてしまうことなど、あってはならないというのだ。女の孤独は「芋虫の孤独」なのであり、暗い世界への無限の落下があるのみである。傍らの主人公「井沢」の眼をとおして、安吾は、女の孤独に否定的な評価をくだしている――。

ここで安吾が必死に描こうとしているのは、和辻哲郎と木村敏、そして江藤淳やブランケンブルクとおなじ事態である。白痴の女が喪失しているのは、世界や他者との生き生きとした「関係」である。ところが、安吾は『桜の森の満開の下』になると一転して孤独に、正反対の評価をくだしている。主人公の「彼」の孤独を肯定的に描いてみせるのだ。「孤独」「無限の虚空」という言葉に注意して、読んでほしい。

彼は始めて桜の森の満開の下に坐っていました。いつまでもそこに坐っていることができます。彼はもう帰るところがないのですから。

桜の森の満開の下の秘密は誰にも今も分かりません。あるいは「孤独」というものであったかも知れません。なぜなら、男はもはや孤独を怖れる必要がなかったのです。彼自らが孤独自体でありました。

彼は始めて四方を見廻しました。頭上に花がありました。その下にひっそりと無限の虚空がみちていました。（『桜の森の満開の下』）

『白痴』に登場する女の孤独はあってはならないものとされていた。「人間」としておかしい、と安吾はいっていた。ところが『桜の森の満開の下』では、孤独は肯定されている。「彼」が桜の下で感じる孤独は、あかるい。そのあかるさは、最終的には「無限の虚空」に満たされているというのだ。

だとすれば、次のようにいうことができるだろう。安吾は『白痴』から『桜も森の満開の下』の間に、孤独の評価を逆転させている。空襲の下では警戒していた孤独にたいし、桜の森の下にただずんだ主人公の孤独は、肯定しているからだ。だがそれはきわめて危険なのではないか。夥しい陽光のもとで、あかるさを肯定し、「無限の虚空」を賛美する安吾は、なにか、決定的に重要なものを、手から滑り落したのではないか。

ここでアガンベンを思い出すべきである。先に引用した『例外状態』のなかで、アガンベンはシュミットとベンヤミンを比較しつつ、次のように述べていた。人間の意志一切を押し流し、救済のない「絶対的に空虚」な場所、他者抹殺と暴力と無秩序が支配する場所は、「白く」、そして「空虚」なのだといっていた。それを「白い終末論」と名づけ、美と死が支配する空間として、僕たちに差し出したのである。

だとすれば安吾の「無限の虚空」は、アガンベンの「白い終末論」のことではないか。『桜の森の満開の下』の「彼」もまた、おなじ場所にたたずんでいる。あれほどまで警戒してきた美と死の方へ、安吾はこのとき、あまりにも近づきすぎている。

だから僕が主張したいのは、次のようなことだ。先に柄谷は、「ふるさと」や《現実》の重要性を強調していた。分裂病患者を説得したり、天皇制の「外部」にでたり、最終的に資本主義ふくめた「近代システム」を相対化するためには、安吾の「ふるさと」がキーワードなのだといっていた。しかし安吾は、天皇制ふくめたシステムから離脱したその先に、花びら舞い散る「無限の虚空」があることを、ここで発見してしまった。そして近づく誘惑を押さえきれていない。つまり、柄谷が肯定的に描く「ふるさと」にすら、危険な「美しさ」があり、それは「死」の誘惑に近づいてしまうことがあるということだ。

つまり孤独であれ、ふるさとであれ、それを美しい《現実》であると美化するとき、「近代システム」の「外部」に出ることに失敗する。なぜならその孤独は、天皇制から逃れるどころか、おなじ場所――美と死――にたどり着いてしまうからである。実際、柄谷が『白痴』と『桜の森の満開の下』からどんな結論を得ているか。次の引用をみてもらいたい。

『白痴』が開示する存在論の猥雑さと、『桜の森の満開の下』が示す存在論の透明さは、一見異質であるようにみえる。しかし、それらはいずれも、ひとを突き放す《現実》なのである。（中略）安吾が書いているのは、人間の根底にはわれ嫌悪す、故にわれ在りというべき在り方しかないと

いうことだ。（『日本文化私観』論、傍点先崎）

柄谷はここで強引なまとめに走っている。なぜなら『白痴』の猥雑さと、『桜の森の満開の下』の透明さを、おなじだといってしまうからだ。でも僕がこの文章で再三指摘し、こだわってきたのが、透明な「美しさ」への警戒である以上、柄谷のこの指摘を受け入れるわけにはいかない。そしてその結論が、自己嫌悪しか残らないという指摘も受け入れられない。出所不明の嫌悪と抹殺衝動だけが、「自己」存在を証明してくれる。人を死へと誘うこの柄谷の「人間」考察は、漱石や江藤淳、初期の吉本隆明が直面したものであろう。

しかし安吾の「人間」ではない。

安吾が天皇制を拒否してみせたのは、天皇制そのものへの嫌悪感からではない。安吾は思索の原点として「美し」すぎるものへの嫌悪感があった。この事実を、あらゆる天皇批判論と安吾論が見落としている。エピゴーネン（啓蒙主義者）はもとより、柄谷もまた孤独の美しさに惹かれ、美と死へと近づいてしまう。安吾の透明さを求めてしまうのだ。

だがそれにしてもなぜ？

なぜなら、安吾の主題を見落としているからだ。安吾が終生、憑かれたのは「人間」とは何かという問いである。最大の興味は、武士道でも民主主義でも、天皇制ですらない。ふるさとでもないし、ナンセンスでも外部でもないのだ。

「人間」。それだけが、安吾の興味のすべてである。

安吾ほど、人間存在を肯定しようと努めた作家はいない。混沌と矛盾、自己嫌悪を美談にしてはならない。グイと飲み干せ、それが「ファルス」なのだと安吾はいった。また私はただただ人間を愛す。私を愛する。私の愛するものを徹頭徹尾、愛するのだと安吾はいった（「デカダン文学論」）。他者を受け入れるためには、自己愛なくしてはできない。自己愛もまた、ファルスでなければならない。つまり安吾に自己嫌悪はない。

安吾は思索の原点に、つねに美と死をおき警戒しつづけた。だから安吾は、「人間」は永遠に堕ちぬくことはできず、可憐で脆弱だから、結局は武士道をあみだすし、自分なりの天皇を必要とするといったのである（『堕落論』）。もちろん一切、安吾は保守化などしていない。ただ安吾は、人間の弱さに精通していただけである。あるいは弱さこそ「人間」なのだと喝破しただけである。安吾にとって、堕落するだけでは、「人間」の本質に迫ることはできない。永遠に堕落するには弱すぎる存在、喜怒哀楽に一喜一憂する「人間」こそが《現実》なのだ。

和辻哲郎はなぜ天皇が、「人間」にとって必要だといい募ったのか。

なのに、安吾はなぜ「人間」にとって、天皇制を危険だといったのか？

つまり、日本という身体に、天皇は良薬なのか劇薬にすぎないのか。僕はこのように語ることから、この文章を書きはじめた。

「人間」とは何か？　結局、僕たちの興味はここに集まる。

天皇制を批判するのも、日の丸を振って全面肯定するのも、それは自由である。だが天皇をめぐる言葉が「人間」にふれていなければ、批評するに値しない。つまり坂口安吾にも和辻哲郎にも、近づくことができない。

参考文献

『増補版　和辻哲郎全集』全二五巻＋別巻二、岩波書店、一九八九―一九九二年
『坂口安吾全集』全一八巻、ちくま文庫、一九八九―一九九一年
赤坂憲雄『象徴天皇という物語』ちくまライブラリー、一九九〇年
赤坂憲雄・吉本隆明『天皇制の基層』講談社学術文庫、二〇〇三年
木村敏『時間と自己』中公新書、一九八二年
坂本多加雄『象徴天皇制度と日本の来歴』都市出版、一九九五年
橋川文三『新装版　増補　日本浪曼派批判序説』未来社、一九九五年
山田広昭『三点確保――ロマン主義とナショナリズム』新曜社、二〇〇一年
ヴァルター・ベンヤミン『暴力批判論　他十篇　ベンヤミンの仕事1』岩波文庫、一九九四年
ヴォルフガング・ブランケンブルク『自明性の喪失――分裂病の現象学』みすず書房、一九七八年
カール・シュミット『政治的なものの概念』未来社、一九七〇年
カール・シュミット『政治的ロマン主義』みすず書房、二〇一二年
ジョルジョ・アガンベン『例外状態』未来社、二〇〇七年

第二章　近代の超克――江藤淳論

1　文藝批評家にとっての「近代」

出会い

カール・マルクスはマルクス主義者ではない、という言葉を聞いたことがある。より正確には、パリ・コミューン後のフランス労働党結党にかかわり、娘婿でもあったポール・ラファルグから、フランス社会主義の実情を聞いた際、一八八〇年頃にマルクス本人が、「私に分かることは、私はマルクス主義者ではないということだ」といったことをさしている。

マルクスは、豊饒《ほうじょう》な雨水を湛えた湖のような存在であって、彼の思想を汲み尽すことはできない。無限の解釈を許す近代の古典たるゆえんである。しかるに「主義」者は、汲みあげた僅かばかりの水をもってマルクスだと語り、盥《たらい》の中を懸命にのぞきこんでいる。もちろん、映っている顔はマルクス本人ではなく、貧相な主義者自身の顔である。各々の盥に映る顔はちがうので、どれが本物なのかをめぐり争いが起こる。それは高度な論争のように見えて、その実、水面に映った自分の顔に酔ったナルシシズムにすぎない。神格化されたのはマルクスですらなく、自分自身だったのである。ただ確かなことは、マルクス本人は「膨大な資本制社会の構造理論をば一個の商品の分析より築き上げて行った」（丸山眞男「近代的思惟」）こと、つまり資本主義の魔力に魅せられ、執拗にその暗黒面を暴露し、「近代」を乗り越えようとしたことにある。

また流動し運動する世界に魅せられ、探求しつづけたガリレオ・ガリレイやヨハネス・ケプラーのばあい、その変化の奥にある不変のもの、すなわち永遠に触れようとした。揺れ動き偶然に左右される現実を超えるために、彼らは原理の確立に取り憑かれた。その本質主義的思考が「近代」物理学を生んだのである。あくまでも確実なものへと邁進する彼らは、デカルト主義の徒であったといってよい。以後、メルロ・ポンティであれラカンであれ、西田幾多郎すらも、デカルト批判を梃子《てこ》に物理学・精神医学・哲学の発展に寄与してきたのである。

つまり現在、僕たちの周囲にある諸科学の歴史は、マルクスの資本主義批判と同様、つねに「近代」を懐疑し、その超克を目指してきたものである。

だがこうした事実をしったのは、研究者をめざしてノートをとるようになってからのことだ。僕にとって、たとえば江藤淳との遭遇は、もっと生々しいものであった。江藤淳という名前にいつ、どこで最初に出会ったのか、実ははっきりとは覚えていない。江戸期の国学者・本居宣長で卒業論文を書いて、大学を卒業したのが平成一一（一九九九）年四月。江藤が処決する三カ月程前のことである。江戸思想研究、なかでも国学の和歌をめぐる学問に魅せられた僕は、同時に伊東静雄や萩原朔太郎ら日本浪曼派の詩人たちを好む、どちらかというと時代遅れの「硬派」な学生であった。友人たちが貪《むさぼ》り読み、激論を戦わせる現代思想や文藝評論の世界とは一線を画していたのである。しかしそれでも、柄谷行人の諸著作はすべて読むべきであり、今村仁司らによる講談社の「現代思想の冒険者たち」シリーズはでるたびに買って読んだ。平成一〇（一九九八）年に東浩紀が『存在論的、郵便的』で登場すると、哲学科の友人は本気で「浅田彰氏の『構造と力』は、東氏によって乗り越えられた」と気色ばんだ。

だから大学院に入学した直後のある日、自宅の受話器のむこう側から「先崎君、もっと批評を読まねば駄目だ」と強い調子で詰め寄られたときには戸惑いつつも納得した。法学部に所属しつつもラカンに熱中し、聡明でしられたその友人に伴われて、僕は慶應義塾大学の一室を訪れたのである。そこでは福田和也門下の学生が主催する文学研究会が行われており、桶谷秀昭の弟子で、亀井勝一郎の研究をしている他大の院生なども交じっていた。

酒の席で交わされる近代批判は激烈をきわめた。圧倒的な知識量が飛びだす彼らの口元は熱気を帯びていて、平成の日本は閉塞の極北で「どんづまり」であること、いま必要なのは資本主義革命ではなく文藝による革命であること、近代の超克は自分たち若者の使命なのだといい放った。古典を読むのはよい、だがなぜ読むのかを考えよと叱責《しっせき》された。僕はいいかえすだけの言葉を、もちあわせていなかった。福田の『日本の家郷』や『保田與重郎と昭和の御代』はここでの聖典であり、批評こそが平成の超克の唯一の手がかりとされた。

江藤淳を読み始めたのは、こうした知的雰囲気のなかでだったと思う。江藤が保守主義者なのかどうかも、ろくにしらなかった。だから柄谷が、江藤に読んでもらうために漱石論を書いてデビューしたこと、また『奇妙な廃墟』が江藤に認められて福田が論壇に躍りでた「事実」なども、まったくしらなかった。ただそういう事実を超えて、江藤の書く文章は、やわらかい二〇代の青年の心には十分すぎるほど瑞々しく蠱惑的《こわくてき》なものであった。

日本「と」私

はっきりと覚えているのは、昼なお暗い大学図書館の片隅で『成熟と喪失』に触れたときのことである。斬ればどくどくと鮮血が流れそうな文体は異様であり、読み進めることは困難に思われた。だが終盤、庄野潤三の小説を取りあげた箇所で、「彼らは『隠れ場所』を持たず、どの方向に対しても露出されており、まったく孤立している。誇らしい『見晴し』をあたえられているかわりに、つねに衆人の眼に曝されているという不安をのがれることができない」（『成熟と喪失』）という文章に触れたとき、ヒリヒリするようなこの感覚は、まちがいなく現代社会を映していると思った。

僕らにとって、個人であることは、政治思想史の講義で習うような獲得すべきもの、近代の勝利の金字塔としての「個人主義」ではない。むしろ禿山のうえの一本の木のように不安であり、隠れ家をもたず、全身を強風にさらされつづけるのが「自己」なのだ。

だから未完のエッセイ『日本と私』は、タイトルに惹かれて手に取った。日本「と」私がどうすれば接続するのか、その方法を知りたかったからである。そこには、江藤と父親との複雑な葛藤の機微が描かれていて、「父に反抗するという古典的な贅沢は、私には許されていない。むしろ私は、打ちひしがれた父を庇って立っていなければならないのだ」という文章が、目に飛び込んできた。

僕を幼少期の思い出が駆けめぐり、戦慄《せんりつ》するのを抑えられなかった。

それは小学生のころ、国語の教科書で高村光太郎の詩を朗読した際のことである。何気なく頁をめくり、光太郎の生涯についての短い解説を読んだ。そこには、光太郎の父親が高村光雲という著名な彫刻家であること、その父に反抗することで光太郎は詩人になったと書いてあった。僕は幼心に「この人は恵まれているな」と思い、上履を脱いで机の下で親指とお兄さん指をしきりに動かしていた。

なぜ詩人や文学者はみな偉大な父をもち、それへの「反抗」で言葉を書くのだろう。わが家のように、失業をくり返し、毎晩母を罵倒し蹴り飛ばす父をもつがゆえに、常に一家の精神的支柱であろうとする僕は、文学には不向きなのだろうか。また文学者は必ず、学校に違和感をもたねばならず、孤独でなければならないのだろうか。家庭こそ権力と憎悪、暴力の修羅場であり、成績と運動さえできればチヤホヤされる学校の方に、むしろ安堵と生きがいを感じる小学生は、言葉を書く資格がないのか。

足の爪を切っているとき、親指よりお兄さん指の方が長いことに気がついた。つまり、父よりも長男である自分の方が家族の庇護者であることもあるのだということ。責任をとる「治者」の側が、言葉を書くばあいもあるのだということを江藤は僕に教えてくれた。僕は『日本と私』の言葉にのめり込み、勝手に「個人的な体験」を読みこんでいた。

大学院を卒業後、四年間のサラリーマン生活ののち、赴いた福島県いわき市で、僕は東日本大震災を被災する。福島第一原子力発電所が爆発して逃げ惑い、住居を転々とするときにも傍らには必ず江藤がいた。『アメリカと私』にある「適者生存」という言葉を、日常を取り戻す日々のなかで貪り読んだ。被災した「私」が原発問題という「公」に接続する言葉を探し求めていたのは確実である。

こうして出会ってから二〇年、江藤の作品は、常に還るべき場所となった。

江藤が描く「自己」イメージから出発すれば、歴史と自分をつなげることができる。漱石から西郷、戦後民主主義からアメリカまで論じ尽くす江藤に、すっかり虜になっていたのである。

その江藤淳が、『三田文学』に二三歳の若さで「夏目漱石論」を発表したとき、まず目指したのは、神格化された漱石像を破壊することだった。

死後、門下生が捏《こ》ねあげてつくった漱石は、完全な偶像崇拝である。「漱石の偉大さがあるとすれば、それは漱石が特別な大思想家だったからでも、『則天去私』に悟達したからでもなく、漱石の書いていたものが文学であり、その文学の中には、稀に見る鋭さで把えられた日本の現実があるからである」（傍点江藤）。漱石は自分が背負った漢学の伝統が一切通用しない時代に全身をさらし、戸惑い、洋の東西の文化的軋轢に傷ついた英文学者だった。これが漱石の実像だと主張した江藤は、漱石研究のかたわらで、つぎつぎに時代の常識に挑戦していく。つまりナルシズムの水に満たされた盥の破壊工作を進めていったのである。破壊の対象は自然主義や小林秀雄といった文学者に限定されない。

「戦後民主主義」「アメリカ」「無条件降伏」などが俎上《そじょう》に載せられ、大胆かつ緻密な手さばきで正体を暴かれた。悟りすました漱石像の破壊など、手始めにすぎなかったのである。彼は偶像を覆す言葉の力を信じていたのであり、批評こそ現実を的確にとらえ、再創造さえする武器だと確信していた。

敗戦体験

ところが、江藤淳ほど偶像化された批評家もめずらしい。江藤がなにより嫌った主義者たちに、彼自身が襲われ加工されたのである。

たとえば、江藤は漱石研究の第一人者であり、サルトルの実存主義から漱石を鮮やかに読み解いてみせた。小林秀雄を痛烈に批判し左派的な立場から出発しながら、アメリカ留学後、決定的に右傾化していった。以来、大江健三郎と決裂し、小林を再評価しつつ保守色をつよめ、保守派の重鎮として政治家と気脈をつうじた。日米関係を論じる批評作品をつぎつぎに発表し、その実証性は対米従属批判に決定的論拠をあたえた——こうして偶像化は生前から順調にすすみ、人びとは毀誉褒貶《きほうへん》に躍起になるか黙殺に努めた。平成一一（一九九九）年の自裁後、二〇年を越えた今日、もし江藤が復活するとすれば、保守派あるいは対米従属をめぐるアメリカ分析の論客というものになるだろう。

だがいうまでもなく、こうした復活は亡霊にすぎない。盥の中をのぞきこんで、お喋りをしているのと何ら変わらない。江藤が漱石をどう論じ、アメリカを批判し、保守派になったのか。それらは極論すれば些末な事柄に属する。なぜなら重要なのは、ある人間がどのような宿命に憑かれ、批評家にならざるを得なかったかにあるからだ。なぜ漱石を、小林を、アメリカをあのように語らねばならなかったのか。より素朴に、医者にも銀行員にもならず、なぜ言葉で糊口をしのぐことになったのか。そういう人間は何を背負わねば生涯を閉じられないのか。巷には夥しい数の漱石研究も小林秀雄論もある。日米関係に饒舌な国際政治学者はどこにでもいるし、保守を自認する論客にも事欠くことはない。これらすべての特徴を取り除いてもなお、江藤淳の言葉は生き残る。

ならば何が、江藤を個性的にしているのだろうか。平成のあいだ読み継がれ色あせなかったのはなぜなのか。令和の今、復活すべきなのか。

それは江藤が「近代」を問いつづけたからである。江藤を今読む意義があるのは、彼が最も鋭く日本の「近代」の特徴を暴きだしたからであり、その「近代」からの超克の方法を提案したからである。マルクスは商品から、ルネ・デカルトはコギトによって近代の特質を暴露した。時代診察は驚くほど深く、多くの主義者を生みだした。戦後の江藤淳もまた文学によって同様の事件を引き起こしたのである。福田和也や柄谷行人、加藤典洋などごく少数の批評家だけが盥の水を捨て、江藤の偶像を破壊することに成功した。

僕もまた偶像破壊からはじめることにしよう。

江藤が『一族再会』や『海は甦える』などの作品で、父母ばかりか祖父母にまで遡り、言葉で再現しようとしたのは一種異様である。その異様さに気がつけば、江藤が生涯にわたって「家族」を主題とし、言葉を産みだす唯一の原動力にしていたことが分かるはずである。最も親密な人間関係を見つめつづける作業こそ、江藤の原点だった。

たとえば、実質上の第一作『マンスフィールド覚書』をみてみよう。三四歳で早世したニュージーランドの女性作家を論じた際、「かかる過去への愛着、かかる生活からの不在、かかる死者との親しさの故に、『決して問題小説は書くまいと決心した』最も非思想的な作家の一人、マンスフィールドは、恐らく自らも意識せずに現代の最も思想的な課題をテーマにしていたのだ」と書いたとき、はからずも江藤は、生涯の自己の批評テーマを一覧表にしてしまっている。

四歳半で実母に先立たれた江藤にとって、生活の不在と死者の匂いは、そのまま「家族」を想起させるものだった。家庭は賑々しい生活臭がする場所ではなく、死んだ湖面のように不気味な居心地の悪い場所であった。だからこそ逆に、旺盛な生活者であることを自らに課し、『奴隷の思想を排す』や『作家は行動する』を書いて文壇に躍り出た。その後、死の主題は自死への興味をかきたて、小林秀雄論を書かせることになるだろう。マンスフィールドが問題小説を拒んだとすれば、江藤の方は、漱石以外の近代日本文学を絶対に認めようとしなかった。

また女性作家の「過去への愛着」は、江藤のばあい、勝海舟や西郷隆盛にかんする歴史評論を生みだした。さらに歴史に沈潜《ちんせん》するそのかたわらで、時事問題にも積極的に発言を試みた。アメリカの戦後検閲をあつかった『閉された言語空間』は、一次史料を駆使して自らの思想を盛り込み、現代を問い直した作品だったのである。

結核の母親と隔離され、感染をおそれて親戚中を転々とした江藤は、極度の適応障害をかかえることになった。「母」という所属先をうばわれると同時に、相次ぐ転居が、所属の不可能性をつよく刻印したのだ。この実母喪失前後の世相は、盧溝橋事件から日中全面戦争へむかう季節であり、あるいは日蓮系の宗教団体が皇居前で自死する「死のう団事件」が起きていた。時代全体の不安はどんどん重みを増して、最終的に敗戦がやってきた。疎開先の鎌倉・稲村ケ崎で終戦をむかえた江藤少年は、隣家の二階から、相模湾いっぱいに展開するアメリカ太平洋艦隊を双眼鏡でのぞいていたのである。つまり昭和七（一九三二）年生まれの江藤が、マンスフィールドを超えて独自だったのは、「家族」と同時に「敗戦」を抱え込んで成長した点にある。

敗戦とは、これまでの価値観総体がひっくり返ることである。善は悪に、悪は善になり、いたるところに闇屋がはびこり、秩序自体が吹っ飛んだ時代に江藤は幼年期をすごした。家族と敗戦によって、江藤の困惑はさらに深まった。自分が何者なのかということ、自己同一性の深刻な危機におちいったのである。

そして日本もまた「大東亜共栄圏」という世界観を喪い、明治以来急ピッチで立ち上げた自己像の解体に襲われた。カオス同様の国際社会に日本は突き落とされており、何もかもが未知数だった。江藤と日本は、ともに混沌の前に立たされることで、つながりを持っていたのである。

「父」と「母」の不在

家族と敗戦は、彼の批評スタイルを決定してしまった。「崩壊」は生の前提条件であり、多くの若手論客が唱える自己主張や自意識過剰と、江藤はまったく無縁だった。

逆に江藤を襲っていたのは、激しい自己嫌悪感である。なぜなら自分自身はもとより、わが祖国もまた、主張するだけのアイデンティティを奪われていたからだ。世界をもう一度自分なりの価値観で腑分けし、色彩を取り戻さねばならない。善悪をつくり直し、それを用いて社会を色分けし、自分をそのなかに位置づけなおさねばならない。それは個人でいえば「家族」を再建することであり、公でいえば「日本」を国際社会で正当な場所に復帰させることを意味した。だがそのための基準は、いったいどこにあるというのか？——これが江藤を襲った最初の問いである。

ところが大半の若手論客には、江藤のような自己嫌悪もアイデンティティの危機もなかったのである。少なくとも、文学作品には描かれてこなかった。明治以来、若者はつねに反逆こそ青春だと主張してきた。現実から遊離した「完全な自由」を求め、十分すぎるほど社会を疑い批判したが、主張する自分自身の顔つきだけは疑わなかったのである。

慶應英文科の大学院を退学し、文字通り所属先を失った昭和三四（一九五九）年夏、江藤はシンポジウムに参加する。石原慎太郎や大江健三郎、浅利慶太らとともに立ち上げた「若い日本の会」によるシンポジウム「発言」である。司会を担当した江藤は、彼らの時代洞察の凡庸さと、無根拠な自信に打ちのめされる。若手論客というだけで、ジャーナリズムでちやほやされ時代の寵児《ちょうじ》だと勘違いしている。無邪気に自分たちは「新しい」と思いこんでいる。

だが彼らは本当に「新しい」のだろうか。むしろ「新しさ」を気取っている姿は、最も古めかしい日本人の典型ではないのか――「彼らはつねに嫌悪すべき日本の近代に対する反逆者である。反逆者は新しいものを求め、その新しさに自分をかける。それは自然主義であってもよい。あるいはトルストイでもよく、マルクス主義であってもよいが、皮肉なことには、伝統と断絶した虚空に一歩踏み出したと信じた瞬間に、逆に伝統に一歩足をすくわれている。あるいは、自分がもっとも革新的だと信じた瞬間に、もっとも古いものに支えられている」（「今はむかし・革新と伝統」）。

この引用で江藤が主張しているのは、次のようなことである。明治の青年にとっての自然主義と、大正教養主義時代のトルストイ、そして昭和戦前期のマルクス主義は、実はおなじ役割を演じている。時代に反抗し、社会変革を引き起こすための魔法のイデオロギーとして機能した点でおなじなのだ。時代ごとに流行するイデオロギーは異なるだろう。西洋から輸入される最先端思想で武装し、時代を分析診断してみせる。その手さばきは鋭利に見え、時代の弱点が暴き出されたように思える。それは若者を魅了する。

つまり「近代システム」を超克した気分に酔いしれるのだ。

そして戦後の今もまた、江藤の眼の前に「新しい」武器を装着した論客が、饒舌に近代日本への絶望を語っている。だが彼らの「新しさ」は、実は明治以来のくりかえしにすぎない。江藤からすれば、石原や大江は、自分がもっとも革新的だと信じているがゆえに、もっとも古い態度をとっているにすぎない。

彼らと江藤は、ある一点で決定的に対立している。権力や秩序が自明のものであり、糾弾の対象であるということだ。「父」の役割を担い、秩序を懸命に維持する成熟した大人が自分たち以外のどこかにいて、自分たちは若さを全面に押しだして破壊すればよい。後かたづけは「母」がしてくれることを前提にして。たいする江藤は最初から、この手ざわりを奪われている。父からも母からも抱きしめられることは、あらかじめ断念されている。反逆すべき秩序もなければ、脱出したくなるような権力もないのだ。すべては白色であり荒涼としていて何もない。若手論客が無邪気に公と私を対立させているのにたいし、江藤のばあい、公——つまり父であり国家でもある——も、私——つまり母であり家族である——もあらかじめ解体していて確かな「存在」など何もないのだ。

そして江藤のつかんだこの感覚こそ、令和の僕らに親しく感じないだろうか。僕らにとって国家はどこか遠い存在であるし、また明確な家族像は解体に瀕している。異次元の少子化対策をしたところで、理想的な家族をもはや僕らはイメージできない。ウクライナがロシアに侵攻されてもまだ、僕らはほかならぬ日本が、ロシアの隣国であることを忘れているのだ。そして相変わらず、知識人は現代思想をふりまわし、資本主義や自己同一性、なにより日本から離脱する「新しい」方法があると、ささやきあっている。近代の「閉塞」から脱出できると思いこんでいる。

家族と近代

江藤が石原慎太郎らを批判していることが重要なのではない。

若手論客の反権力の身振りでは、日本の「近代」を正確につかまえられないことが問題なのである。

以後、江藤は、家族と敗戦を拠点に徹底して「近代」を問い詰めてゆく。商品（マルクス）でもコギト（デカルト）でもなく、家族と敗戦から「近代」を丸裸にしようと思ったのだ。

実母の死だけではない。敗戦に傷つき、物質と精神双方の財産を取りあげられ、憔悴《しょうすい》しきった銀行員の父親を見あげて江藤は育った。戦争と家族が重なるとは、江藤のばあい幼少期にあるべき安定と秩序が奪われてしまったことを意味している。それは最晩年、癌で妻に先立たれた際の危機の記録『妻と私』にまで一貫して響いている。江藤の生涯は家族という宿命にうながされて書きつづける人生であり、彼は批評家以外になり得なかった。

> いったん死の時間に深く浸り、そこに独り取り残されてまだ生きている人間ほど、絶望的なものはない。家内の生命が尽きていない限りは、生命の尽きるそのときまで一緒にいる、決して家内を一人ぼっちにはしない、という明瞭な目標があったのに、家内が逝ってしまった今となっては、そんな目標などどこにもありはしない。ただ私だけの死の時間が、私の心身を捕え、意味のない死に向って刻一刻と私を追い込んで行くのである。（『妻と私』、傍点江藤）

ここで江藤は、「関係」の問題を論じている。死には二種類あるのであって、一つは妻に象徴される死である。妻はもっとも親密な家族関係の象徴であり、「一緒にいる、決して家内を一人ぼっちにしない」という決意を江藤に課した。妻を死から救い出し、生の世界につなぎとめるために、江藤は精力的に看病し、買い物をして家との間を往復し、活動せねばならない。大学教員であること、批評家として作品を世に問うこと、これらすべては社会的役割であり、多様な「関係」の束として「人間・江藤淳」は成り立っている。その根幹をなすのが、「妻と私」なのである。つまり江藤は夫として、温かい血のかよう「関係」を維持し、死を飼いならさねばならない。これが一つ目の死だとすれば、二つ目の死は、関係解体後の死である。あらゆる社会的役割は、妻の生を維持するためのものだから、根幹が崩れると、一切の関係性は無意味になってしまう。少なくとも、江藤にとって夫婦関係はそれくらい重要なものだった。だから妻が死ぬと、「関係」の陰に隠されていた冷たい「私だけ死の時間」が露出してきて、生を脅かしはじめる。「関係」の束が日常生活だとすれば、日常に彩りを与えてくれる「意味」が、どんどん希薄になってゆく。そこに自死だけが顔を出す。「関係」から零れ落ちた先にあるのは、自死なのだ。

実母の死から六〇年あまりの間、江藤はつねに家族を主題にしつづけたことがわかるだろう。人生の最終局面においてなお、江藤はみずからの主題を手放していないのだ。だから六〇年安保闘争で知識人を批判した際にも、自然主義や白樺派の文学的可能性を論じたときも、無条件降伏を受け入れないと宣言し、保守派の相貌をみせたときも、江藤はつねに「家族」を念頭においていた。

江藤淳を単純な保守派の偶像から解き放ったのは、僕の理解ではたった三人の批評家たちである。江藤の批評のモチーフを福田和也は「死」だと主張し、柄谷行人は「他者」であるといった。そして加藤典洋は「近代」こそ、江藤が取り組んだ主題だと指摘したのである。

だから僕は江藤の膨大な批評群を、「家族」から読んでみたいと思う。昭和三九（一九六四）年夏、二年間のアメリカ留学を終え帰国した江藤は、矢継ぎ早に作品を発表する。江戸儒学から明治維新、同時代の戦後小説まで筆は多岐にわたった。オリンピックを控え熱気を帯びた日本は、いたるところ産業化とアメリカ的価値観に呑み込まれ「普請中」であり、帰国した江藤を当惑させた。アメリカ以上にアメリカ色をした祖国を見て、日本とは何か、アメリカとは何なのかという問いが江藤を襲ってきた。

それは三年後、戦後小説を題材にした評論『成熟と喪失――〝母〟の崩壊』として結実する。副題にもあるように、江藤は、日本の「近代」を「母」の崩壊過程として描いた。小島信夫の小説『抱擁家族』を論じつつ、近世儒学や漱石、さらにはアメリカ文化にまで踏みこんだ作品である。「家族」を題材に「近代」総体を論じ尽くそうとする野心が、この時期の江藤には横溢している。『成熟と喪失』前後の江藤の言葉に、耳を傾けることからはじめねばならない。

三つの問い

昭和三七（一九六二）年八月、江藤淳は二年におよぶアメリカ留学に旅立つ。すでに前年、長編評論『小林秀雄』を講談社から刊行し、留学先で第九回新潮社文学賞受賞の報を聞くことになる江藤は、このときいまだ二九歳であった。多感な若手批評家のアメリカ体験は、アメリカ自体を問う『アメリカと私』を生みだすとともに、日本文学への関心を深めるきっかけもあたえた。事実、留学二年目はプリンストン大学東洋学科の教員に採用され、日本文学史を講義するために幅広い古典に眼を通したのである。こうした偶然は、帰国後の「日本文学と『私』」や「文学史に関するノート」となって結実した。後者は二〇年ののちに『近代以前』と題名をかえ、江戸儒学から上田秋成までを論じた江戸時代論となって刊行される。

ところで、プリンストン滞在も残り数週間となったある日、江藤は改めて今回の留学の意義を考えていた。それは自然に戦後二〇年近く経って留学した自分と、漱石・鷗外・荷風らとの比較へとむかっていった。大学の同僚や友人たちに「今度いつ来る？」と問われて、何の違和感も覚えないのは、ある意味、驚くべきことである。漱石や鷗外、荷風らにとっておなじ問いは自己の「死」を意識させたはずであり、再びこの地を踏めるかどうかは未確定だった。

飛行機の発達による変化以上に、より大きな変化がある。明治から戦後における最大の変化は、留学が個人にあたえる意味の重さである。漱石と鷗外は明治政府の金で留学した。荷風もまた明治政府につかえた父の私財でフランスへ行った——「かつて日本に在り、今はないきずなとは、おそらく国家から各個人に発せられる強力な義務の要請である。あるいは、個人が私情をおさえてその要請に応えるときに生ずる劇である。鷗外における義務の要請は、彼に『舞姫』を書かせるほど強力であった。漱石は英語学を——英文学ではなく——習得せよという文部省の命令にしばられて、ついに神経衰弱になった」(「国家・個人・言葉」)。

だが江藤の眼の前にある昭和三〇年代の日本は違っていた。

国家からの要請を江藤はまったく感じなかったのである。あるとすれば外貨を稼げ、輸出を伸ばせという号令だけであり、あとは野放しの個人主義が「近代化」「平和主義」「民主主義」によって肯定されていた。国家であることを躊躇う国家が、戦後日本の姿だったのである。

こうした風潮を江藤がかたくなに拒否したのは、「近代」を正確に理解できないと考えていたからである。江藤は「近代」を、平和主義であれ民主主義であれ、明るい色調で彩ることを拒絶している。戦後はアメリカによって与えられた価値観を基準にしている以上、明治の自然主義とおなじことをくり返しているにすぎない。大正はトルストイが、昭和戦前期はマルクス主義が若者を魅了し、世界を理解し判断するものさしとなった。戦後の最先端思想はアメリカが提供した平和と民主、二つの主義というわけだ。

こうした時代とともに移ろう価値を、国づくりの基準にしてよいのだろうか。普遍的価値でもなんでもないものを、あまりにも安易に信じて、日本人は生きているのではないだろうか。「つまり、現在の日本に、それにてらして個人が各々の行動を規制する客観的な倫理規範はない」（同前）。

だから帰国寸前の江藤は、自らの手で、国家とのきずなを奪還《だっかん》する必要性に迫られた。それは政治活動にうって出ることを意味しない。萬葉集いらいの日本語の伝統に身を浸すことによって自らの言葉に厚みをもたせることだった。文化の堆積を奪い取ったアメリカを問いただすのも、自らの言葉を奪還し、日本人の生活のリズムを取り戻すためなのだ。

したがって帰国後の江藤は、第一に戦後日本の「近代」を正確に把握し、第二に「近代」に欠如した古典とのきずなの恢復をめざし、第三に「近代」を植え付けたアメリカそれ自体を問い質すことになった。『日本文学と「私」』は第一への、『近代以前』は第二への応答であり、『アメリカと私』が第三を主題とすることに注目したい。そしてこれら三つの問いを包含した作品が、昭和四二（一九六七）年に刊行される。「〝母〟の崩壊」の副題をもつ『成熟と喪失』である。

河出書房新社版の「あとがき」で、江藤はこの著作を書いた理由を、文学をとおして「近代」を解明するためだと明言している。以前から江藤は、『永井荷風論』（昭和三四年）や『小林秀雄』（昭和三六年）によって、近代日本を問い直す作業を行ってきた。では従来と何が違うのかといえば、これまでは「父と子」の関係に注目し近代分析をしたのにたいし、今度は「母の崩壊」という視覚から分析を試みたことである。理由は戦後二〇年近くがすぎ、東京オリンピックを目前にした日本を見て、あまりに急速に進展する産業化に戸惑ったからであり、また戦後日本人のなかに確実に根を張ったアメリカに注目したからである。「それは、いいかえれば、外国人に笑われたくない一心から、われとわが身を破壊し、自分ではない者になろうとする情熱だ」（「日本と私」）。そして江藤は、「近代」を知るための手がかりを、二つの視点から得ようとした。

第一に産業社会に呑みこまれていく日本が、自分自身の何を棄てたのかということ（母の喪失）、第二に、アメリカ的価値を無条件で受け入れることで、何を喪失してきたのかということ（父とは何か）。自己内部の崩壊と、外部刺激による崩壊、この二つの喪失体験を母と父の比喩で論じることで、「近代」の正体を見極めようと思ったのである。

産業化と流動性

まずは「産業化」を家族関係の比喩を用いながら分析する江藤の言葉をみてみよう。たとえば、父の経済援助によって支えられた家族には、「農民的・定住者的な感情」が支配していた。子は羊水に抱かれたように甘え、母親は子を受け入れる。そこではそう容易に自己の役割は変化しない。父母子の関係も安定した状態にある。

ところが、急速な戦後復興は、産業化の進展をもたらした。産業化の特徴とは、個人と社会の「流動性」の高まりだと概念化することができる。従来、一年間のリズムにしたがい農耕に従事していた社会では、家庭内であれ村落内であれ、自分の役割は固定化されていた。息子は父の役割を引き継ぐ存在なのであって、それ以上になることも以下になることも求められない。しかし産業社会は、息子にそれを許さない。その象徴を学歴社会に見出すことができる。学歴とは、不特定多数の人間が顔を合わせる社会で、唯一、自分の存在価値を証明できるパスポートのような役割を果たしている。産業化以前であれば、どこの家の息子なのか、名乗ればすぐにわかる範囲が人間関係のすべてであった。だが、戦後の産業化は、その担い手を地方から都会に一気に吸収することで賄《まかな》おうとした結果、都会には大衆がひしめき合い、互いに名前も知らずに住んでいたのである。

彼らは父親の仕事以外の何者かにならねばならない。都会には、かつて地方にはあった人間関係の厚みがないからだ。だから家庭をなし、子供を授かれば、その子供は自分ひとりの力で存在証明を試みねばならない。これが学歴という、いつでもどこでも携帯できる武器の装着をうながした。母親は息子に学歴をつけさせ、父親を超えることに執心することになるのだ。武器を身につけた子供はやがて大人となり、産業社会の荒波に飛び込んで、どこへでも出かけることになるだろう。流動性とは、そういう人間たちが顔も名前もしらずに出会う社会を象徴している。

また帰国する飛行機から江藤がみた高速道路も、流動性の象徴であった。

オリンピックを機会に、全国に張り巡らされた高速道路は、日本という身体の血液循環を早めた。同年の新幹線開通も念頭におけば、ヒト・モノ・カネが全国展開する時代に入っていたのである。帰国後、こうした光景を見ながら居住先が定まらず、間借りをしながら転々と暮らす江藤を、次のような感情が襲う——日本に帰って来たはずなのに「日本」が見当たらないのはなぜなのか。僕の眼の前に、二重に交叉した高速道路がのしかかってくる。この風景は自分が求めていた故郷ではないし、帰るべき場所とも思えない。高速道路のあいだの狭い橋は、歩くとグラグラゆれている。その不安定さに誰もおびえることなく、渡っている人たちが異様に思えて仕方ない。

江藤の鋭敏な感性がとらえたのは、流動性がもたらしはじめた「均質化」への警戒である。日本から「日本らしい風景」が消え、無色透明になっていく。ヒト・モノ・カネの急速な交換は、その土地に根差した独自性を奪い、風景を画一化していくのだ。アメリカ留学時代には感じられた日本、肌感覚や質感として感じられた日本が、産業化のなかで眼の前から消えていこうとしている。なぜ人はそのことに不安を感じないのだろう。ゆれる橋のうえで江藤をとらえたのは、こうした危機意識だった。

以上のような産業化を、僕たちは肯定することが多い。流動性の高い社会は、多様な選択肢に開かれた社会なのであって、何者にでもなれる可能性のひろがりを想起させるからである。しかし『成熟と喪失』で江藤が描いたのは、流動性がもつ暗部なのである。

　母子の密着を許してきたのは父、すなわち戦前の国家であった。敗戦体験が、江藤にとって重要な意味をもったのは、敗戦が僕らから国家を強制的に奪い取ったからである。戦後とは父の否定であり、国家の喪失にほかならない。その結果、国家への意識を失いながら、日本人は急激な経済の流動化のなかに投げ出された。その結果は何をもたらしたのか。父の不在は母子の関係も不安定にし、結果、家族の解体をもたらすだろう。江藤は母子密着という比喩を用いつつ、小説『海辺の情景』を精密に読み解くことで、この問いに答える。江藤は母親が狂気に落ち込み、子供である信太郎が、成人する前に流動する社会に放り込まれ、もだえ苦しむ有様、すなわち母と子の分離を次のように描いている。

> この事態は信太郎が「出世」して父をしのいだからおこったのでもなければ、彼が父の権威に反抗して勝ちとったのでもない。敗戦という招かれざる客が彼らの家庭という私的な世界に泥靴のまま踏みこんで来たためにおこったものである。つまりこの秩序の崩壊はまったく受身の事件であり、したがって予期せざるものである。（中略）これはすでに家族ではない。単に個人の集まりである。しかもそこに「個人主義」などという思想の影響が少しも見られぬことはいうまでもない。思想よりももっと鋭利な「近代」、つまり敗戦という物理的な外圧としてあらわれた「近代」が、家族のあいだのもっとも内密なきずなを切断した結果生じた解体がこれだからである。

（『成熟と喪失』）

一行ずつ、丁寧に江藤の考えを追いかける必要があるだろう。まず江藤が強調しているのは、産業化による流動性が自主的にではなく、強制的に行われたということである。信太郎は自分の判断で出世したのではないし、父に反逆して別の仕事に就いたわけでもない。敗戦に強制され、家庭内のリズムが壊されたのだ。つまり必要に強いられて父の仕事以外の選択をせねばならなくなったという意味である。多様な選択肢にみえる仕事選びは、実は何を選んだらよいのかわからない混乱しか信太郎に与えなかったのだ。

信太郎とは、もちろん戦後日本人の象徴である。だから江藤は流動性が与えてくれる自由を認めない。家庭からも村からも解放されることで、僕らは「個人主義」を勝ち得たのではない。単に家族が崩壊したのだ。つまり「近代」とは、戦後民主主義によって勝ち取った個人主義ではない。敗戦の混乱にすぎない。だから「近代」は明るくはない、暗いのだ。

日本の「近代」を正確に理解するには、まず「敗戦」を熟慮せねばならない。信太郎の前には、絶対的権威としての「父」は存在しない。ここでの父とは、戦前から日本が築きあげてきた秩序・価値観・倫理的基準のいいかえである。

敗戦は父に象徴されるものの全否定をうながした。若者が自分の手で勝ち取ったのではなく、敗戦によって強制的に一切の権威やルールは打ち砕かれたのである。具体的な世相も混乱しつづけていた。

実際、戦後もっとも自殺率と犯罪率が高まるのは、昭和三〇年代だったという。戦後は、まずは混乱の時代としてはじまったが、一見、落ち着いたようにもみえた昭和三〇年代は、一〇万人あたりの自殺率が、女性の自殺率では統計史上もっとも高い時期にあたっていた。男性の自殺率もきわめて高く、しかもこの時期が日本人全体の平均年齢がいまよりずっと若かったことを考えると事態はより深刻であった。また『経済白書』に、「もはや『戦後』ではない」という言葉が書かれたのは昭和三一（一九五六）年だったが、以上からわかるのは、昭和三〇年代が戦後を脱した明るい色調ではなく、逆に戦後復興は終わったので、これから先は未知数だぞ、成長できるかは不透明な時代だったということである。労使紛争がさかんに行われていたのも、江藤が帰国前後の日本の姿なのであった（與那覇潤『日本人はなぜ存在するのか』）。つまり、流動性があたえたものは、自由ではなく不安だったのである。秩序なき荒野にひとり放りだされた信太郎の「自己」が、溶解の危機に瀕していたことは間違いない。

いつでもどこへでも行けること、何者にでもなれることは、逆からみれば迷子であり何者でもないということである。信太郎は自分の「顔」、陰影と凹凸をもち独自の色彩をもつことができない。信太郎にとって流動性とは流離《さすら》い、出会った人ごとに影響を受け、おのれは揺らぎつづけるしかないのである。

だから江藤は、戦前の自然主義から戦後の若手論客にいたるまで、自己主張をもって「近代」と見なす発言を認めなかった。「個人」とは輝かしい個人主義とは無縁であり、解体の別名だからである。

近代の超克の方法

この「敗戦」と「家族」のイメージが、江藤自身の幼少期を背景にしていることに注目しよう。作品「戦後と私」のなかで、江藤は戦前にハイカラな銀行員として振る舞っていた父が、戦後すっかり身なりにかまわなくなり、衰弱していく様子を描いている。その父の様子は国家の混乱と衰頽に重なった。

またすでに四歳半で実母を失っていた江藤は、家族が必ずしも盤石な温室ではなく、つねに崩壊の危機を宿していること、いつ壊れるか予想できない脆弱な「故郷」であることを知っていた。

そして昭和四〇年のある日、かつて住んでいた東京大久保の百人町を訪れた江藤は、そこが猥雑な温泉マーク付きの旅館に変わっていて、色付きの下着が干されている光景を目撃する。母という最も自然に根差したものを探し求めた場所で、江藤は人工的な「女」を見てしまったのだ。

母との思い出の土地は、人工的な化粧をほどこす女たちが住む場所になっていた。母から拒絶された子供は、母を責めるのではなく、自己の側に責任があると感じるものである。受け入れられない欠点が自分の側にあると思い込むことで納得しようとするからだ。つまり江藤にとって生きることとは自責の意識、自己嫌悪なのである。

この江藤の個人的体験は、「近代」イメージにも決定的な影響をあたえた。

戦後とは、父母に仮託された従来の秩序がどこにも見当たらず、自己嫌悪感を抱えてひとり佇む場所だと思われたのである。流動性が増えたからといって、これを「自由」だといえるだろうか。何者にでもなれるとは、複数の選択肢を前に逡巡する不自由のことではないのか。

　この「近代」イメージを坂口安吾の「人間」と比較してみるとよい。江藤を蝕む自己嫌悪こそ、坂口安吾が拒絶してみせたものだったはずである（「第一章　天皇と人間――坂口安吾と和辻哲郎」参照）。またたとえば、江藤の自己イメージと政治思想家が理想とする「個人主義」とを比較してみるのも面白い。丸山眞男の論文『福沢諭吉の哲学』によれば、丸山はなんと単純に「自由」を謳歌していることか――「政治的絶対主義が価値判断の絶対主義と相伴うとすれば、政治的権力者による価値基準の独占的所有が破れ、価値決定の源泉が多元的となるところ、そこに必ずや自由は発生する筈《はず》である」そして「彼はルソーに反し、又あらゆる狂信的革命家に反し、『自由は強制されえない』事を確信したればこそ、人民にいかなる絶対価値をも押し付ける事なく、彼等を多元的な価値の前に立たせて自ら思考しつつ、選択させ、自由への途を自主的に歩ませることに己れの終生の任務を見出したのであった」（「福沢諭吉の哲学」、傍点丸山）。

　丸山独特の一文の長い文章を、次のようにまとめることができる。丸山によれば、政治的絶対主義、すなわち政治権力からの解放が敗戦によってもたらされた。だから戦後は称賛されるべき時間であり、多数の選択肢を前に、個人が自主的な判断でものごとを決める「自由」な時代である。その先駆者こそ福沢諭吉なのだということになる。丸山はしばしば近代主義者と呼ばれるが、その背景には、個人が主体的に政治参加する姿を肯定し、多元性と自由の価値を強調したことにある。

　だが江藤にとって、「近代」とは全く異なるイメージをもっていた。その一例を、初期の文芸批評にみてみよう。昭和三二（一九五七）年の時評「現代小説の問題――文の特質をめぐって」において、江藤は、ヴァージニア・ウルフとローレンス・スターンを比較して論じている。ウルフは、スターンの小説のすばらしさは「個人の心理」が繊細に描かれているからだという。近代小説とは、一人の人間のうち側をみつめ、その蠢きを書き留めるための言葉だというのである。

しかし江藤はこれを認めない。江藤にとって理想の散文とは、『ガリア戦記』のラテン語散文であり、聖書と牧師の説教である。両者に共通するのは、言葉が「伝達」と「記録」を本来の役割だと教えてくれることにある。ウルフは言葉を、個人の内面世界を描くことに費やすべきだという。だが、内面の世界がいかに広大で起伏に富んだものだとしても、その人が生を営む空間、つまり「他者」とともにある社会はまったく無視されている。内面以上に広い社会を一切排除したウルフの小説は、きわめて狭い世界しか描けていない。たいするラテン語散文や聖書は、伝達や記録という機能からわかるように、同時代を生きる他者を意識し、過去を未来に遺すために言葉を紡ぐ。空間的にも時間的にも、個人の内面よりもずっと広い世界を描くことができるのである。

ここで江藤が発見しているのは、僕の言葉でいえば「ルソー問題」に他ならない。ルソーは『告白』等の著作において、小説は孤独な個人が密室で書き綴る文章であり、自己の内面を赤裸々に告白することに言葉の役割を見出している。この個人に固有の空間の発見こそ、個人主義の発見、すなわち「近代」誕生の瞬間である。またルソーが『社会契約論』の作者であり、市民社会の生みの親であることも考慮すれば、ルソーが文学と社会で「近代」を創造した思想家だとわかるだろう。ルソーの登場は、言葉と政治の世界において「近代システム」をつくりだしたのだ。

江藤が英文学でつかんだのは、このルソー問題である。初期江藤は、この近代システムを「閉鎖」空間だと断定した。批評家として、ウルフとルソーが発見した内面と市民社会に言葉が奉仕することを許さなかったのである。近代システムの影響は、日本の近代文学に決定的な影響をもたらした。戦前の自然主義や白樺派の言葉は、無自覚なまま内面描写に閉じ込められているし、敗戦後の丸山眞男の民主主義礼賛や第三の新人の作品は、「戦後」の閉域で紡がれていたからである。戦前戦後をつうじて、日本語はウルフとルソーのなかを堂々巡りしているわけだ。

石原慎太郎とは何者か

以上をふまえれば、江藤淳の「近代システム」への批判がウルフ＝ルソー的なものに対してだったことがわかるだろう。丸山にとって自由とは、徹頭徹尾、政治的自由を意味している。戦前の天皇制からの解放は、坂口安吾の「人間」とも異なり、きわめて素直に民主主義の肯定に直結してしまう。だが、江藤が主張しているのは、人間ははたして政治的解放だけで近代人になれるのかという問いかけである。個人に対するイメージも、政治的主体性ではなく、そこから零れ落ちる不定形なもの、どこかグロテスクな部分を含みもつ「存在」だと主張しているのである。

江藤にとって、丸山が明るい色調で描く「多元的価値」も混乱しか意味しない。複数の価値が乱立したとき、それを選択する「自己」自体が、あやふやな存在だからだ。何かを選択するためには、独自の価値基準がなければならない。丸山はその基準は民主主義だというが、江藤はこれを拒絶している。なぜならアメリカから配給されて価値基準だからであり、政治的判断で導入された以上、時代の変化でこの基準は変わるからだ。先に江藤が石原慎太郎や大江健三郎を批判した際、明治以来の日本が、その時代ごとに価値基準——明治が自然主義、大正がトルストイ、昭和戦前期がマルクス主義——をころころ変えてきたことを指摘していた。だから江藤の眼からみれば、民主主義もまた、戦後に登場した「新しい」イデオロギーにすぎないと見えたのだろう。江藤にとって、自己嫌悪とは、確実な価値基準をもたない空虚な「存在」、空っぽな自分のいいかえに他ならない。

「近代」とは、確実に強いられた、醜悪な場所である。

生きることは困難とイコールになる。はたして生きること自体に、意味などあるのだろうか。政治的自由のむこう側には、どのような風景が待っているのだろうか。丸山とは違うルートで公的世界を取り戻し、世界を生き生きと見、生きる意味を取り戻すことはできるのか。自己嫌悪から脱出し、公と私の緊張をつくり直すための救いはあるのか。

以上のように江藤が「近代」を「閉塞」として描いたのはなぜなのか。それをもう一度、「家族」を手がかりに考えてみよう。先に引用した『海邊の情景』の主人公・信太郎は、敗戦後の産業化に翻弄され、強制的に流動性の高い社会に放りだされていた。母子の密着関係を切断されるとは、「自然」な関係を奪われたといいかえることができる。実際、母子の濃密な関係から放りだされた信太郎は、母の死を経験し、心に空洞を抱えている。母に拒絶され、自己嫌悪に苛まれる主人公の前に、二つの光景が浮かんでくる。美しい「自然」と「純潔」への誘惑である。

　ここで特につよく意識しているのは、石原慎太郎である。石原の生き方は、「自然」と「純潔」の象徴だからである。

　たとえばシンポジウム「発言」の二日目の自由討論の席上は怒号につつまれ、大江健三郎や浅利慶太らも感情をむき出しにしていた。支配的な意見は、戦後社会は「閉塞」しており、公の世界を変えるあらゆる行動は封じられているというものだった。国家への忠誠も、マルクス主義への献身も無駄であることは証明済みであり、何ら社会を変える有効な手段ではない。「近代」は「どんづまり」なのだ。では自分たち若者には何が残されているか――「のこされた道は権力者になることか性的な結合に埋没するしかない」(『石原慎太郎論』)。

　ここで石原は、絶大な政治的権力をにぎり人びとと連帯するか、性に没入し、自他の区別を解消するしかないと主張している。社会が閉塞停滞した現状に絶望している石原にとって、この世界を革命的に変える方法は、二つの道しか残されていない。第一の政治的連帯とは、自己と大衆の距離をゼロにして、思いのままに動かす絶対的権力を手にすることである。第二の性的絶頂は、もちろん男女の距離をゼロにすることだ。交合に没入し、快楽を味わいつくすことである。石原にとって、警職法改正反対運動も、白昼の情事も、自己を絶対化し、大義名分や女をわがものとし、貪《むさぼ》り、酩酊《めいてい》するための「手段」にすぎない。自己の前にいる群衆も、一個人としての女性も、ともに石原との異質性を認めないのだ。自分と他者のズレを認めないのである。

以上の石原の自己絶対化を、江藤の自己嫌悪と比較してみよう。石原にとって近代の超克は、閉鎖空間を打破するための暴力で果たされる。群衆であれ女であれ、他者を抹殺し我がものとしてしまうからだ。

つまり石原は、江藤にいわせれば徹底的に「子の論理」で生きている。嫌なことがあればむずがり、イヤイヤをする。感覚的な快・不快だけが彼の言動の根拠である。政治運動もセックスも、本来、大人の行為のはずだ。だが石原の政治的発言や性的快楽は、完全の子供のロジックで動いている。江藤が石原を「自然」であり「純潔」の象徴だと思ったのは、子供だからである。子供は純粋に生きるものであり、自然児でもあるからだ。

ここまでくれば、江藤の問いを次のようにまとめることができるだろう。

戦後の日本社会を嫌悪する点で、江藤と石原慎太郎はおなじ立場にたっていた。石原の「子の論理」は、「近代システム」の閉塞感を打破する一つの方法であり、救いのようにみえる。しかし江藤は、石原の提案も受け入れることができない。石原の近代批判は新しいようにみえて、その実、明治以来の青年たちの典型だと思ったからだ。

ではどうすれば、「近代システム」から逃れられるのだろうか。近代から「自由」になるための方法はあるのか。たとえば江藤が石原を批判した次の文章をみてみよう。

おそらく真の「自由」は、現実に人間が「自由」でありえないことを洞察した者によってしか求められるすべがない。（中略）実行を断念することは、ことに血気の石原氏にとっては苦痛であるかも知れない。しかし、この苦痛ないしは焦燥に耐えるところからしか、文学は生まれない。

（「石原慎太郎論」）

丸山眞男の「近代」は、戦後民主主義のことであり、政治的自由こそすべてだった。ウルフ＝ルソーにとって「近代」とは内面の発見であり、あるいは社会契約に基づく民主主義のことである。石原慎太郎にとって「近代」とは「閉塞」のことであり、自由は「子の論理」によって打破できると信じられている。だが、と江藤は考える。三者ともに、「近代」をとらえきれていない。丸山も石原も自由を正確に理解していない。他人同士がひしめき合う社会で、完全な自由などあり得ない。自己の限界を受け入れ、他者の存在を認め、折り合う不断の努力過程を生きることこそ「自由」ではないか。簡単に片づく人間関係などないのである。純潔な世界も、自然にありのままに生きられる世界も、この世にはないのだ。

　では石原のいら立ちと焦燥を回避するには、どうすればよいのだろうか。「子の論理」以外の方法で自己嫌悪を、つまり「近代」を克服する方法はあるのだろうか。「私」のなかに、日本と日本人を取り戻す方法はあるのか。

「もの」のように佇む

江藤がアメリカから帰国し、朝日新聞で「文芸時評」を再開した際、最も衝撃をうけた作品は、小島信夫の『抱擁家族』であった。家族と敗戦を批評の機軸にすえた江藤にとって、この作品ほど二つの主題を描いた作品はなかったからである。

『成熟と喪失』の過半を占めるこの小説は、大学講師をつとめる主人公の「三輪俊介はいつものように思った。家政婦のみちよが来るようになってからこの家は汚れはじめた、と」という文章からはじまっている。みちよだけではなく二三歳のアメリカ兵ジョージもまた三輪家に出入りし、アメリカそれ自体の象徴となっている。以下しばらく、この小説がもつ意味を追いかけてみよう。

まず大事なのは、大学講師と翻訳業を兼務し、留学経験もある俊介が、西洋の匂いがする人物にもかかわらず、夫婦関係には欧風の明朗さが感じられないことである。俊介の理想の家族像は、まったくの日本風、すなわち「定住型」のものであり、戦後の産業社会がもたらす「流動性」とは正反対の家族像である。

夫婦関係を母子関係と重ねている俊介夫婦は、家政婦と米兵という外部侵入者によって、徐々に砂《さ》礫《れき》のようにバラバラになっていく。これが敗戦によって国内にアメリカ的価値が濁流のように押し寄せてきたことを象徴するのはいうまでもない。

「妻」の時子は、ジョージとの浮気によって家族関係から離脱し、「女」になってしまった。時子をふたたび妻の役割に取り戻すために——つまり日本を取り戻そうとして——俊介は子供とともに映画を観に行くことを提案する。バスに乗り込んだ俊介は、車掌にたいして奇妙な行動にでる。あそこにいる二人も、自分と一緒に乗り込んだ「家族」であり、家内と子供だとしきりに強調するのである。

なぜこうした奇行にでたのか。このとき俊介は、他者の視線を保証人として父の役割を取り戻し、理想の家族像を再建しようともくろんだのだ。父と母そして子供という構図、そのお出かけのシーンとして、三輪家の輪郭が欲しかったのである。しかし案の定、俊介の思惑ははずれて映画鑑賞中、時子はずっと眠ってしまい、三人のあいだに心の交流は生まれない。偶然の他人の視線では、家族を支えることなどできはしないのである。

だから映画鑑賞の失敗をとりもどすために、帰り道でロシア料理店に入ることを提案したのも俊介だった。

だが店に入って俊介は思わぬミスをしてしまう。「割に高いな、この程度のものにしよう、あとは家へもどって」といってしまったのである。なぜこの一言が決定的なミスなのか。理由は「いいわよ。もう帰ろう。面白くない！」「じゃ、あんたはダンランを食べたいの」という時子の言葉に表れている。俊介はそれぞれが父母子の役割を安定的にこなし、一家団らんの時間がゆったりと流れる理想を必死に追い求める。家をでて以来、映画館でもロシア料理店でも俊介は一貫して焦っているのだ。理想の家族像の主宰者である自分が「父」の役割をはたし、傍らで時子が「妻」あるいは「母」として振る舞い、家を取り戻したいと焦るのだ。

だがこれは完全な矛盾をおかしている。

本来、外出とは、家とは異なる時間を楽しむことによって家庭を安定させる装置である。高額を払うからこそ外食は非日常と日常の区別を生むのであって、家庭内の当たり前の時間に輪郭をあたえ、支える。それに気づかず、場をシラケさせる言葉を吐いた俊介に時子は苛立ち、団らんを食べたいのかと詰め寄っているのだ。最も無意識にできあがるはずの団らんを、人工的につくろうともがく程、俊介は失敗しつづける。

父親とは家族を包容し、安息をあたえるべき存在である。にもかかわらず、俊介はことごとく反対の行動にでている。ぜいたくな時間、無意識の団らん、それゆえに得られる家族の充実を、あまりにも欲し、急ぎすぎるがゆえに取りこぼしているからである。なぜ俺の理想の家族像についてこないのか、理解できないのかと妻を批判してしまう。つまり俊介には、父に最も必要な包容力がないのである。家族のためではなく、自分の安心のために団らんを求めてしまうのだから。

これ以降、時子は女であることすら不可能な地点にまで追い込まれてしまう。すなわち乳癌によって乳房を失い、やせ衰え死をむかえる。時子が入院したとたん、あわてて梅酒と梅干をつくることで、俊介は「母」の役割を演じ、家を守ろうとする。しかしこれまた人工的な努力に過ぎず滑稽ですらある。結局、三輪家は核となる「妻」を失い、決定的に均衡《きんこう》を失って壊れてしまうのである。三輪家の崩壊に江藤が読み込んだのは、次のような事態であった。

俊介がそれによって生きて来たイメイジが完全に崩壊したとき、彼の前にはにわかに実在があらわれる。彼が「喪失」し、「自由」になったということは、彼があらゆる役割から解放されたということである。彼は今、「夫」でも「子」でもなく、また「父」でも「大学講師」でもない。その前でものたちが新鮮な重量感に充ちて各々の存在をあらわにする。

（『成熟と喪失』、傍点江藤）

江藤はここでもまた、「自由」を否定的に描いている。家族の崩壊は、俊介からすべての公的役割を剥奪した。夫や子供、父や大学講師、いずれでもない自分は確かに「自由」であろう。だがこの「自由」は、自ら望んで主体的に獲得したものではない。ジョージと妻の不倫によって強いられた状況である。日米の男女の不倫と女の死が、日米関係と敗戦による戦前日本の秩序の瓦解を象徴していることに注意しよう。江藤は家族関係を分析しながら、日米関係を描いているのである。

家庭にも国家にも、長年の人間関係が紡いできた歴史がある。時間の積み重なりは、人間関係を着色し、リズムをあたえ、安定をもたらす。それは各人それぞれが役割をこなすという意味でもある。ところがアメリカによって過去を全否定され、歴史を奪われた結果、日本人は役割を喪失したのである。俊介のように、社会で夫なり父なり大学講師なりの役割を失い、「もの」になってしまったのだ。だが始末の悪いことに、日本人はこの「もの」化した自分自身に気づこうとしなかった。敗戦後、「民主主義」や「平和主義」という言葉で自分を着色し、役割を演じることができると信じ込んだのである。そして産業化を推し進め、経済的豊かさを背景に自信を深める。そしてオリンピックの成功へまい進している。国土を高速道度で切り裂き、故郷の山河を破壊し歴史を否定するのが、戦後日本人の生き方になったのだ。さらに外交に目を転じてみると、日本は国際社会の一員として、役割を果たすことを認められず、「もの」のように佇《たたず》んでいる。

かくして江藤は、俊介の個人史と日本の歴史の崩壊を重ねている。俊介が性急に団らんを求め家族を壊したように、日本も民主主義を急ぎ国家を喪失している。日本人も日本国も、ともに確かな役割をもてず「もの」になっているのであり、日本「と」私はこの一点においてつながっているのだ。

では、改めて問うべきだろう。何が「近代」から僕らを救うのだろうか。俊介の言葉でいえば、役割を取り戻し、家族を立て直すことができるのか。

バスの車掌に家族を認定してもらっても、お話にならない。

敗戦後の民主主義や平和主義によっても、救われない。石原慎太郎がいら立ちながら求めた、暴力や性的快楽も、江藤は認めない。いったい何が「近代」の苦悩から解放してくれるのだろうか。

2　江藤淳の描く精神史

芥川龍之介からの脱出

評論「江藤淳論——超越性への感覚」のなかで、柄谷行人は、江藤が夏目漱石に祖父を重ね、小林秀雄に父を見出しているといっている。海軍中将として国家とのきずなを疑わなかった祖父・江頭安太郎と漱石は同時代を生きており、江藤は一貫して敬意をいだいた。対する父・江頭隆は私立大学の卒業であり、一介の都市銀行のサラリーマンであり公とのつながりは希薄《きはく》である。しかも敗戦に傷つき戦後は憔悴《しょうすい》して生きていた。その姿に小林秀雄を重ね、愛憎半ばする感情を抱いたというのである。

「家族」をめぐるこの何気ない指摘は面白い。僕なりにいい直せば、江藤は小林秀雄に対しては文字通り「父親殺し」（フロイト）を試みている。そして漱石には父親殺しののちに、理想的な父となった自分自身を見ている。とりわけ柄谷が、江藤の小林秀雄評価の反転に注目したことは重要であって、『作家は行動する』（昭和三四年）で小林を執拗に攻撃した江藤が、一転して『小林秀雄』（昭和三六年）という評伝を書いたのはなぜなのかを考えてみる必要がある。

『作家は行動する』はそのタイトルにあるように、ラディカルな行動を称揚し、小林におけるその不在を指摘した作品である。だがやみくもに刀を振りまわし小林を倒したつもりの江藤の文体には、一貫性はあっても「他者」の手ざわりがない。小林という生身の人間がもつ凹凸、解釈を拒む鼓動と体温が奪われた冷たいはく製しか描けていないのである。柄谷は次のようにいう、「しかし、くりかえしていえば、氏が『作家は行動する』において、非在の彼方に「完全な自由」と「共生感」を求めたとき、その内側では奇妙に「外界」がうすれ遠のいていったのである。いいかえれば「外界」のsubstantial な手ざわり、抵抗感が失われる」（「江藤淳論」）。

ここで外界や手ざわり、抵抗感といった言葉で柄谷がつよく強調しているのは、後に江藤自身の作品で主題となる「他者」をめぐる問題である。漱石はエゴイズムに取り組んだ作家だとしばしばいわれるが、江藤が漱石に見出したのは「他者」の問題だった。自分とはまったく異なる世界観をもち、複雑な存在として傍らにいるのが「他者」である。「批評回帰宣言——序に代えて」でふれたように、のちに柄谷は、これを「外部」といいかえたうえで、自己同一性を打ち破る拠点にするだろう。その柄谷からみて、『作家は行動する』時代の江藤には「他者」が存在せず、二年後の『小林秀雄』でようやく、血の通った小林秀雄を描けるようになったというのである。

ここでの他者感覚とは、江藤の「近代」理解にも深いかかわりをもっている。『小林秀雄』の次の一節はとても凄惨なものだ。だがその「近代」観には「近代システム」を超克するヒント、僕らが救われる鍵が隠されているのだ。長文を見てみよう。

> 小林秀雄の内面にこのときひらけたのは、おそらく深い、暗い夜の世界である。自殺者は虚無のなかに意識を抹殺しようとして、かえってこういう世界に出逢う。それは虚無でもなければ、彼岸でもない。ただ冷たく、暗く、荒涼とした風が吹きすさんでいるだけの世界——存在がその根をおろしている虚空の世界である。（中略）もし、ここで彼がこの闇のかなたに神を——あたかもパスカルのように神を求めようとするなら、彼の「理論」は宗教的な契機をうることになる。あるいは、もし彼が闇そのものの「子」になろうとするなら、小林は異教の世界に近づくだろう。だが、彼におこったのはそのいずれでもなかった。彼はこの闇黒のかなたから「太平洋の青い

空」と「紺碧の海水」がうかびあがるのを見た。あらわれたのは神ではなくて「自然」だったのである。ここに小林秀雄の個性をみてもよい。しかし、この個性が自己検証の果てに「自然」のイメイジを発見したということは、おそらく彼一個の問題を超えて、日本の近代全体に関係している。

（『小林秀雄』、傍点江藤）

　ここには、近代日本の批評家が必ず取り組まねばならなかった課題が出尽くしている。たとえばこうした江藤の記述は、僕に、芥川龍之介のことを思い出させるからだ。小林秀雄は、芥川の作品に神経の情緒を、つまり逆説を弄《ろう》し現実を揶揄《やゆ》し、否定的に分析する者の悲劇を見た。否定的な言葉を吐き散らす者は、やがて衰弱し、自傷行為のような発言を鋭利な分析と見誤る。芥川のこの態度は、あたかも「批評回帰宣言――序に代えて」で取りあげた「魔女」たちとおなじである。「穢ないはきれい、きれいは穢ない」と踊る魔女のシニカルな嘲笑と芥川の神経質はとてもよく似ている。小林は、最終的にはこうした人間を不健全だと断定し、「歴史と文学」では、乃木希典の生き方に古典的明朗さを発見し肯定した（「終章　新・代表的日本人」）。しかし江藤によれば、この段階での小林は、いまだ芥川の「神経の情緒」を共有し自殺の誘惑に惹かれている。それを江藤は人間存在そのものであり、「虚空の世界」を抱えているといっているのだ。

　またもう一人、芥川と格闘した批評家がいる。吉本隆明のことだ。『共同幻想論』のなかで、吉本は唐突に芥川に言及する。その意図は、〈逆立〉というこの作品の中心概念にかかわっている。国家をはじめ人びとは共同幻想にのめり込んでしまうわけだが、それを相対化する方法は何か。吉本によれば、それは個人幻想ということになる。共同幻想と個人幻想は〈逆立〉するわけだが、その際、個人幻想を単純に肯定していればよいわけではなく、個人主義を徹底化して自殺した悲劇を、芥川のケースに見ているのである。芥川は二つに引き裂かれた存在の象徴である。『遠野物語』に描かれた母体のような農村社会では、死とは自然の循環の一つにすぎない。一方で、都市部に住むインテリのばあい、高尚な教養を身につけてた結果、つねに自分に自信をもつことができない。死もまた青年のナイーブな自死しかイメージできない。芥川は自然に自分を溶け込ませることもできず、また個人主義の自負とも無縁であり、引き裂かれ、不安定な自意識しかもてなかったのである。

そして江藤論を書いた柄谷もまた、『共同幻想論』を引用しながら芥川論を書いたことがある（「芥川における死のイメージ」）。柄谷にとって芥川が決定的に重要だったのは、彼の母が狂人だったことにある。江藤は四歳半で母を失った。芥川は狂人である母に拒絶された。両者に共通するのは、母に拒絶された「子」だという事実である。そして母胎とは「自然」の象徴である。

近代日本批評の課題

かくして、先の長い引用は次のように読むことができるだろう。江藤によれば、小林秀雄や芥川龍之介が重要なのは、日本の「近代」を描いた作家だからである。しかも彼らは家族関係から、日本の「近代」に迫った。虚無と自殺の危機に襲われたとき、芥川はその誘惑に屈した。しかし小林は救われた。なぜなら彼の前に「自然」が出現したからである。これをパスカルと比べるとき、その違いは歴然である。パスカルのばあい、闇に落ち込んだ個人を救うのは、「神」であった。たとえ家族に拒否されたとしても、パスカルは神と垂直的関係で結ばれ、自己を確立することができた。では神をもたない日本人は、どう生きたらよいのか。個人幻想であれ個人主義であれ、実存的内面であれ、この虚無を抱えた自分をいったい何が、救ってくれるのだろうか。神をもたない日本人について、江藤は次のようにいっている――「僕ら日本人の特質は、究極に於てぼくらが彼らの神と無縁だという所にある。漱石の『夢十夜』にあらわれた絶望的な姿は、護教論を持たぬパスカルの姿であって、ぼくらもすべてパスカルの所謂神に対してはこのような浅薄な関係しか有しない」（『夏目漱石』）。

　では小林秀雄が発見した「自然」は僕らを救うのだろうか。芥川のように、日本の「近代」に打ちのめされ、自死することを回避できるのか。

　つまり近代日本の批評にとって最大の課題は、生き生きとこの世界で生きる事である。内面を持て余し、批評を嫌味や屈折した社会批評とかんちがいしない健全さをもつことなのだ。

　僕はすでにいくつかの近代の超克の方法をみてきた。『抱擁家族』を論じてバスの車掌に家族を守ってもらうことの不可能性を指摘した。俊介が神のような立場から父親の役割を演じることもあり得ないこともみてきたし、民主主義や平和主義を唱えるだけでも、「近代」の本質は描けない。その「近代」にいら立ち、石原慎太郎のように政治的・性的暴力に訴えても閉塞感は打ち破れないだろう。

柄谷行人は「外部」こそ、「近代システム」からの脱出方法だといった。

吉本隆明は「大衆の幻像」と「個人幻想」が「近代」に「裂け目」を入れると説いた。

では、江藤が小林秀雄に発見した「自然」はどうだろうか。

これもまた「近代」から僕らは救うことはないだろう。なぜなら日本の「近代」とは、国家においては悠久の歴史を、個人においては家族の歴史を喪失してきたからだ。取り戻すべきは「自然」ではない、「歴史」なのである。江藤が祖父や父を描くことで日本近代史を描こうとしたのは、国家（公）と江藤（私）を家族の歴史でつなごうとしたからだ。歴史こそ近代の超克の処方箋なのである。それを次に見ていこう。

江藤淳の下降史観

祖父・江頭安太郎と漱石はおなじ慶應三（一八六七）年の生まれ、父と小林秀雄は一年ちがいの明治三〇年代半ば生まれである。それぞれの活動期間を考えると、明治から昭和戦前期までを覆っている。この間に、日本はおおきなうねりをもつ精神史を記録する。それはたとえば一一月三日が戦後、「明治節」から「文化の日」へと呼びかえられたことに象徴的である。前者には「国家のために」という理想と明治の精神が感じられるのにたいし、後者には大正時代の普遍主義が反映されている。文化が、大正教養主義と白樺派の合言葉であることはいうまでもない。

では実際に、日本人は時代を下るにつれて普遍的に世界へ開かれた人間になったのだろうか。

江藤の判断は逆であった。漱石や鷗外ら明治人こそが、真に普遍的人格者である。彼らに国家を意識させたのは、儒学（朱子学）の教養があったからである。そもそも孔子であれ諸子百家であれ、儒教古典は為政者のための政治理論である。江戸時代までの教育とは、公的に責任ある人間になることを教えることにあり、しかも「天」を重視した。国家のさらに上位に、超越的な原理「天」があり、個人は垂直につながりをもっていた。「天」が日本を超えた普遍的原理である以上、個人は国家への奉仕をつうじて、普遍的人間になることができたのである。

その明治人の気概が、時代を下るにつれて失われていく。『抱擁家族』で日本の「近代」を解明した江藤は、「近代」からの救いの方法を、明治精神史にまで遡り模索していった。

『成熟と喪失』執筆の一年前、すでに江藤は『日本文学と「私」』で、近代日本精神史を詳細に描いていた。副題が「危機と自己発見」であること、また冒頭がアメリカ論であることからも分かるように、留学体験は江藤に「日本」を発見させた。この骨太の批評を基軸に作品群を見わたすと、留学中の講演『近代日本文学の底流』ばかりか、最初期の『神話の克服』や平成元（一九九〇）年の『リアリズムの源流』を含めて、江藤が明治以降の文学と思想の通史、つまり近代日本精神史を一貫して描いていたことが分かる。

江藤はきわめて輪郭のはっきりした近代史観、しかも下降史観をもっており、『成熟と喪失』の「近代」イメージは、彼の史観の一部なのである。『成熟と喪失』は、江藤の描く近代日本精神史という幅広い視野のなかに置かれて、はじめて正確に読解することができるのだ。

江藤の日本精神史は、次のようにはじまる——幕末の開国がもつ意味とは何だろうか。たとえばもし、ペリーが自己同一性の問題に関心があったなら、日本のことを自己閉鎖的な国だといったにちがいない。アメリカに出会うまで、日本は鎖国していたからである。だがアメリカという「他人」の登場は江戸期の価値観、世界観に深刻な動揺をもたらした。開国によって自分たちは今、何を失い、何を強制されようとしているのか。

意外にも、物質面での文明開化は、文化の断絶をもたらさなかった。逆に滅びを予感した江戸文化は花柳界や演劇にはじまり、戯作のたぐいにいたるまで、華々しく復興し明治を生き延びたのである。明治一〇年代は、文明の象徴である小新聞に戯作が載った時代であり、九世団十郎が江戸歌舞伎を演じていた時代でもあった。何より象徴的なのは、文学における坪内逍遥と夏目漱石の登場であった。彼らはきわめて対称的な役割を、近代小説において成し遂げたからである。

言文一致の象徴『浮雲』の作者・二葉亭四迷は、式亭三馬の滑稽本にある会話体を学ばなければ近代小説を描けなかった。おなじように坪内逍遥が書いた『当世書生気質』も、江戸末期の人情本なくしては完成しなかった。つまり江戸との連続性のなかから近代文学ははじまっている。江藤は、その逍遥が明治一四（一八八二）年六月、東京大学文学部本科の学生として受けた試験に注目する。

御雇外国人ホートンから課された英文学史の試験は、ウィリアム・シェークスピアにかんするものだった。『ハムレット』中の王妃の性格分析を求められた逍遥は、躊躇《ためら》うことなく自分自身の文学イメージ――勧善懲悪の文学観――で答案を作成した。「ガートルードは淫奔なる毒婦」にすぎないと断罪したのである。自信満々の逍遥に落第点がつきつけられる。これは逍遥に深刻なダメージをあたえるに十分であった。なぜなら馬琴流の作品こそ文学だと思っていた逍遥は、みずからの文学を御雇外国人によって全否定されたからである。これを単なる東西の文学観の相違だと考える人は、おめでたい人であって、逍遥にとって文学とは、江戸期日本の世界観・価値観を言葉で表現したものである。その世界観が西洋という「他人」のそれと衝突し、完膚なきまでに敗北させられた。つまり言葉の世界で日本と西洋の世界観・価値観が激突し、前者が否定されたのだ。

言葉の敗北とは、世界を腑分けし、色づける基準の否定である。しかも言葉には江戸期二五〇年の歴史と伝統が積み重なっている。その敗北は、眼の前の秩序が砂礫《されき》のごとく崩れ去り、遠近法は混濁し、世界をつかむものさしを奪われたのとおなじである。物質文明とは異なり、人はそう容易に、新しい言葉で現実を描くことはできない。歴史を奪われた人の前にある風景は混沌と化し、前後も善悪もさだまらない空虚な「現実」、瓦礫にも等しい荒涼とした風景が現われたのだ。

人はたとえ荒野に立たされたとしても生きて行かねばならない。瓦礫を回収し、世界を再建せねばならない。では逍遥のばあい、どうしようとしたのか。他人の価値観を全面的に受け入れるべきなのか。あるいは殻に閉じこもるべきなのだろうか。

この問いに直面した明治一八年、逍遥が『小説神髄』を書くための条件は出揃ったといってよい。「小説の首脳は人情なり」と書いて、西洋文学の条件を受け入れた逍遥は、すがる思いで日本の伝統をふりかえる。そして本居宣長の「物のあはれ」に西洋文学に匹敵する理論をさがしあてた。過去の全否定はからくも回避され、逍遥は自己同一性解体の危機から逃れることができたのである。新しい文学イメージを、江戸の古典との連続性としてとらえることができたからだ。言葉はからくも遠近法をもち、世界はふたたび色彩をとりもどした。

恐らく江藤は、逍遥を襲った危機を国家の同一性の危機ととらえていたし、その危機回復のために作品を「書かざるを得なかった」と考えている。個人の精神の危機は、日本文化全体の危機につながっていて、より具体的には江戸朱子学の世界観の解体を意味していた。

そして逍遥以後、夏目漱石にいたって、朱子学的世界あるいは江藤が「天」という言葉に込めた何ものかが、ついに崩壊することになる。

夏目漱石と武者小路実篤

漱石のばあい、西洋との接触は、さらに生々しいものであった。

たとえば江藤は夏目漱石の文学に、老子・荘子の「道」と儒教の「天」の影響があるという。とりわけ儒学に「近代」を乗り越える処方箋を見出すことができると考える。『坊ちゃん』に濃密に流れているのは勧善懲悪の思想であって、漱石が当時「士大夫」必須の教養であった儒学をまなび、「近代」とは異なる世界像でものごとを把握していたことは重要である。

また『行人』の主人公・長野一郎は明治末期の日本社会のなかに、崩壊する以前の秩序、すなわち儒学の「天」と明治天皇の威厳の二つを感じとることができた（『成熟と喪失』）。「人間全体の不安」を背負っているはずの一郎が、戦後の三輪俊介とちがうのは、この「天」の手ざわりと秩序感覚があったからである。ここで江藤が強調する儒学の役割を鮮明なものにするために、専門家の言葉に耳を傾けるのがよい。齋藤希史の『漢文脈の近代日本』によれば、漢文を学ぶことは中国古典の知的世界に身を投じ、その世界観で物事を見たり判断したりすることを意味する。漢文調で文章を書くことは、そのままその人のものの見方、世界理解の基底を構成するのである。そして漢文調は世界を公的なもの、すなわち政治の観点から見るということである。漢文は日本国内で独自の「漢文脈」をつくる一方で、大陸とも共通する普遍語である。その言葉をつかうことは、自分が国際情勢をふくむ公的な場面に身を置いていることを意味し、「自己」はイコール政治的で外交的存在なのである。

江藤自身もつかう「士大夫」とは、儒学の担い手のことであり、天下国家を論じる側、統治をする側だと自覚した者たちのことをさす。彼らの思考や感覚の「型」こそ儒教古典なのだ。儒学を学ぶことは古臭いことでもなければ説教臭いことですらない。他国を意識すること、つまり「他者」の感覚を生き生きと身につけることなのである。

英国留学以前の漱石は、このような漢学の教養で育ったエリートであり、その思いのまま英文学を専攻した。今日の文学部イメージとはまったく異なり、当時、漱石は英文学をつうじて国家に寄与できることを疑わなかった。「洋学隊の隊長」となる高い志をもち文学に取り組む。逍遥と漱石に共通していたのは、文学をつうじて自己と国家のきずなを疑わなかったことにある。

だがロンドン留学は、漱石の思いを粉々にうち砕いた。受けた衝撃は逍遥の比ではなかった。自分の体内にある常識がまったく通用せず漱石は混沌に突き落とされる。世界が混濁《こんだく》する以上、その渦中を生きる「自己」もまた溶解しないわけにはいかない。漱石をロンドンで襲った神経衰弱は、西洋社会のなかで世界と自己の溶解に苦しんだ結果おきたものだ。このときの精神的危機を、江藤は次のように描きだす。

彼は今や何者でもなかった。絆が断たれれば彼を価値の源泉に結びつけ、その存在を意味づけるものは何もなくなる。彼はしたがって彼自身でしかなかった。こういう状態の深刻さはおそらく想像を絶している。このような無限定な状態の中にいるかぎり、人は周囲をぎっしりと埋めている「他人」たちの規定する自己のイメイジを、際限なくうけいれなければならなくなりかねないからである。（「日本文学と『私』」）

改めて、ここに日本「近代」の特徴が暴かれている。先に『成熟と喪失』で発見されたのは「母」の崩壊による「近代」である。「自然」や母胎などでイメージされたのは、産業化以前の日本、循環し一定のリズムを刻む農耕社会のことであり、そこでの安定した人間関係である。

それにたいし、ここで描かれているのは「父」の死である。儒学の「天」は為政者のための普遍的哲学であり、同時に国家を想起させる。その崩壊は父権性の死を象徴するものだ。漱石はこの父の死を経験した最初期の世代である。その結果を江藤は、「彼はしたがって彼自身でしかなかった」と定義している。つまり漱石は公的な役割を一切もたず、国家からも必要とされない存在となった。そのばあい、人は自分が何者であるかを確定できない。だから周囲にいる他人からの自己評価に一喜一憂し、翻弄されてしまう。まるでプロ入りしたばかりの新人野球選手が、多くの助言を聞きすぎて自分のスイングを見失うのとおなじである。他人の価値観や方法論が殺到し、左右され、軸を失うと江藤はいっているのだ。

そういう自己にとって、唯一の価値基準は「新しさ」だけになってしまう。最新の助言こそ正しいとされ、常に新しい情報に翻弄される焦燥感が「近代」なのである。江藤は「近代」理解をここでさらに深めているのであり、他人にかき回され、新しい情報に翻弄されることを「近代」だといった。日本の「近代」だといったのである。

夏目漱石以後

この悲喜劇こそ描くべき唯一の主題である。『それから』『門』『行人』『こころ』などの漱石後期の作品がこうしてできあがった。ところが近代日本精神史は、漱石が発見した「近代」を忘れる流れを生みだしてしまうのである。あるいは恐ろしさのあまり隠蔽《いんぺい》したのである。戦前では自然主義・白樺派・マルクシズムが、戦後は民主主義と平和主義を自明視する知識人の言葉によって、漱石が発見した「近代」は無視された。江藤からすれば白樺派であれ民主主義者であれ、彼らは一貫して漱石的主題以外のものを近代と呼んで、自信をもって肯定しつづけたのである。

たとえば明治四三（一九一〇）年、武者小路実篤《さねあつ》は『それから』を評して、漱石は今後「自然を社会に調和させようとされず、社会を自然に調和させようとされるだらうと思ふ」という名言を吐いた。これは友人の妻を奪いたいという主人公・代助の「自然（我執）」と、「社会（道徳・秩序）」通念との衝突を論じたものである。武者小路は当然のように、漱石が自己主張を尊重し、社会通念を批判すると考えたわけである。近代とは何より個人の自己主張を重視するからだ。

だが江藤は、武者小路には二重三重の誤解があると考えた。ふつう社会通念とエゴイズムが衝突した際、道徳は「自然（我執）」の側を悪であると認定し排除する。社会通念は代助のやったことを噂話や無視によって容赦なく制裁する。これが常識のもつ恐ろしさであり、日々僕らが接している実世間の姿である。

そして「悪」だからこそ描くべき「自己」がある、これが漱石の文学観であった。世間から悪だと罵られてもなお語るべき何か、常識とのあつれきの中から「自己」が立ちあがってくる。それを描写するのが漱石文学の核心なのである。漱石は世間の眼の存在をみとめ、葛藤《かっとう》する。世間への手ざわりがあり、自分を縛るもの、自己拘束との格闘がある。それは道徳であり常識であり、歴史や伝統と呼んでもよい。

つまり漱石には公と私の間に緊張があった。吉本隆明流にいえば、「関係の絶対性」があったといってもよい。三角関係という極私的なことを延々と描きながら、なお公的な世界とつながれたのは、道徳と常識を強烈に意識していたからなのだ。

一方で武者小路はちがった。社会通念など存在しないと絶叫し、道徳に反旗をひるがえし、エゴイズムは「善」だと開き直ったのだ。このとき武者小路は現実を埋め尽くす常識と他者の視線を抹殺したことになる。「関係」を逃れ、彼は道徳と秩序を無視して「自然」を無条件に肯定する。悪から解放された「自己」はたしかに身軽だろう。だが他者と出会うことはない。閉ざされた自己肯定の自由があるだけなのだ。

世間の眼と格闘する日本人の傍らで、武者小路は無邪気に自分の正義を信じ込んでいる。自己絶対化をおこない、社会を正確に描くことを放棄したのだ。江藤にとってそれは「文学」ではなかった。自分を拘束する時間の重みをしること、歴史と伝統を無視して文学は描けないというのが、彼の立場だからである（以上「ニュージーランドの印象」、「『寂兮寥兮』のかたち」）。

武者小路の宣言が、明治末期になされたのは象徴的である。明治四三（一九一〇）年は象徴的な年であり、谷崎潤一郎が『刺青』を、柳田國男が『遠野物語』を書いた。大逆事件で幸徳秋水は惨殺《ざんさつ》され、漱石は修善寺大患で生死の淵を彷徨《さまよ》っていた。最中、石川啄木は次のようにいうだろう――「斯くて今や我々には、自己主張の強烈な欲求が残っているのみである。自然主義発生当時と同じく、今なお理想を失い、方向を失い、出口を失った状態において、長い間鬱積し来たそれ自身の力を独りで持余しているのである。（中略）そうしてこれは実に『時代閉塞』の結果なのである」（「時代閉塞の現状」）。

啄木の時代分析は、江藤とおなじである。こうして大正精神史は「閉塞」からはじまるのだ。もう少し近代日本精神史を続けてみよう。

大正時代は、解体する「自己」と、自己絶対化の道を突き進んだ自然主義や白樺派が共存した奇妙な時代だと考えるべきである。言葉の世界では、自己収縮と自己拡張にはげしく分裂した状態となり、不安定な時代だと大正時代をとらえるべきである。

言葉の世界だけではない。この時代を大正デモクラシーの明るい時代だと考えることは間違っている。なぜなら江藤によれば、白樺派の作品と、日本の国際社会における奇妙な孤立のはじまりが、同時並行的に大正時代に起きたからだ。このとき江藤の念頭にあるのは、第一次世界大戦に勝利し、五大国にのしあがった日本への違和感である。他者感覚不在のまま肥大化した大国意識をもちはじめたのが、この時期だった。国際社会で大国のはずの日本もまた、閉ざされた自己肯定なのだ。

日本国が武者小路と同様、一人語りと自己絶対化をはじめたとき、国際感覚は失われてしまうからだ。複数の他国同士の駆け引きを忘れた国家は孤立に陥る。平和や文化、デモクラシーや教養などがキーワードになった大正時代こそ、逆に閉ざされた時代と江藤は考えている。この時代の文学や外交論には、「他者（国）」の視線がない。

かくして、江藤の描く精神史は、大正期以降の日本を「規範喪失の時代」だと指弾し、「近代日本のロマン主義」が席巻した下降史観として描く。昭和三三（一九五八）年の作品『神話の克服』では、日本浪曼派が批判されているし、アメリカ留学中の講演『近代日本文学の底流』でも言葉の混乱を取りあげ、日本浪曼派批判に多くの時間が割かれた。そして改めて明治へ思いを馳せ、ロマン主義への処方箋は漱石にあり、といったのである。

以上の明治・大正精神史をふまえたとき、『成熟と喪失』で江藤が、第三の新人と儒学の「天」を論じたことの意味が見えてくる。『沈黙』の著者・遠藤周作に代表される第三の新人たちには、超越的な価値、「天」や「父」でイメージされるものへの感覚が欠如している。それは漱石の文学作品とは大いに異なる。規範の喪失と「天」や「父」の不在は同じ意味である。

> 私は漱石の文学のなかで、老荘の「道」と儒教の「天」がどのように交錯しているのかをまだくわしく考えてみたことがない。しかし少くとも彼の小説の構成を支えているのが（中略）儒教の超越的・父性原理「天」であったことは確実だったものと思われる。（『成熟と喪失』）

ここでもう一度、問うべきだろう。何が「近代」から僕らを救うのか。公と私の間の健全な緊張をとりもどし、人を「関係」へといざなうのか。江藤は漱石の時代には儒学の超越的原理、すなわち「天」があったといっている。

では「天」以外に、たとえば『抱擁家族』の俊介の「焦り」なのだろうか。バスの車掌の「視線」なのだろうか。父としての「アメリカ」あるいは戦後の「民主主義」と「平和主義」だというのか。こうした戦後の処方箋は、いずれも僕らを救わない。

加藤典洋の「自然」

加藤典洋の第一評論集『アメリカの影』は、転調の多い難解な文体ではあるものの、いいたいことは極めて明瞭である。それは江藤とは違うかたちで近代の超克を提案しているということだ。

加藤もまた『抱擁家族』に注目するが、そこに読み込んだのは、高度成長期の日本人の「向上心」の典型的事例である。

『抱擁家族』は、「近代」をきわめて深く洞察し、多くの日本人が「経済的豊かさ」に邁進した結果、「政治の季節」を忘れていくことを描いたのではないだろうか。つまり政治への関心――具体的には反米ナショナリズム――を、主人公・三輪俊介によって語らせることで政治の忘却に抗うことに主題があるのではないか。高度成長とともに失われていくものを俊介に仮託したのではなかったか。

加藤によれば、江藤が政治への関心を深めるのは、一九七〇年前後を待たねばならない。戦後、遮二無二経済成長を推し進めた結果、自然を失うばかりか、「国家」への関心も失わねばならなくなった。近代化は自然豊かな往時の日本を失うとともに、明治以来建設に邁進した「国家」との絆も奪ったのである。それは父と母、双方を失ったということもできるだろう。

江藤のもとに残されたのは無色透明な形をもたぬ「日本」であった。では、何が江藤を支えてくれるのか。透明な液体のように崩れ去る日本を着色し、かたちを与えてくれるのは何なのか。

加藤が批判的にだした答えによれば、江藤は『成熟と喪失』で自然の崩壊に直面した直後、『一族再会』を書きはじめ、「血」のつながりにすがって自己回復を試みた。さらに「血」の上昇通路をかけのぼり、一気に『海は甦える』で海軍を、つまり「国家」を描写することになった。江藤は不安定な「個人」の状態に耐えられず、「血」によって自分と国家を重ねるのだが、国家の背後には、アメリカの存在が支えとして感じられると加藤はいうのである。

ここに加藤典洋が評論の題名を「アメリカの影」とした由来があった。江藤は日本国を語る際、つねにアメリカを意識している。敗戦経験に固執《こしつ》する江藤は、日米関係を肯定と否定のいずれにせよ決定的なものとみなしており、いわばガイアツに日本の運命は託されているのだ。

そしてこれを批判したのが、加藤の評論の核心なのである。

加藤は日米関係と敗戦によって、日本人の自己同一性が瓦解したことを認めない。たとえ国家が敗北しても、僕ら日本人は何一つ傷つかない。ポツダム宣言を受諾し「無条件降伏」したのかどうかも、日本人の大半にとってさほどの意味をもたない。敗戦は日本人の頭上から「天皇」という覆いを取り去ったが、そこに現れたのは江藤がいうような不定形な「もの」ではない。民主主義や平和主義でないのはもちろんであり、アメリカですらない。加藤によれば、敗戦によって露出してきたのは、柳田國男の国土のイメージであり、幼少期から日本人を包み込む故郷の山河、すなわち「自然」なのである。

敗戦の当時、「天皇」が死に、また「国」が破れたときそのむこうからやってきたもの、それは「山河」にほかならなかった。「国破れて」残り、戦に敗れても「何の異変もおこ」さなかった自然が、そのむこう、〝天皇〟の剥落したむこうから現われ、ぼく達をささえたのである。

(『アメリカの影』、傍点先崎)


「剥落」という言葉に注目すべきである。天皇が瓦解し、「近代」が露出したとき、江藤はわれわれが「もの」になるといった。その危機を、漱石は「天」によって支えようとしたとも述べた。これを上昇的思考と呼ぶならば、加藤が発見したのは下降的思考とでも呼ぶべきものである。加藤にとって「近代」とは、伊藤博文がつくった天皇制なのであって、それが壊れたとき、日本人は故郷の「自然」を恢復することができた。しかしその後の高度成長は、自然破壊によって日本人が自らの手で自己喪失に加担することであった。日本人の自己同一性の危機は、アメリカの存在など関係ないのであって、危機は敗戦ではなく高度成長期にやってきたのだ。

そして庄野潤三『夕べの雲』と石牟礼道子『苦海浄土』のなかに、加藤なりの「近代」からの救いの処方箋が発見されるのである。

二つの作品には、失われた「自然」の痕跡が、かすかに、しかし確信をもって描かれている。彼らは国家という「強者」と自己同一化するのではなく、死にたえようとしている「自然」、「弱者」との関係に自分を一致させる努力をしつづけた。これこそ加藤が目指す近代の超克なのである。

以上の加藤に独自の近代理解と超克の方法は、きわめて魅力的なものである。

だが同時に、決定的な限界をもっている。加藤は江藤が批評活動を開始した出発点、スタート地点にまで戻ってしまっているからである。加藤は国家を「強者」であるという。たいして、「自然」に寄り添う人びとを「弱者」であると規定する。だが江藤はこうした強者v.s弱者の二項対立を疑うことから批評を開始している。強者がすなわち悪であり、弱者を善だと見なすとき、僕らは容易に「正しい」人間になることができる。この正義観を疑うことから江藤は出発しているのである。

批評とは、一定の場所にたち、イデオロギーや正解を読者に語ることの困難を味わうことである。もし「〜すべき」という断定が可能だとして、どのような条件で可能なのかを問う営みなのだ。「どうすべきか」ではなく、「どう生きているのか」つまり経験の成立条件を探求する、自己相対化の営みなのである。

江藤が、家族と敗戦を「瓦解」であると強調するとき、彼は一切の善悪の価値基準を手から滑り落としている。敗戦が「もの」を露出させるというのはそういう意味であり、言葉を書く行為は、不在を埋めるためにはじまったのだ。この危機に直面したとき、小林秀雄のように「紺碧の海水」、すなわち「自然」に直面することを江藤は拒絶した。なぜなら自然を美化することは自殺への誘惑を意味するからである。美と死への憧れ、石原慎太郎が目指した暴力的なまでの純化を否定することが、江藤の筆を支えている。加藤もまた自然を強調するかぎりで、自死の誘惑に近づいていくのだ。かくして加藤典洋の自然への同調と「近代」批判は、江藤の出発点にまで戻ってしまっている。

だとすれば、改めて初発の問いを確認すべきであろう。江藤は国家を強者とは考えなかった。石原慎太郎のように国家を美化しすぎることもなければ、加藤のように否定もしなかった。中央（国家）v.s地域（自然）という図式や善悪の二項対立に大半の言論人は回収されている。この図式に捉われているかぎり、僕らは日本の「近代」を正確に批評することができない。つまり言葉がしなやかに「近代」をとりだしてくることはできず、超克することもできない。ここに救いはないのだ。

「近代システム」からの脱出方法

予想もしていなかった妻の突然の末期がん宣告から、その死にいたるまでをつづった『妻と私』には、江藤の批評的課題のすべてが詰め込まれている。

おしどり夫婦として有名だった江藤夫妻に、親密さだけを見る者は、事柄の半分しか見ていない。江藤は慶子に、四歳半で失った母親の代わりを求めていたのではない。羊水に抱かれた母子密着がこの夫婦をつなげていたわけではない。むしろ江藤にとって妻とは最初の「他者」であり、公的な世界への入り口である。江藤と慶子の間には絶対に渡ることの出来ない亀裂があって、ズレが一致することはあり得ない。

たとえば、一時的な薬の効果で退院した妻をおいて大学の講義に出ている時、あるいは研究室で調べ物をしたり研究会に出ている時、江藤は日常的な時間のなかにいるような錯覚を覚えている。しかしいったん車に乗って我に返ると、死の時間が露出し、容赦なく襲い掛かってくる。この日常の時間と死の時間という矛盾する亀裂を、司っているのが妻である。つまり「時間の露わな姿に自分を直面させているのは家内の病気なのに、その家内が保証しているものこそが日常的な時間そのものなのである」（『妻と私』）。

僕らは日常の時間を淡々とした、最も手に入りやすい時間だと思っている。裏面に死の時間がこびりついていることを忘れて生きている。だが日常の時間とは、きわめて危うい均衡《きんこう》のうえに置かれた不安定な時間にすぎない。末期がんであれ津波であれ、病気や災害によって瞬時に奪われるのが「日常」なのである。そして日常の時間が公的な仕事で充たされている以上、江藤は妻の死によって公的世界を奪われかける。死が突然、黒い口を開けて妻と日常を呑み込んだ時、江藤が失ったのは、親密圏ではなく、むしろ公的な世界との接続の契機である。公「と」私はともに失われたのだ。

江藤は過労から急性前立腺炎にかかりながら、喪主を務めあげることを自らに課す。また術後の入院費の支払いにこだわり、住民税の支払通知書が延滞していることを気に病み、利息をつけて「御用納めまでに納入しなければならない」（『妻と私』）。

この執拗なまでの義務の要請は異様である。恐らく江藤は、こうした日常の些事《さじ》をこなすことで、公的な場所に自らを位置付けつづけようともがいている。妻が不在となった以上、今度は自らの手で、日常の時間をつくりつづけねばならないのだ。

そして間違いなく、江藤が漱石に見たのは、日常の時間の困難さであった。夫婦の些事、家族を営むとは、最初の「他者」との出会いにほかならない。いいかえれば私「と」公が最初に出会う場所にほかならない。だから今日、江藤の作品を読むとは、もう一度、家族と敗戦を架橋する試みである。つまり私を語ることが、公を語ることにつながる場面を現代に甦《よみがえ》らすということである。批評の仕事はそれを置いてほかにはないのだ。

『道草』の有名な結論部分、「世の中に片付くなんてものは殆どありやしない。一遍起つた事は何時迄も続くのさ」の手前で、夫婦は証文をめぐるやりとりをする。証文をとっておけばもう大丈夫と安堵する細君にたいし、夫はそれを否定する。安心などできるわけがない、世の中のことで、一つとして片付くことなどないのだ——。

「ぢや何うすれば本当に片付くんです」と詰め寄る細君が握りしめている「証文」とは、僕の言葉でいえば善悪の基準、つまり支えであり救いに他ならない。それを信じている細君は幸いだが、日常の裏面には死が、健康の背後には末期がんが、自然の背後には災害が張りついていることに主人公の健三は気づいているのだ。

そして気づいた者は、瓦解する秩序を直しつづける仕事につかねばならない。「片付くものは殆どありやしない」とは、夫婦間だけではない、政治や外交の場面でもおなじではないか。つまり公的な時間とは家事と同様、些末な庶務の連続に他ならず、良識派の知識人たちが叫ぶような「解決」も「超克」もありはしないのだ。漱石と兄嫁の関係を分析する江藤が、一方で勝海舟に「政治的人間」を発見したのは、政治と夫婦の些事におなじ重みを感じ取ったからなのだ。

こうした不断の営みを、江藤は描きつづけたのだった。だから根本的には「近代システム」からの脱出方法はない。だがあえて、江藤自身の言葉のなかにそれを見つけるとすれば、それは次のようなものになると思う。

何度か登場した「天」という象徴がもつ意味について考えてみよう。実はこの儒教的概念は、江藤の初期批評における、ウルフ＝ルソー問題と深いかかわりをもっている。先にヴァージニア・ウルフを論じた箇所で指摘したことは、ウルフが小説の言葉を「個人の心理」描写に全面的に奉仕させたということだった。それはルソーが告白調の文章を好んだことに通じるものであり、「近代」小説の生みの親であることも述べた。その際、江藤はウルフを否定しながら、一方で『ガリア戦記』のラテン語散文と、聖書と牧師の説教のなかに、理想的な言葉の使い方を発見していたのである。これが脱出の鍵になると僕は思う。つまり、言葉における「近代システム」を乗り越える方法を、西洋ではラテン語と聖書に見出していたと思う。

江藤が処方箋として、ラテン語と聖書を持ち出していることは注目に値する。なぜならこの二つが、共に西洋の普遍語によって書かれていたからだ。その論理を日本文学に適用した場合、東アジアの普遍語とは儒教的世界観であり、例えば「天」の思想ということになる。江藤が漱石作品のなかに勧善懲悪を読み取り肯定的に評価したこと、また『近代以前』や『成熟と喪失』において儒教的「天」の不在をしきりに嘆いた理由は、ここにあった。「天」とは、内面空間という閉域から脱出し、「伝達」と「記録」のために言葉をもちいることを意味している。

そして伝達とは他者とかかわることであり、記録とは過去から未来へと架橋する営みのことだ。つまり言葉は本来、空間と時間にかかわるものであり、国際基準の普遍的言語空間のなかで、自らの存在を主張し、後世に遺すのが役割なのである。

内面を飛びだし、広大な普遍語に身を投じるとき、はじめて、まっとうな散文作品が生まれる。日本語は「他者（他国）」との緊張感を描写し、それが文学になる。他者や他国の間に身を置くことは、とうぜん、完全な自由を得られるものではないだろう。しかし「近代」全体を覆いつくしていた「閉塞」からの脱出は可能になるはずである。その時はじめて近代日本文学の一行目が書かれるのである。

参考文献

『江藤淳著作集』全六巻＋続五巻、講談社、一九六七年
『新編　江藤淳　文学集成』全五巻、河出書房新社、一九八四―八五年
江藤淳『妻と私』新潮社、一九九九年
風元正『江藤淳はいかに「戦後」と闘ったのか』中央公論新社、二〇二四年
加藤典洋『アメリカの影』講談社学術文庫、一九九五年
柄谷行人『畏怖する人間』講談社文芸文庫、一九九〇年
平山周吉『江藤淳は甦える』新潮社、二〇一九年
丸山眞男『福澤諭吉の哲学　他六篇』岩波文庫、二〇〇一年
與那覇潤『日本人はなぜ存在するのか』集英社インターナショナル、二〇一三年

第Ⅱ部　古典回帰宣言

第三章　核兵器はなぜ、ダメなのか――中江兆民『三酔人経綸問答』を読む

1　中江兆民が生きた時代

時代背景

明治二〇年刊行の『三酔人経綸問答《さんすいじんけいりんもんどう》』は、中江兆民の主著である。例えば同時代の福澤諭吉には、『学問のすすめ』（明治五年）と『文明論之概略』（明治八年）という著作がある。前者は、一般庶民をつよく意識して書かれた啓蒙書であり、「国民」の一翼を担うことを強く求めた作品である。一方の後者は維新以前からの知識人、特に五〇歳以上の儒学者に、西洋文明の重要性を訴えるために書かれた学術書の趣をもつ。一五〇年近く経った現在でも、福澤の言葉に触れたいと思う読者は、まずは『学問のすすめ』を紐解《ひもと》き入門するであろう。兆民の『三酔人経綸問答』もまた、おなじ役割を期待されて手に取られる読者が多いと思う。「東洋のルソー」中江兆民とは何者なのか。どんな思想と人生を紡いだ人物だったのか。兆民の言葉の息吹に触れるために、入門書として読まれることが多いと思われる。

しかし福澤の文体と比べてみると、兆民の文章は圧倒的に難しい。理由は簡単で、今日、僕たちに馴染みのうすい漢文体を基本文体としているからである。明治文語文と呼んでもよいが、要するに、漢語の語彙《ごい》に溢れた文章で書かれている。タイトルだけみれば、三人の酔っぱらいによる政治談議という形式で、入門書に充分に価する魅力と近づきやすさをもっている。だが、実際の文章は想像以上に難解で、しかも内容も重厚なのである。福澤諭吉が硬軟二冊に分けて描こうとした主張を、兆民は一冊の本によって達成しようとしているのである。

だからここでは、中江兆民に「入門」を希望する読者を想定し、まずは兆民の生涯と時代背景をおさえることから始めよう。兆民の「人となり」がわからないと、この著作の面白さが見えてこないし、また兆民の生きた時代がわからないと、著作に出てくる緊迫した国際情勢が理解できないからである。一冊の古典を味読するための準備運動から、まずは始めよう。

青年時代の兆民を特徴づけるのは、土佐という土地に生まれたこと、岩倉使節団に随行しフランス留学をしたこと、以上の二点にあるだろう。中江兆民は弘化四（一八四七）年、土佐の高知城下の生まれである。福澤とおなじく幼年時代に父親を失っている。藩校文武館で朱子学《しゅしがく》を学び、『荘子』や『史記』を読むなど、漢学の基礎的教養を身につけるが、後の漢文体の文章とは直接の関係はない。

兆民の成長は、ペリー来航以後の土佐藩の激動期と重なっている。藩主の山内容堂（豊信）は、ペリー来航の際には幕府の諮問に応じて意見書を提出するほどの開明派であり、その右腕には吉田東洋（元吉）がいた。東洋が起草した意見書によれば、アメリカの開国要求は拒絶すべきであり、日本はすみやかにオランダの技術を習得し、西洋式の軍艦と大砲を備え、海防を強化すべきだとされた。以降、容堂は、薩摩の島津斉彬《なりあきら》や越前の松平春嶽とともに、将軍継承問題や日米通商条約調印をめぐる問題に介入し、大老・井伊直弼との対立を深めてゆく。世にいう「安政の大獄」の際には、水戸の徳川斉昭《なりあき》、さらには橋本左内・吉田松陰などとともに、山内容堂もまた謹慎処分を受けている。このとき大獄の嵐から逃走中の勤王僧・月照をともない、鹿児島の錦江湾に追いつめられ、入水自殺を図ったのは西郷隆盛である（この時は月照だけ死に、西郷は生き延びた。その後、西郷は板垣退助らとともに征韓論で下野し、明治一〇（一八七七）年の西南戦争で敗死する）。

当時の土佐藩内を見てみると、容堂と吉田東洋は「公武合体派」であり、それに対抗する保守派と、一方で過激な勤王派である武市半平太らの三派に分裂していた。特に勤王派は、万延元（一八六〇）年の桜田門外の変以降、土佐勤王党を結成し、反幕府の急先鋒となっていく。文久二（一八六二）年には吉田東洋を暗殺することになるが、その東洋最後の仕事が藩校文武館の開設であり、ここで一六歳の兆民は、東洋の甥である後藤象二郎と、生涯を決する出会いをすることになる。

勤王派には、武市のほかに坂本龍馬も所属していたが、このときすでに龍馬は土佐藩を脱藩し、勤王派からも一定の距離をとっていたらしい。同様に、龍馬や後藤象二郎から影響を受け、強烈な尊王攘夷の思考をもちながらも、容堂への忠誠を保持し、過激派にならなかった人物に、谷干城がいる。谷は、後に西南戦争で西郷隆盛と熊本城で対峙する人物であり、自由民権運動が条約改正反対運動に進んでいくと、新政府内部の人間であるにもかかわらず条約改正に反対、農商務大臣の職を辞して、勝海舟らと気脈をつうじることになる。

当時の土佐過激派について、歴史学者の飛鳥井雅道《まさみち》は、「前藩主・豊信（号・容堂）は、依然として公武合体を信じ、吉田東洋を信頼していたから、政策の変更を認めようとはせず、巻き返しをはかっていた。勤王党は若年の藩主の上洛を機に、京都で反幕府活動を暴走させ、親幕府派へのテロリズムとして「天誅《てんちゅう》」行動にでたり、（中略）足下の土佐藩内では、きわめて不安定な地盤しか得ていなかった。勤王党参加者の一人・坂本龍馬が東洋暗殺の直前、友人とともに脱藩し、しばらく土佐藩内の対立から身を引いたのも、龍馬が東洋暗殺といった勤王党の方針に疑問を持ち、その効果に否定的だったからだと私は推定する」と述べている（以上、飛鳥井『中江兆民』）。天誅も辞さない勤王派は、混沌とする世相を背景に、一種のテロリスト集団と化しており、広い支持基盤を得られていなかった。新しい時代像をどう描くのか。おなじ勤王派の内部にもさまざまな立場が存在し、軋轢《あつれき》と葛藤《かっとう》を生みだしていた。こうした空気の中で、兆民は藩校生活を四年にわたり過ごしていたことになる。

京都を舞台に文久三（一八六三）年、八・一八政変がおこり尊王攘夷派が一掃されると、武市半平太は投獄され、山内容堂や後藤象二郎などの公武合体派が影響力を回復する。最終的に武市が切腹し勤王派が一掃されるのは、慶應元（一八六五）年五月のことであった。

この年の九月、兆民は藩からの命により、長崎への公費留学に旅立つ。政治活動に逸ることなく、学問の道を選択したことになる。一九歳での旅立ちは、現在いえば大学受験に成功し上京する有様を髣髴とさせるだろう。そのはるか先には、フランスの地が控えていた。

長崎は、当時の世界情勢の波に洗われていた。遥か遠くヨーロッパでは、ナポレオン三世のフランスとプロイセンの対立が表面化しており、またイギリスの覇権拡大が各国に警戒されていた。極東アジアにこの対立と牽制が持ち込まれ、フランスは幕府の後ろ盾に、イギリスは薩長すなわち反幕府側を、それぞれ支援することになる。長崎の地で平野義十郎からフランス語の手ほどきを受けていた兆民であるが、一番のエピソードは坂本龍馬の知遇を得たことであろう。龍馬と兆民のやり取りを髣髴とさせる、次の文章が遺されている。文中「先生」とあるのが、中江兆民のことである。

当時長崎の地は、独り西欧文明の中心として、書生の留学する者多きのみならず、故坂本竜馬君等の組織する所の海援隊、亦運動の根拠を此地に置き、土佐藩士の来往極めて頻繁なりき。先生曾て坂本君の状を述べて曰く、豪傑は自らをして崇拝の念を生ぜしむ、予は当時少年なりしも、彼を見て何となくエラキ人なりと信ぜるが故に、平生人に屈せざるの予も、彼が純然たる土佐訛りの方言もて、『中江のニイさん煙艸を買ふて来てオーセ、』などと命ぜらるれば、快然として使いせしこと屢々なりき。（『兆民先生　兆民先生行状記』）

この文章が世に出たのは、明治三五（一九〇二）年のことである。兆民を先生と慕う書き手は、幸徳秋水。『帝国主義』『社会主義精髄』を書くことになる、あの幸徳秋水である。実は秋水は、中江兆民の自宅に寄宿し学恩を受けつづけた書生であった。

慶應三（一八六七）年六月、福澤諭吉から遅れること一〇年あまり、兆民は江戸の土を踏む。福澤が江戸にでて蘭学《らんがく》から英語へとすばやく切り替えたのにたいし、兆民はフランス語を学びつづけた。また福澤が万延元（一八六〇）年に咸臨丸でアメリカを目指すチャンスを江戸で得たように、兆民は大久保利通、後藤象二郎、板垣退助らの援助をうけて、フランスに司法省出仕の身分で留学を許された。明治四（一八七一）年一〇月の、世に名高い岩倉使節団の一員に、二五歳の中江兆民の顔を見いだすことができる。この間、時代は瞬く間に倒幕から明治新政府樹立へと動いており、土佐藩内では公武合体派の山内容堂らの動きは鈍り、板垣退助とそれに追随した後藤象二郎らが台頭してきた。

注目すべき事実は、兆民留学当時のフランスの情勢である。明治三（一八七〇）年、普仏戦争でプロイセンに二カ月足らずで敗北したナポレオン三世当時のフランスは、第三共和政へと移行し、さらに翌年三月には、パリ・コミューンの成立となる。これもまた二カ月足らずで瓦解《がかい》するのだが、例えばマルクスは、当時のフランスについて、「コミュンは本質的に労働者階級の政府であり、占有階級に対する生産者階級の闘争の所産であり、労働の経済学的解放が達成されうる、ついに発見された政治形態であった」と肯定的な評価することになる（以上、土方『中江兆民』）。

ヨーロッパは、資本主義とナショナリズムが生みだす課題に直面し、激動期を迎えていた。日本はこの世界的な動向に呑み込まれ開国を促され、多くの留学生を送り込んだ。留学中の兆民はリヨンに滞在し、小学生に交じってフランス語の学習に励んだこともあったらしい。西園寺《さいおんじ》公望《きんもち》やイギリス滞在中の馬場辰猪《たつい》と親交を深め、三年にわたる留学生活を終えて帰国したのは、明治七（一八七一）年六月のことであった。

民権と国権

帰国直後、兆民は現実社会と思索の二つの面で活発な行動を開始する。まず兆民は「策論」を執筆し、勝海舟を介して薩摩藩主・島津久光に献呈した。前年の明治六（一八七三）年に、征韓論があったことを思い出してほしい。西郷隆盛や板垣退助が中央政府から下野していた。これをうけて翌年一月には、板垣退助と後藤象二郎にくわえ江藤新平や副島種臣《そえじまたねおみ》らを中心に、「民撰議院設立建白書」が提出されたことは、高校の教科書でも習う史実であろう。

フランス帰りの兆民が「策論」で強調したのは、西郷隆盛を担ぎだし明治新政府を打倒することであった。明治維新に詳しい人ならだれでも知るように、島津久光はきわめつきの保守主義者であり、西郷との折り合いが悪かった。その島津に「東洋のルソー」中江兆民が自説を説き、明治新政府の改革を訴えていたのである。

献呈された文書を読んだ島津久光が、これは面白い案だが現実に実行するのは難しいと言うと、兆民は、勝海舟が西郷隆盛を説得すれば実現可能だとうそぶいたと言う。ある日、あまりに海舟を賛美する兆民にたいし、秋水が疑問をぶつけた。それほどまでに稀有な人物ならば、自分から地位を獲得し政治を行うべきなのに、他人から抜擢《ばってき》されないのを嘆いているのはいかがなものか、と。兆民は反論して言った、古来、何人もの英雄豪傑が実力を発揮できないまま埋もれていった。海舟先生もまた西郷の復活を切にねがい、西南戦争で復活することを待っていた。だから当時はとても不機嫌だったものだ（以上、『兆民先生　兆民先生行状記』）。

ここまで兆民を描くために、幕末維新期の土佐藩の描写からはじめてきたのも、坂本龍馬、後藤象二郎、谷干城、西郷隆盛、勝海舟、そして幸徳秋水などの、幕末から明治期を一望のもとにできる人脈を活写したかったからである。明治維新期の英雄たちの渦中に、兆民が生き生きと呼吸していた事実を知ってほしかった。

この時期、フランス学者として兆民は思索をかたちにしつつあった。最初の『社会契約論』の翻訳を試みていたからである。後に『民約訳解』として知られる翻訳に先立ち、より小規模な作品ながら、兆民はこの時点で「民約論」として『社会契約論』の翻訳を行っていた。この翻訳が持つ意味は、どうやら兆民が、この書にでてくる重要概念「立法者」の役割を自分自身が務めるべきだと自負し、立法者に必要とされる補佐役を、西郷隆盛に期待していたらしいという事実にある。

この年から「明治一四年政変」の直前に新聞発行を決断するまでの期間、兆民は糊口をしのぐために仏学塾《ふつがくじゅく》を開設するとともに、東京外国語学校校長を引き受け、さらには立憲政体と国権案準備のための元老院に職を得たりなどしている。校長職は二カ月半ほどしか続かなかったが、その理由として、兆民の漢学重視が新政府の意向と衝突したからだと言われている。実際、兆民自身が明治一一（一八七八）年ころから漢学を学びなおし、岡松甕谷《おうこく》から教授を受けていた。洋学一辺倒の新政府にたいし、兆民が激しく反発したことから、解任されたというのである。ことの真偽はともかく、「東洋のルソー」兆民がきわめて漢学を重視した理由は、後に見ることになるだろう。

それはともかく、時代は新政府の動向を中心に急速に展開していった。神風連の乱や萩の乱を経て、明治一〇（一八七七）年の西南戦争で西郷が敗死すると、不平士族による武装反乱は終焉をむかえる。いわゆる自由民権運動の登場である。

自由民権運動の一大拠点となった土佐を訪れた者には、福島出身の河野広中や福岡の頭山満らがいた。とりわけ自由民権運動に、頭山満の名前があることは注目に値する。なぜなら一般に頭山は、後の大アジア主義の中心人物であり、右翼を自認する人物だからである。前原一誠の萩の乱に連座し捕縛された頭山は、西南戦争開戦を獄中で聞き、死を免れている。だが出獄直後、大久保利通暗殺の報を聞いて、すべてを投げ出して板垣退助のもとに駆けつけた。江藤新平や前原一誠、そして西郷までも失った反政府側としては、残されているのは板垣退助だけだったからである。板垣は蹶起を自重し、また頭山にも諭したうえで、民権運動の必要性を説いた。そして頭山は明治一二（一八七九）年に玄《げん》洋《よう》社《しゃ》を設立したのである。

玄洋社とその前進の筑前共愛社の特徴は、国会開設の要求と共に、不平等条約改正をつよく求めたことである。つまり「民権」が「国権」と結びついていることが、自由民権運動の特徴なのである。とりわけ玄洋社は国権意識がつよく、明治一七（一八八四）年には平岡浩太郎が上海にわたり「東洋学館」を設立しアジアへ飛躍する人材を育成しようとした。また朝鮮半島の近代化を、日本を後ろ盾に進める金玉均らの朝鮮独立党にたいし、明治新政府が冷遇したのとは対照的に、玄洋社は一貫して支援しつづけた。釜山に外国語学校「善隣館」をつくり政治運動の拠点としたのはその一例である。そして東洋学館と善隣館それぞれの設立に、中江兆民が深くかかわっていたのである。つまり「東洋のルソー」中江兆民は、対外交問題から見た場合、あきらかに国権派に属していて、頭山と兆民は肝胆相照《かんたんあいて》らす仲だったのである。

実際に両者の親交を物語る、次のようなエピソードがある。兆民の晩年、咽頭癌で余命いくばくもない折、頭山が兆民の病床を見舞うと、夫人が、兆民が何度もあなたに会いたがって、黒板に名前を書いていると告げた。病室に入ると兆民は涙を浮かべて喜び、伊藤博文と山県有朋を激しく糾弾する文字を黒板に書きつけ、頭山はそれに応じたと言うのだ。兆民の思想と行動は、頭山満という人物をつうじて、昭和期の大アジア主義にまで、その影を伸ばしていたと言えそうである。

今日から見て、「東洋のルソー」中江兆民と、大アジア主義の頭山満が親しかったこと、しかも自由民権運動をつうじて交流を深めた事実は、意外の感を与えるはずだ。しかしこの疑問を解くためには、明治新政府にたいし反旗を翻し物申すだけの気力、すなわち当時の言葉で「元気」を持つことこそが、日本を対外的に自立させ、活力ある国づくりの原動力なのだ、という当時の論理を知る必要がある。つまり自由民権は、イコール国権（ナショナリズム）なのである。この点にかんして、日本政治思想史が専門の坂本多加雄は、「戦後しばしば、国権と民権の『対立』とか『相克』といったテーマで、民権運動の思想ないし運動の問題点が論じられた。そこには、民主主義と平和主義の結合を当然とする戦後の思想が投影されているが、初期の民権運動の当事者である士族の内面に即して言えば、国権と民権はまさしく相即の関係にあったのであり、しかも、それは、形を変えて、その後の民権運動全般にも受けつがれていったのである」と述べている（『明治国家の建設』）。

要するに、坂本は、戦後では民主主義といえば国家を否定し、世界平和を肯定する民主主義＝平和主義の等式が常識だが、明治期の自由民権運動の場合、民権の要求は国権拡張と結びついていたことに注意せよ、と説いているのである。当時は民権＝国権だったのであり、戦後の国家批判の文脈を、明治期にあてはめて研究することを戒めているのである。

条約改正と暗殺未遂事件

ところで、兆民が本格的な言論活動をはじめたのは、明治一四（一八八一）年三月のことである。留学時代からの盟友・西園寺公望を社長に、主筆を兆民が担当し、『東洋自由新聞』が創刊された。西園寺の帰国直後の最初の仕事が、反政府的新聞の社長就任だったことは明治新政府、なかでも岩倉具視の逆鱗《げきりん》に触れた。早々に西園寺は辞任のやむなきに至ったものの、兆民は自由党の結成にも参加し、自由民権運動はこの年、本格的な盛り上がりを見せ、一つの頂点をむかえることになる。

きっかけは、北海道開拓使官有物払い下げ事件であった。そもそも新政府の内部およびその周辺には、伊藤博文、井上馨、大隈重信、岩倉具視のほかに、大隈重信、板垣退助、後藤象二郎、福澤諭吉らが存在した。一般的にこの事件は、官有物の不当な払い下げをめぐって、ドイツ型の欽定憲法を目指す伊藤博文らの勢力が、より急進的なイギリスモデルの採用を目指した大隈重信、福澤諭吉らの勢力を追放した事件として知られる。開拓使の廃止にともない、官有物を無利子三〇年賦、しかも三八万円という安価で五代友厚系の会社に払い下げるというものであった。これが北海道貿易に従事する慶應義塾出身者中心の三菱の利益と対立したことから、福澤諭吉を含む慶應義塾出身の交詢社《こうじゅんしゃ》系が、大隈重信と結託し、反政府のキャンペーンを大々的に行ったと思われたのである。

最終的に御前会議での大隈参議罷免と官有物払い下げの中止、さらに国会開設の勅諭が出されることとなった。この「明治一四年政変」をきっかけに、板垣退助を総理として自由党が結成されるわけだ。また大隈重信を中心に明治一五（一八八二）年四月、立憲改進党が結党されることになったのである。

これ以降、兆民が亡くなる明治三四（一九〇一）年にかけて、政局は激変につぐ激変をみるが、基本的に兆民の立場は、反政府の野党、民権派の結集を呼びかける人生であったと言ってよい。明治一五（一八八二）年以降、民権派は勢力争いから分裂をくり返し、次第に過激化し、自滅衰退していく。明治一七（一八八四）年の群馬事件、加波山事件、秩父事件は自由党を解党に追い込んだし、翌年一一月には、甲申事変に影響を受けた旧自由党員の大井憲太郎らが、金玉均を支援するための暴力的テロ未遂事件、すなわち大阪事件を引き起こすまでになっていた。自由民権運動は激化の一途をたどり、空中分解の様相を呈していた。

明治一九（一八八六）年一〇月、兆民は星亨《ほしとおる》や後藤象二郎らとともに運動再建のために立ち上がった。「大同団結運動」の始まりである。すでに新政府から国会開設の約束を取り付けていた民権派にとって、国内問題は一段落し、問題関心は外交へと移っていた。そして外交問題においても、激化は避けることができず、最終的にはテロリズムに帰結することになる。

事態の推移は次のようなものだ。井上馨外相による条約改正をどのように評価するのかをめぐって、鋭い対決が政府と民権側で表面化していた。政府側は外国人の自由な居住の承認、すなわち内地雑居と、外国人裁判官の任用、さらに重要法典に関する外国人の承認などを提案し改正会議に臨んでいた。後の大隈外相時には、大審院に外国人判事を任用できるという提案がなされ、特に対立点となった。なぜなら大日本帝国憲法第一九条にある、日本臣民が文武官に任命されるという規定に、抵触する可能性があったからである。この問題をめぐっては、井上毅、寺島宗則、福澤諭吉、勝海舟らが反対の論陣を張ることになる（以上、『谷干城』）。

とりわけ国民を刺激したのは「ノルマントン号事件」である。前年一〇月にイギリス商船ノルマントン号が和歌山県熊野灘で沈没した際、英国人はボートで脱出したにもかかわらず、日本人乗客全員が水死した事件が起こった。領事による海難審判でイギリス人船長や船員が救助に尽力したと判断され無罪となると、ここに不平等条約のもつ限界があからさまになった。井上外相による妥協的内容の条約改正案にたいし、反政府側からだけではない。閣内からも農商務大臣の谷干城が辞任するなど一大問題へと発展し、「三大事件建白運動」が行われた。元老院への要求として片岡健吉らが言論集会の自由と地租の軽減、そして井上馨による軟弱外交、すなわち条約改正反対の旗幟《きし》を鮮明にしたのである。ここでもまた先に坂本多加雄が指摘したように、民権運動は国権拡張とイコールだったわけである。

先にふれた頭山満率いる玄洋社は、さらに過激な行動にでることになる。伊藤内閣の井上外相時代から、黒田内閣の大隈重信外相時代にいたるまで、一貫して条約改正に反対の立場をとり、ついに明治二二（一八八九）年一〇月一八日には、来島恒喜を刺客として、霞が関の外務省前を走ってきた大隈の馬車にむかって爆弾テロを敢行したのである。大隈は重傷を負い、来島はその場で自刃した。条約改正はこうしてストップに追い込まれた。兆民は大隈の改正案に反対しつつも、大隈を見舞ったという。爆弾テロを決行した頭山と被弾した大隈双方に同情の念を抱く兆民の姿が、そこにはあった。

対ロシアの外交観

翌明治二三（一八九〇）年、帝国憲法発布を見届けた兆民は、大阪四区から衆議院議員選挙に立候補し当選した。四四歳になっていた。以後、晩年にいたるまでの一〇年余りの人生のうち、特筆すべきなのは、兆民の対ロシア外交観である。日清戦争後、ロシア、ドイツ、フランスによる三国干渉で、日本は遼東半島の返還を余儀なくされたが、ロシアは旅順と大連を、ドイツは青島をそれぞれ獲得し、日本国民は臥薪嘗胆で反ロシア一色になる。伊藤博文や陸奥宗光を恐露病と糾弾する世論が高まるなかで、兆民もまた対ロシア硬派の論陣を張ることになった。近衛篤麿《あつまろ》、頭山満、鳥尾小弥太《とりおこやた》、陸羯南《くがかつなん》らによって組織された「国民同盟会」に参加した兆民にたいし、非戦論の社会主義者としての立場から、幸徳秋水は「兆民先生」に次のように問い質している。

先生の国民同盟会に入れるは、其志実に伊藤博文の率ゆる所の政友会を打破して、我政界の一大革新を成すに在りき。予当時問ふて曰く、国民同盟会は蓋し露国を討伐するを目的となす者、所謂帝国主義の団体也。先生の之に与《くみ》する、自由平等の大義に戻る所なき乎と。先生笑つて曰く、露国と戦はんと欲す、勝てば即ち大陸に雄張して、以て東洋の平和を支持すべし、敗るれば即ち朝野困迫して国民初めて其迷夢から醒む可し。能く此機に乗ぜば、以て藩閥を剿滅《そうめつ》し内政を革新することを得ん、亦可ならずやと。(『兆民先生　兆民先生行状記』)

国民同盟会による対外進出は、二つの可能性を秘めていると兆民は考えている。もしロシアを打ち破ることができれば、大陸進出の足掛かりを得ることができる。それは帝国主義ではなく、東洋の平和を維持するためだと兆民は評価している。またもし、ロシアに敗北することになれば、日本の内政を改革することができる。伊藤博文と明記されていることから分かるように、国内では鹿鳴館に象徴される欧化主義、対外交ではロシア非戦論を掲げる明治新政府の方針に、兆民は晩年にいたるまで批判的だったわけである。

もちろん現在の地点から見ると、兆民が東洋の平和維持のために大陸進出を容認した事実は、帝国主義のように見える。ただここには、兆民なりの独自の論理があったことを見逃してはならない。例えば、明治三四（一九〇一）年に秋水が『廿世紀之怪物帝国主義』を発表し兆民に謹呈した際、兆民は、そもそも武力とは何かという問題を提起し反論を試みている。兆民は武力を「黷武《とくぶ》」と「止戈《しか》」

の二つに区別すべきだと説き、秋水の欧米帝国主義批判が皮相かつ一面的であることを突いた。

頭山満の弟子筋にあたる葦津珍彦《あしづうずひこ》は、兆民の反論を次のようにまとめている――「かれは武をもって、二つに分けている。その一つは止戈の目的をもってする武である。それは、戈を止める、平和を保障するの意であって、漢字の武という文字は、この戈と止とを合したものという。平和保障のための武が真の武であり、正義の武である、周の武王の武であるとする。これに反して平和保障の目的のない不正の武を黷武とする。秋水が、ヨーロッパ帝国主義の黷武を非難しているのは当然だが、アジアには黷武の武ではなく周武から曾国藩にいたるまでの真の武がある。この真の武がアジア大陸に雄張して、はじめて世界平和ができるというのである。（中略）兆民はここで秋水の『一般平和論』が、黷武を非難するのみで、真武の一側面を見ないことに注意をうながし、同意しがたいと暗示したのである」（「明治思想史における右翼と左翼の源流」、傍点葦津）。

兆民がここで秋水の平和論を「一般平和論」として批判していることが重要である。非戦論の立場に立つ限り、あらゆる戦争は「普遍的」に、つまりいかなる武力も許容されない。だが例えば、警察権力は武器の携帯が許され、法に基づく使用が認められていることを思い出してみよう。社会秩序の維持と平和は、ある種の暴力に支えられて成り立っている。普遍的＝一般的平和論からは、この発想が出てこないわけである。外交の場面で権力による秩序維持を示すのが「止戈」による「真武」だと言えるだろう。明治以降、戦前の歴史がこのうち「黷武」と「真武」のいずれの方針のもとに大陸進出したのか、帝国主義とアジア開放のいずれを目指した活動だったのかは、思想史研究の一大争点になっていく。

以上、読者の多くは「自由民権」や「東洋のルソー」はもちろん、中江兆民にたいするイメージも、従来とは大きく違ってきたのではなかろうか。戦後の民主主義観に基づく、一面的な理解を拒む思想家、容易には汲み尽くしえない豊穣な思想の源流こそ中江兆民なのである。

2　三酔人の主張を解剖する

洋学紳士の理想主義

明治二〇（一八八七）年五月刊行の『三酔人経綸問答』は、政治的実践もいとわなかった兆民が、それに先立ち世に問うた政治理論の書である。四一歳だった兆民は壮年といってよく、自身の学問のすべてを注ぎ込んで、「政治とは何か」という根本問題に取り組んだ。問答形式とはいいながら、実際の構成は三人の酔っぱらい、すなわち洋学紳士と豪傑君、そして南海先生の順番に自身の政治思想を披瀝するかたちをとっている。酒の勢いを借りて自説を滔々と述べ立てる洋学紳士と豪傑君にたいし、南海先生はしずかに耳を傾け、最終的に総まとめをする立場に立つ。われわれも、まずは洋学紳士の御説を拝聴することから始めよう。

洋学紳士は、全身を洋装で固め、眉目秀麗、弁舌さわやかな男である。彼はまず何よりも民主制度を愛していると宣言し、なぜ文明の進んだヨーロッパ諸国にすら民主制度を採用しない国があるのかと嘆く。彼から見た場合、当時の日本はアジアの片隅にある弱小国にすぎない。しかしだからこそ、武力で到底太刀打ちできない弱小国は、進んで民主制度を採用すべきだと主張するのである。洋学紳士は、現状が武力衝突の世界であることを知っている。にもかかわらず、弱小国日本に、あえて民主制度の理想を目指すべきだと進言しているのである。

背景には、洋学紳士に特有の政治思想がある。「およそ政治家をもって自任する者は、みな政治的進化の神を崇拝する僧侶《そうりょ》といえるでしょう。もしそうなら、単に目の前に関心を集中するだけでなく、将来に心を向けねばなりません」（以下、『三酔人経綸問答』はすべて先崎訳）。「政治的進化の神」と「僧侶」とは何かについて、洋学紳士がここで具体的に念頭においているのは、清教徒革命とフランス革命である。

清教徒革命とは、寛永一九（一六四二）年から慶安二（一六四九）年にいたる、イギリスのスチュアート王朝の絶対王政を打倒し共和政を実現した革命のことである。それ以前、イギリスのチャールズ一世は宗教のあり方をめぐり、国教主義を強化しピューリタンを迫害し、さらには重税を課していた。この対応に議会が猛烈に反発し、寛永三（一六二六）年には「権利の請願」を提出、慣習法（コモン・ロー）に基づく国民の基本的人権の尊重を訴えた。しかしチャールズ一世の圧政はつづき、実に一一年ものあいだ、議会の開催さえ拒んだのである。こうした情勢のなかで、スコットランドの教会をイギリス国教会に変えることを命じたチャールズ一世の強引な手法は、ついにスコットランド軍の反旗をうながした。王への反発は議会の側からも噴出し、寛永一九（一六四二）年に起きたのが普通、

「清教徒革命」と呼ばれる内乱である。

洋学紳士が、より厳しい評価を下したのがフランス革命当時のルイ一六世である。安永三（一七七四）年ルイ一六世が王位についたとき、フランスは国家財政の再建を求められていた。特権身分にまで課税対象を広げようとする王にたいし、僧侶や貴族らは激しく反発し、フランス革命の序曲が始まったのである。経済の不振にくわえ穀物価格の上昇は、農村一揆と都市部の失業者による暴動を引き起こした。フランス国内は騒然とし革命前夜の雰囲気を醸していた。貴族層ではなく、第三身分と呼ばれる人びとは、ミラボーを中心に国民議会をひらくことを要求し、王はそれを認めつつも弾圧を弱めることはなかった。こうして世界史の教科書でもお馴染みのバスティーユ監獄の襲撃と人権宣言が登場し、フランス革命は最高潮に達したのだ。

洋学紳士にとって、チャールズ一世やルイ一六世は「政治的進化の神」に奉仕する「僧侶」の立場にある。本来、彼らは、神が突き進んでゆく道の途中にある「岩石」や「茨」を取り除く作業員に他ならない。岩石とは「平等」の原理に反する制度であり、茨とは「自由」の道に外れる法律のことを指す。

ここから言えるのは、政治的進化の神は、例えどれだけ流血の惨事があろうとも、自由と平等に向かって突き進む存在だということである。本来、二人の王に課せられた役割は、神が突き進んでゆく道の途中にある「岩石」や「茨」を取り除く作業員に他ならない。岩石とは「平等」の原理に反する制度であり、茨とは「自由」の道に外れる法律のことを指す。しかし彼らは自らが岩石や茨になってしまったのだ。フランス革命の際、「フランス全土は殺戮の場と化した。このようにさせたのは、はたして進化の神の罪なのだろうか。はたまた進化教という宗教に仕える僧侶の罪なのか」と洋学紳士は述べて、惨劇の原因について明言を避けている。ただ、洋学紳士が主張しているのは、政治的進化の神は、戦争や革命など眼前の武力衝突もお構いなく、一貫して自由と平等、すなわち理念的目標を目指す存在だということである。

人間はこの神に仕えたとき、はじめて目の前に岩石が転がり、茨で覆われている事実に気づく。そして取り除こうとする意志が生まれる。時代状況への埋没を免れるのだ。残念ながらチャールズ一世やルイ一六世は、時代のなかに埋没してしまい、岩石や茨の存在自体に気づくことがなかった。だから岩石や茨を蹴散らしながら、政治的進化の神は通っていったのだ。それが惨劇多き二つの革命を象徴しているのである。

要するに、近視眼的である限り、人間は利害対立による武力衝突を止めることができない。またその武力衝突の原因となっている、制度や法の不当性に気づくこともない。ではどうすれば、現状の諸問題に気づくことができるか。そして、改革しようとする気概をもつことができるのか。

洋学紳士の考えによれば、政治的理念をもつことが、人間に長期的視野で物事を俯瞰することを可能とし、現状の矛盾を発見する精神的余裕を与えてくれる。この役割を象徴するのが、政治的進化の神なのであり、政治家は神へ奉仕することによって、長期的な政治の展望をもつべきだというのである。

洋学紳士の政治思想は、しばしば豪傑の客との対比で、理想主義の立場を代表するとされる。しかし以上の考察から明らかなように、洋学紳士の関心は、現実と理想主義との間の鋭い緊張関係にむけられている。洋学紳士は決して現実を度外視して理想のみを謳っているわけではないのだ。

現実に埋没するかぎり、国家間の軋轢と衝突は避けることはできない。軍事力で弱小の国家は、強国の実効支配や価値観を受け入れざるを得ない。そのとき、理想主義の理念を認めることは、原則を現実よりも上位に置いて、国家間が交渉することを可能にする。たとえ目の前の現実は実効支配を受けていたとしても、原理原則からすれば、それを認めることはできない。したがって、ここからは、強国と弱小国との間に、双方の妥協点を見いだすための対話が生まれる。すなわちそれこそが外交というものに他ならない。洋学紳士の理想主義には、「外交とは何か」という、今日にまで通じる論点が隠されているのである。

以上の理念への絶対的信念は、豪傑の客からの質問にたいする反論にあきらかだ。洋学紳士にたいし豪傑の客が割って入り、「紳士君が弱小諸国に速やかに民主制になり、また即刻軍備を撤退させようと勧めるのは、ひそかにアメリカやフランスなどの民主国が弱小国の志をよしとし、行動を稀なことだとして、助けてくれることを願っているという意味ですか」と反論する。これは幕末期の日本で、幕府側にはフランスが、新政府側にはイギリスが、それぞれ後ろ盾だった事実を想起させる。豪傑の客は現実の政治力学を念頭に、以上の質問をしたわけだ。

これにたいし、洋学紳士は「偶然の幸福」という言葉を用いて、国家の大事を大国の思惑に左右されながら維持するのが目的ではないといい返す。アメリカやフランスが支持してくれるのか、あるいはロシア、イギリス、ドイツがそうしてくれるのか。それはすべて相手側の意志にしたがうことにすぎない。「僕は道理と正義だけを見ているのです」。

政治的自由と自立心

この態度は、洋学紳士の特徴であるとともに、兆民自身の思想にも直結しているといってよい。たとえば先に引用した坂本多加雄は、兆民の有名な「日本に哲学なし」という言葉の「哲学」の意味に注目し、次のように述べている――「この、後の人々によってしばしば引かれることになる言葉で兆民が問題にしようとしていたことは、わが国に苛烈な宗教抗争がなかったこと、あるいは版籍奉還や廃藩置県が何ら抵抗なく行われたこと、あるいは、文明開化以降、伝統的風俗を一変して憚らず洋風に改めるといった事態であり、（中略）兆民が『哲学』という言葉に託したのは、原理的なるもの（中略）外界の状況の変化に容易に左右されないような自己固有の信念を保持することだったのである」（「中江兆民『三酔人経綸問答』再読」）。

ここでの「哲学」という概念は、洋学紳士の理想主義、すなわち道理と正義への信頼とほぼ同じことを指しているはずである。理想主義は、外交で対話を可能にするだけでなく、現状の変化を無条件に受け入れ、批判精神をもたない日本人への痛烈な批判を宿している。日本人に大国の思惑に左右されない、強靭な自立心を求めている。この自立心の要請は、兆民にとって「自由」とは何かという問題に深くかかわる。

たとえば、洋学紳士は究極の目標である民主制度の前段階として、立憲制度の存在に注目している。世界史は専制制度→立憲制度→民主制度の順番で進んでいくのであり、立憲制度の段階で実現されているのは自由と平等のうち、「自由」の側だけであると洋学紳士は考えている。

自由は、あらゆる社会を進化させるための「酵母」のような役割を果たしている。岩石や茨とは、万人が自由と平等を享受できる理想状態を阻害する制度や法なわけだが、そもそもあまりにも長期にわたって、こうした制度や法に縛られた生活をしていると、その矛盾や問題点にすら気づかなくなる。貴族制度や奴隷制度の不平等を当然とみなし、疑問を感じることすらできなくなる。なかでも洋学紳士が最も恐れ、具体例として挙げるのは、意外なことに西欧の政治制度ではなく、中国古代の「君臣の義」なのである。

洋学紳士によれば、君臣関係は、君主からの慈愛心と臣下の恩義の心によって結びついている。慈愛心と恩義の心が増えれば増えるほど、上下の交流はますます強固なものになってゆく。ここで兆民は、洋学紳士に、君臣の義がきわめてうまく成り立ち、ある種の平和な統治が行われている状態にたいし、次のようにいわせている。

　するとさらに恐るべき大きな病理が生じるのを目撃することになります。何かと言うと、人びとは仕事をして生計をたて、その幾分かを政府にわたし、これで国家への義務は全部肩の荷をおろしてしまう。政治に無関心になり、学者は文章を飾ることを考えるだけ、芸術家はただ技術を巧みにすることだけ、農工商人は利益を増やすことだけを思うようなり、そのほかに何の関心もない。そうして脳髄の働きが次第に畏縮してしまい、五尺の体は単なる飯袋にすぎなくなってしまう。つまり学者の文章、芸術家の作品、農工商人のなりわいも、結局は前に言った桶の底の沈澱物となって、生気はないし変化もなく、国家全体がモゾモゾ、ヌメヌメした肉の塊になるだけのことです。

君臣の義が理想的な統治をした場合、その国には平和が訪れている。しかし洋学紳士はそれをよしとしないのである。中国古代の君臣の義が、君子をのぞくあらゆる階級の人びとの不平不満を解消した結果、「政治的に無関心」になっていることに注目してほしい。この精神状態を、洋学紳士は自由とは明確に区別している。引用部分につづけて洋学紳士は、「自分自身の主人」という重要な言葉をつかって、自由のイメージを語ろうとしている。兆民が重んじる自由とは「政治的自由」であり、物質的豊かさを享受する「経済的自由」を意味しない。いかなる他者からも支配されない精神の主人であることは、それに応分の義務、すなわち政治への関心をつよく求める。岩石や茨、すなわち制度や法の矛盾に絶えず注目しつづけるためには、「酵母」である自由が人びとに必要なのだ。先のヨーロッパの事例でいえば、チャールズ一世とルイ一六世だけが岩石と茨の存在に気づき、政治的進化の神に奉仕する善政を行っている状態ではダメなのである。二人の君主だけでは、岩石と茨の存在には気づけても、それを取り除くことはできないからだ。岩石と茨を取り除くには、より多くの人間の気づきが必要になるのである。

ここで想起できるのは、洋学紳士がその表面上の欧風にもかかわらず、きわめて武士的気質に近い心情の持主だったということである。自由とは何かをめぐって、洋学紳士が何より「卑屈」を嫌い、役人官僚に向かって「自尊の気概も自重の意志」もないことを糾弾し、さらに「人びとの心を高尚にさせること」を主張するとき、同時代の福澤諭吉と、ほぼおなじ人間像を理想としていることに気づかされるのである。

たとえば福澤が『文明論之概略』のなかで西洋文明の必要性を訴え、その特質を「智」の働きにあると指摘したことはよく知られている。その福澤が勝海舟と榎本武揚にたいし、意見具申をかねて書いた「瘦我慢の説」という論評がある。そこで福澤は、明治維新の際、幕府家臣の一部の者が早い段階で抵抗を諦め、講和に応じたことに疑問を示している。国家を維持するためには、たとえ敵に勝算なき場合でも、勝敗決するまでは抵抗すべきこと、すなわち「瘦我慢」こそが、国民の気力を涵養するのだと主張したのである。

ここには、軍事力の力関係から現状を安易に受け入れ、強国の実効支配を認める現実主義への批判がこめられている。ヨーロッパを見ても、弱小国であるオランダやベルギーがフランスやドイツといった大国に併呑されずに独立を維持できているのは「小国の瘠我慢」によるものであり、日本の場合、これは三河武士などの「士風の美」によって維持されてきた。智の働きを背後から支え、自国の独立を維持する原動力は、実に士族の貴族精神だったのである。

以上の福澤の抵抗の精神の発見は、兆民が「日本に哲学なし」といったことに深く関連している。兆民が版籍奉還や廃藩置県の際に、無抵抗だった日本人を指して哲学の不在といったように、福澤は、瘠我慢をしない日本人にたいして、三河武士以来の抵抗の精神を発揮せよ、と叱咤激励しているのである。

兆民が描く洋学紳士は、理想主義を掲げることで、弱小国に生き残りの道を指し示した。一方の福澤は、士族の美風による瘠我慢こそが、弱小国の生存戦略であると主張した。洋学紳士の理想主義の背後に、卑屈を嫌う高尚な精神があることを考えれば、洋学紳士と福澤の人間像にはほとんど違いは存在しない。「自分自身の主人」あるいは「士風の美」は、当時求められていた日本人像の典型例だったわけである。

豪傑の客と文明

次に、豪傑の客の論理を探ってみよう。豪傑の客は剛腕で羽織袴に身を包んだ壮士風のいでたち、冒険心と野心に満ち、死を賭して名を残そうとする人物である。しかしその論理は、冷静な時代洞察と鋭い自己分析を含んでいる。ロシア、イギリス、フランスが列強として鎬を削り、ロシアが南下政策でトルコと朝鮮半島を併呑しようとしている。世界は海でも陸でも、外へ外へと自己を拡張しようとする時代なのである。

学問が頭脳の内部で真理を探究し、壮大な理想主義を思い描いたとしても、商人が巨万の利益を目指して世界に勇躍することも、結局は勝敗を決する楽しみに興じていると豪傑君はいう。ならば学者肌の洋学紳士も、自分の戦好きもおなじことではないか。学問も戦争も、自己を拡張しようとする営みだからである。兵士の肉体的苦痛などというものは、勝敗が醸す誘惑、武者震いで容易に乗り越えられるものである――「戦は勇気を素とし、勇気は根源的な活動力を素にしています。両軍まさに衝突しようとする時、気は狂わんばかり、勇気は沸騰せんばかり。別世界、新境地です。苦痛など何もありません」。

壮大な気質を抱く豪傑の客は、きわめて鋭い二つの時代洞察を行っている。第一に、小国日本が大国になる方法を模索、提案していることである。先に見たように、洋学紳士の場合、小国日本があくまでも小国であり続けることを前提に、理想主義が提案されていた。たいする豪傑の客の場合、小国は大国へと変化すべき存在なのである。豪傑の客は具体的には現在の中国大陸を念頭に、広大で資源豊富な大国が空白地帯として放りだされたままだという。この大国を占領し、三分の一でも構わないからわが物とすること、新しい国家を築き移住することこそ、日本の大国化戦略だと主張するのである。

新しい大地に兵士も商人も農民も学者も移住させ、豊富な人口と財源をつかい、教化政策をほどこす。その結果、大国となった暁には、もとの小国など棄ててしまえばよい、あるいはロシアでもイギリスでも欲しい国にあげてしまえばよい。いや、それよりは洋学紳士のような民主主義者あげてしまおう。天皇陛下はすでにわれわれと一緒に大国に異動していただいている。小国に残されている天皇陵については、まさか民主主義者も悪く取り扱うことはないだろう……。

以上からわかるように、豪傑の客はその冒険的性格、さらに国家戦略上からも対外進出論者である。国内の自由民権を進めるにしても、まずもって対外進出の国権論を優先すべきだというのだ。そしてこの外征論から、豪傑の客に独自の時代洞察と鋭い自己批評が、酒の勢いに乗って展開されるのである。

豪傑の客によれば、文明の途上にある国には、必ず昔を好む者と新しいもの好きの二種類の人間がいるのだという。昔好きは、新しいスタイル、流行を軽薄だと見なし嫌悪する。一方の新しもの好きは、古いものを腐食とみなし拒む。彼らはおよそ年齢と土地柄の違いでわけられる。三〇歳以上——『三酔人経綸問答』が書かれた明治二〇（一八八七）年を基準にすれば、維新以前に生まれた者——で、地方住まいの者は昔好きになるのにたいし、維新以後に生まれ都市部に住む者は新しもの好きになる傾向がある。なぜなら都市部は交通の要所であり、多くの新しい情報に接する機会が多く、刺激的な場所だからだ。また明治一〇年代、日本を席捲した欧化主義の風潮、文明開化の色調のなかで自己形成を遂げた若い世代こそ、新し好きになるというわけである。

興味深いのは、この二つの分類が国内社会をみる新たな視点を用意するからである。明治維新以降の日本国内は、明治新政府が主に薩長藩閥関係者で構成されたこともあり、政府と在野の対立関係がはっきりしていた。自由民権運動の要求が、新政府から漏れた士族たちによる、自分たちの発言の機会を求めるものだった事実は、政府v.s在野という分類を象徴している。と同時に、官と民の対立、学者と芸術家、農工業と商人といった分類が可能だと豪傑の客はいう。以上の二分類によって国内社会を理解する視座があるわけだが、そこに新たに加えたのが、昔好きv.s新しもの好きという対立項なのである。これが第二の時代洞察にかかわってくる。

この視点から見た場合、当時日本に導入された「自由主義」を、従来とは異なり次のように斬新に解釈することが可能となる。

普通、自由主義の反対は保守主義ということになるであろう。昔好きは保守主義であり、新し好きが自由主義者のように思える。だが豪傑の客によれば、そのような常識は間違っている。なぜなら自由主義の内部で、昔好きと新しもの好きそれぞれの自由観があるからだ。たとえば、昔好きにとって、自由とは何ものにも拘束されない奔放な行動の自由をさす。彼らがフランス革命の歴史を読むと、立法議会や人権宣言など、およそ制度や権利にかんする部分には関心を示さない。マクシミリアン・ロベスピエールやジョルジュ・ダントンらが躍動し、血で血を洗う殺戮の描写に切歯扼腕、興奮を隠せないのである。

豪傑の客にも潜んでいる昔好きの心情。そして自由へのあこがれ。これを「政治とは何か」という観点から肯定的に評価したのが先の坂本多加雄である。坂本の場合、昔好きが求める自由を、予想不可能な異常事態、つまり例外状態にたいして果敢に挑む心情であると理解した。たとえばマキャヴェリの政治概念「ヴィルテゥ」とは、美徳とも男性らしさとも訳すことが可能な言葉だが、この言葉は、見通しが困難で不安定な政治状況を前にして、暴力の行使も辞さず、果敢な決断と行動によって社会秩序を取り戻す政治的力量のことを指すとされる。

このマキャヴェリの概念を参照すれば、豪傑の客が主張する自由、奔放な自由もまた、次のように肯定的に解釈することも可能になるだろう――「『豪傑君』が戦争の場面を想定して述べた『是れ別天地なり是れ新境界なり』という言葉は、より普遍的なレベルで了解すれば、不確実にして危険に満ちているが故に、人々に日常のルーティンの生活には見られない新たな緊張を強い、まさにそのことで『気』や『勇』としての『自由』の力量を発揮させるような局面の魅力を語ったものなのである」(前掲坂本論文)。

だが、坂本の肯定的な評価とは別に、兆民にはこの自由がもつ危うさが見えていた。昔好きの連中が三〇歳以上、すなわち幕末期の動乱をしる者たちであることが重要である。彼らには武士の血がいまだに滾っている。「その後、自由民権の学説が海外から伝わると、彼らは一気に心うばわれ、あらゆるところで結集して党旗をたてて、かつての武士は一変して堂々たる文明の政治家となった」。もちろん兆民はここで、豪傑の客の口を借りて皮肉をいっているのである。

昔好きは保守主義どころではない、その逆であり、自由主義のなかに自分たちの気力を奮い立たせる気分を読み込んでいる。兆民自身が実際にかかわりをもった自由民権運動が、「士族民権」と呼ばれたことを思いだせば、豪傑の客の昔好きの分析にその特徴が反映されていることは一目瞭然であろう。「文明の政治家」の衣を被った自由民権論者は、その後ろに幕末の暴力性を隠しもっていた。現状否定と激しい改革志向を、豪傑の客は警戒感をもって次のように描く。

ただひたすら改革したいのです。善悪いずれも改革することをよしとし、破壊を好む。勇ましく見えるからです。一方で建設を嫌うのは、臆病に似ているからです。最も臆病に思えて嫌いなのが、保守することです。

一方で、新しもの好きにとっての自由主義は、むしろ保守的である。全体を丁寧に見渡し分析を怠らず、フランス革命の制度や人権宣言といった結果に注目するからである。

ここまできて、多くの読者は「東洋のルソー」兆民が、豪傑の客をつかいつつ、民権の過激性を警戒し、一方で新しもの好きに保守的な性格を読み取り肯定していることに驚くのではないか。

明治新政府に対抗し、広く国民世論を求める運動として、これまで自由民権運動は評価されてきた。その観点から見るかぎり、以上の豪傑の客の主張は理解しがたいものになるだろう。あるいは、兆民自身の主張ではないということにされてしまう。

しかし読み取るべきなのは、兆民がそもそも「理学」（哲学）の人だということである。多くのフランス文献の翻訳を行うなかで、西洋の制度や人権概念の導入に興味を抱いていた思想家であり、革命の動乱や流血にロマン的心情を掻き立てられていたわけではない。兆民の後半生が、自由党や立憲改進党など野党の分裂と混乱を必死で収集した調整役だったことを思いだしてほしい。兆民はあくまでも、冷静な理論を吸収し、その実現を求めた思想家だった。気概や自由は、一歩間違えれば、破壊や改革となり、手段を目的化してしまうことをしりつくしていた。

豪傑の客の自己否定

ところで、改めて重要なのは、自由主義をめぐり昔好き＝革新的・破壊的と、新しもの好き＝保守的というこの逆説こそが、当時の日本を分析する最も鋭利な武器になるということである。先に政府と在野、官と民、学者と芸術家、農工業と商人という対立図式があるといったが、より根本的なのが「昔好きv.s新しもの好き図式」なのである。

この図式から見た場合、当時の日本にとって最大の課題とは何か。

豪傑の客によれば、小国が大国化するために、二者のうち、いずれかを必ず除去しなければならないことである。

この豪傑の客の分析は、鋭利な刃物として自分自身に向けられる。豪傑の客のような気質の人間、昔好きタイプこそ、時代から退場すべきだと自己分析するのである。先に洋学紳士が、ヨーロッパよりもむしろアジアの君臣関係に注目し、現在の日本の病理を「政治への無関心」と自立心の欠如に求めていたことを確認した。洋学紳士とは正反対の性格に見える豪傑の客もまた、ヨーロッパとアジアの違いに注目し処方箋を描く。昔好き型の人間を「癌」であると批判し除去すべきと提案するのも、それが今、アジア諸国においては必要だからである。

では、どのような方法で昔好きは除去できるのだろうか。そして日本の大国化は可能なのか。豪傑の客がだした処方箋は、昔好きの日本人を糾合し、例の空白の大陸へ勇躍するという劇薬であった。戦争に駆り立て動員し、戦争に勝てばその土地を占領し、「一種の癌社会」を築く。失敗したなら異国の地に屍をさらし、異国の地にその名を遺そう。成功しようが失敗しようが、国のために癌を切り取る効果は得られるはずであり、一挙両得の策に違いないのだ。

そしてもし、貧国を富国にすることができた場合、巨額の金をだして文明の成果を買収し西洋諸国と覇権を争う大国をめざす。昔好きの連中は文明国になるための新しい企画を妨害する存在なので、消えてもらうのがよいのだ――。

以上の一気呵成な豪傑の客の論理は、自己抹殺の衝動をともないつつ、二つの決定的な論点を含んでいる。

第一に、豪傑の客の論理が兆民自身の「国民同盟会」への活動動機とほぼおなじ論理で構成されていることである。先に見たように、国民同盟会は対ロシア強硬派の団体であり、対外進出の野心を秘めていた。幸徳秋水が非戦論の立場から兆民を問いただした際、ロシアと戦争をした場合、もし勝てば大陸に勇躍し、アジアの平和に関わることができること、もし敗れた場合、伊藤博文率いる立憲政友会を打倒するきっかけとなり、藩閥政治を改めるチャンスになるだろうというのが兆民の論理であった。こうした対外進出のはじまりは、しばしば明治六（一八七三）年の征韓論であるとされ、実際、豪傑の客のモデルは西郷隆盛ではないかともいわれている。西郷を敬愛した兆民であってみれば、十分に対外進出＝豪傑君＝西郷＝兆民という等式も成り立つように見える。だがしかし、豪傑の客の論理には、西郷隆盛とは決定的に異なる点が存在する。

それは「文明」を金で買うことができるという考えである。西郷はその著名な『南洲翁遺訓』第八条のなかで、およそ豪傑の客とは異なる文明観を披歴している。もし広く各国の制度を採用し、開明に進もうとするならば、まずわが国の国柄を定め、徳の教えをしっかりと据えることである。そうしてから徐々に各国の長所を取り入れるべきなのだ。そうせずに、何でも模倣してしまうと、日本の国体は衰え、最終的には西洋の支配を受けることになるだろうと述べている。

つまり、西洋文明を採用するにあたって、なにより大事なのは日本の国家としての価値観であり、国家像の自己確認なのである。文明を採用するには、取捨選択の順位付けが必要である。そのためにはそもそも、価値観がなければ分類も判断もできない。何よりも必要なのは国柄、自己像の確認なのである。

だから西郷は、つづく第九条で「忠孝仁愛」という儒教的徳目をあげ、これが政治の大本であり、天地自然の普遍的価値だから洋の東西の別はないと主張する。さらに第十条では、次のように、金で買える文明をはっきりと批判することになるのだ。

　人間の知恵を開発するということは、国を愛し、君に忠誠を尽くし、親に孝行する心を開くことなのだ。国に尽くし、家を治めととのえる道が明らかであれば、すべての事業は前進するだろう。

見聞を広めるのだといって、電信線をかけ、鉄道を敷設し、蒸気機関車をつくる。こうして人の注目を集めても、どうして電信・鉄道が必要なのかを考えもしないで、やたらと外国の巨大な繁栄を羨《うらや》む。また、なぜ日本にとって必要なのかを考えもせずに、家屋の作り方からおもちゃに至るまで、一つひとつ外国に見習って、贅沢《ぜいたく》の風潮を助長する、こうして財政を浪費するならば、国力は疲弊し、人心は軽佻《けいちょう》浮薄《ふはく》になり、結局日本は今の世代で滅びてしまうだろう。

（猪飼孝明訳『南洲翁遺訓』・一部改変）

電信線も鉄道も、蒸気機関車もすべて金銭で購入し、移植することができるものである。だが必要な精神は、「なぜ日本にとって必要なのか」という問いかけなのだ。こうした西郷の主張は、福澤諭吉『学問のすすめ』（第五編）にも同様の記述を見いだすことできるものである。

そしてここから、第二の論点を導きだすことができる。それは豪傑の客と洋学紳士には、過去を否定するという共通の傾向がみられるということである。

豪傑の客は小国を大国にすべしという際、現在の日本列島から大陸に移住する計画をかかげていた。天皇陵を置き去りにし、民主主義者にお任せするという発言は、新大陸で新たな国家形成を行うべきだという主張につながっている。自らを癌として否定しつつも、新たに建設される新大陸国家は財力も人口も十分に西洋列強と伍《ご》することができる「ある種の癌社会」として、繁栄することを目指すものなのである。

そのうえで、豪傑の客は残された日本列島にできる民主主義国家が、洋学紳士の理想とする国家になることも肯定的に認めている。両者は、戦争の絶対否定と絶対肯定という違いがあるにもかかわらず、過去を否定し、未来の「進化の神」が理想社会をつくるべきだと信じているのである。洋学紳士の場合、理想世界を一気呵成に語り、その美しさに魅了され、現在の世界に現出することを願う。すなわち過去も現在も、戦争を中心に展開される外交にたいしては、否定的である。たいする豪傑の客は、戦争と移住という非常手段で、理想世界の大国をつくろうとする。小国時代の過去を否定するものの、戦争は不可避の現実だと考えている以上、ある種の「現実主義者」ということになるだろう。

南海先生とは何者か

では南海先生とは何者なのか。

南海先生にとって、両者の意見はともに「現実的」ではない。南海先生の評価によれば、洋学紳士は「進化の神」について誤解している。なぜなら本来、「進化の神は、天下で最も多情、多愛、多嗜《たし》、多欲」であるにもかかわらず、直線コースを辿《たど》って民主化へ突き進んでいこうとしているからである。具体的にいえば、トルコ、ペルシアといった途上地域でいきなり民制度を打ち立てたとしても、かえって大騒乱を引き起こし、流血の惨事を招いてしまう。専制から立憲制へそして民主制へと段階的に進んでいくべきなのに、一気に制度を変えると大惨事になる。なぜなら、多くの人びとが皇帝や公爵の存在を自明としている時代に、たった数人の正義感から民主制を導入したとしても、ついていくことができず、混乱を助長するからだ。

南海先生によれば、今、眼の前にある社会秩序は、実は過去の遺産からつくられたものである。かつて、新しい社会像が考えだされた時点では、その思想は少数の頭脳のなかにだけあった理想像にすぎない。それが人びとの脳内に定着するには時間がかかる。いいかえれば、思想は過去のものにならなければならない。新たな社会像を生みだした人は、その時代を代表する思想家と呼ばれ、歴史に名を遺すことができるだろう。しかしその思想が現実に実行されるためには、時間の風雪に耐える必要があるのである。

にもかかわらず、学者や思想家は自分一個の脳内図式を、すぐに現実化しようとする。社会全体の流れに逆らってでも実行を目指し、人びとがついてこられない場合、思想よりも現実（人びと）の側に問題があると見なす。しかし、「これでは思想的専制です。進化の神は喜びませんし、学者が自戒すべきです」。

この盲進の傾向は、洋学紳士だけでなく豪傑の客の大国化論も同様である。もし豪傑の客が進出すべきと主張する大陸がアジアにあるならば、軽々しく進出を口にすべきでない。莫大な人口は巨大市場を予想させ、将来の販路になるからである。そのとき、現時点での国威発揚の気分から、些細《ささい》な言葉の食い違いを名目に対外進出を叫ぶのは、最低の戦略にほかならない。戦争を過剰に好むのは「神経症」的に不安に煽られているからで、軍艦を建造し、アジアを荒らしまわろうとする対外進出論もまた、極端な頭脳内部の思い込みであり実現不可能だ――。

以上の南海先生の「現実主義」は、三つの重要な論点をえぐりだす。第一が歴史哲学の問題であり、第二が自由と専制の問題であり、そして第三は恐怖というものへの着目である。

第一の問題から見てみよう。洋学紳士と南海先生の歴史観をめぐる対立は、人間と合理性との間のするどい緊張関係にかかわっている。洋学紳士は、歴史を直線的に把握しようとする。夥《おびただ》しい数の侵略と戦争、和睦《わぼく》と平和が歴史上くり返されてきたわけだが、この個々バラバラの史実にたいし、一つの一貫した流れ、物語をつくることを洋学紳士は目指している。すべての事件が民主制にむかう流れにあるという歴史観、すなわち単線的で合理主義的な歴史観なのである。

では合理主義の何が問題なのか。そこから逸脱する事例は排除し、歴史の物語から抹殺するからである。これがいかに恐ろしいかは、たとえば独裁者が誕生した場合、その独裁者に都合のよい歴史的事実だけに基づく合理的歴史観が公認され、敵対した陣営への虐殺そのほかの事実が抹殺されることからもわかるだろう。独裁制と民主制が、いかに正反対の史観に見えようとも、自らが正しいと考える視点からのみ直線的に描かれる歴史観は必ず、非合理な史実、不都合な事実を抹殺することになる。

この点を南海先生は見抜いたうえで、「進化の神」は合理的ではないと強調しているのである。進化の神を多情、多愛、多嗜、多欲と呼んで「多」という言葉を重ねて強調しているのは重要である。つまり南海先生にとって、歴史とは非合理をふくんだ多様性に満ちたものなのである。複数の歴史観があることを認めるべきだというのだ。

以上の南海先生の歴史哲学は、たとえば後にF・A・ハイエクによって主張された設計主義批判に深くかかわる哲学である。ハイエクが分析対象にしたのは、二〇世紀初頭の西洋諸国だが、そこでは自由や権利にたいする意識が芽生えると同時に、合理主義と理性への過剰な信頼が生まれてしまったと指摘されている。人間の理性を信じるとは、人間が経済や政治システムを計画的につくり、完全にコントロールできるとみなし、中央集権化することである。さらに理性への信頼は、自分が合理的に考えた末には、必ず「真理」に到達できるという過信を生みだす。ここでハイエクが強調しているのは、理性とは自己過信の別名にほかならず、合理的に世界を説明などできないということ、また真理とは自己絶対化のいいかえにすぎないということにほかならない。

彼が社会主義や共産主義にたいして一貫して批判的であり、自由主義を擁護したのも、この観点からである。自由主義は、南海先生の言葉でいえば、自由主義は、社会が多情、多愛、多嗜、多欲によって構成されていることを認める。人間理性の限界を受け入れ、多様性と非合理性に満ちていることを認めるのだ。また自分が真理を握りしめ、絶対に正しい判断をしていると考えない謙虚さも自由主義のものである。そして次に引用するように、ハイエクの多様性への信頼と、人間を超えた宗教的なるものへの謙虚さは、そのまま中江兆民の歴史哲学と「進化の神」への態度を髣髴とさせるものである。

何百万人もの人々の福祉や幸福は、ただ単一の物差しで多い少ないと量れるものではない。一人の人間の幸福がそうであるように、人々の福祉も、無限の組み合わせ方で存在するきわめて多くの事柄に依存している。

決定的に大切なことは、細かい働きが誰にも理解できないような諸力に身を任せなければならないということを、合理的に理解することはきわめて困難だということである。それよりはむしろ宗教や経済的教義への尊敬から生まれる、謙虚な畏敬の念に従うことはずっとたやすいものである。

（以上、『隷属への道』）

もちろん、兆民研究の専門家から見れば、晩年の兆民が特に宗教的なものを認めず、自身を唯物論者とみなしていたことは有名である（『一年有半』）。しかしここで強調しておきたいのは、兆民が南海先生の演説をつうじて、人間が傲慢《ごうまん》に歴史を動かすことを戒めている点である。

以上のハイエクの指摘は、第二の論点にかかわってくる。南海先生によれば、進化の神が最も憎むのは、「時と場所」を知らずに実行しようとする人間の態度である。その危険性が最も高いのは、学者と思想家、すなわち洋学紳士ふくむ知識人たちなのだ。なぜなら知識人とは、社会の理想像を描くと、それをすぐさま現実化しないと気が済まなくなる。つまり未来の歴史は自己の理想から単線的に形成されると考えるのだ。たとえ「自由」という、すべての人びとが無条件で正しいと考える世界でも、それを「時と場所」を無視して実現しようとすれば、自由という名の専制政治が生まれる。自由を絶対善、無条件で受け入れるべき普遍的価値だと考えた瞬間、その「普遍性」は自由を受け入れるべきという暴力と化す。受け入れを拒絶する人間を粛正することもありうるし、その粛清の歴史を抹殺すれば、民主制が目指す最終目標は、多様性の排除の後の理想世界として出来上がることになるのである。専制を最も嫌った思想の中から、専制が生まれてしまうのだ。

とりわけ南海先生が警告を発しているのが、いわゆる前衛主義である。少数の者たちが夢見る理想社会を、一気に達成しようと進めてゆく。その前衛性こそ批判されねばならない。トルコやペルシアを具体例にとり、一気に社会秩序を変えることを戒めるなかから、『三酔人経綸問答』で最も有名な議論のひとつ、「恩賜的民権」と「回復的民権」の議論がでてくることになる。

南海先生の口を借りて兆民が主張しているのは、民権には二種類が存在し、その二種類自体には、良し悪しの別はないということである。時の政治権力から与えられる、上からの権利のことを「恩賜的民権」と呼ぶ。一方で人びとが自らの手で獲得した権利を「回復的民権」という。ここで回復的民権を絶対自明の善だと見なし、性急に求めすぎる時、自由の専制が生まれてしまうのだ。

従来の研究では、ともすれば自由民権運動も、明治藩閥政府にたいする急進的権利獲得運動、ここでいう回復的民権の運動として理想視されることが多かった。ただ、南海先生すなわち兆民の意見は、それとは異なるものである。回復的民権それ自体が善なのではない。同時に恩賜的民権が必ずしも悪なわけでもない。恩賜的民権から回復的民権に、急激かつ革命的に移行しないことが善なのだ。進化の神が望んでいるのは、合理的直線的に理想を目指すのではなく、漸進的に進んでいくことなのであって、この漸進的速度こそが「正しい」あり方なのである。

先にハイエクの思想のなかに、自己絶対化への懐疑を確認したが、兆民もまた前衛主義に取りつかれた少数の人間が、計画的に社会をつくろうとする焦燥を批判している。しかも兆民の場合、ハイエクが擁護した自由主義それ自体のなかにさえ、自由を専制へと転換してしまう危険を読み取っているのである。

恐怖が戦争を生み出す

そして第三の「恐怖」にまつわる論点がでてくる。非合理を重んじる南海先生は、国家をきわめて複雑な構造をもつ人間集団と理解する。一個人と国家が異なるのは、一個人であれば軽率に喧嘩ができるとしても、国家の場合、開戦にあたっては君主も宰相も官僚も議院も新聞を激しく議論をする。また外交では勢力均衡主義や万国公法があって、各国を拘束している。こうした様々な制約が開戦をしにくくしている以上、洋学紳士の民主制の強調も、豪傑の客の侵略主義も、ヨーロッパ列強の情勢を過大に評価し危機をあおる「思い込み」にすぎない。

こうした南海先生の演説にたいし、当然、洋学紳士も豪傑の客も不満を隠せず、問い詰めることになる。では先生は列強がわが国を襲ってきた場合、どうするつもりなのですか、と。

南海先生の意見は専守防衛というものであった。わが国との長い歴史から、彼のアジアの大国は恨みを抱き、つねにその恨みを晴らそうと考えているに違いない。チャンスさえあれば列強と共謀するに違いないという論者がいる。だが先生はこの意見を認めない。大概、国家同士の緊張関係は、事実に基づくのではなくデマから始まる。相手の国の野心を疑い、デマから憶測を逞《たくま》しくし「神経症」になることから、戦争は始まるのだ。青色の眼鏡をつければ、世界は青く見える。相手が開戦をしかけてくると思えば、すべての相手の行動は開戦準備に見えるのだ。この間の事情について、南海先生は人間精神の内面、すなわち「恐怖」について語りだすことになる。

よって、両国が開戦するのは、互いに戦争が好きだからではなくて、まさに戦争を恐れているがためなのです。こちらが相手を恐れるので急に兵を整える。すると相手も又こちらを恐れ、いきなり兵を整える。両者の神経症は日ごとにはげしさを増し、さらに新聞なるものがある。新聞は各国の実情とデマを並列に記載して区別しない。ひどくなるとノイローゼ症状の記事を書いて、一種異様な色つきの記事を世間に伝えてしまうわけです。

ここには外交とは何かについての徹底した洞察が働いている。究極の外交は戦争である。戦争が始まる論理と心理を、内面の動きから抉《えぐ》りだしてきているのだ。

たとえば国際政治学者の高坂正堯《こうさかまさたか》は、古典的名著『国際政治』において、第一次大戦後の世界秩序の考察を行っている。第一次大戦以前は、兆民も言及している「勢力均衡」が外交の原則であり、各国の力と力がするどい緊張のもとに、何とか均衡を保つことを目指していた。その意味で外交はつねに、不安定性を抱えていたのである。一方、大戦後の外交は「普遍的な秩序」を目指すようになった。アメリカの平和外交であれ共産主義のイデオロギーであれ、表面上はすべての人びとを魅了する普遍的理念によって、外交を推進しようとしたのである。しかし南海先生がすでに指摘したように、自らの価値観を普遍的に正しいと主張することは暴力と専制を生みだす。なぜなら普遍的価値観を受け入れない相手国は悪とされ、排除のための暴力を正当化するからだ。「したがって、平和について語ることは、その人の主観的意思にかかわらず、権力闘争と無関係ではありえない」（『国際政治　改版』）。

なかでも、高坂の現実主義が精彩を放つのは、核戦争をめぐる議論においてである。もしすべての国がすべての核兵器を破壊したとしよう。でも有効な管理機関が存在しなければ、ある国が他国を出し抜いて核爆弾をもてば、瞬時に世界を軍事的に制圧できる。いや、実際には持たなくてもよいのだ。持ったという印象を相手国に与えるだけで、それは脅威になりうる。ある国が核兵器を開発していると思うこと、この精神の動揺が平和を乱すのに十分だということに、高坂は注目をうながす。そして次のような事例を挙げながら、「恐怖」という人間心理に踏み込む。恐怖から外交を解き明かそうとするのである。

具体的には次のようなものだ。ここにあまりお互いに好意を持たない二人の人間がいるとする。それぞれピストルを持ち、部屋に閉じ込められている。この場合、互いに相手がピストルを同時に窓の外に投げだせば、殺し合いが防げることは知っている。

しかし、その方法は容易ではないのだ。こちらが先にピストルを投げだせば、相手は約束を破ってピストルを投げだささずに安全を得られるかもしれない。同時に投げると約束しても、相手は信頼できないかもしれない。あるいは相手はポケットに、もう一つ別のピストルを隠しているかもしれない。そして重要なのは、相手もまた、こちら側にたいして、おなじ恐怖を感じているということなのだ。

軍備縮小の困難は、以上のささやかな事例で説明できる。そして高坂が軍事力というものの本質を、「軍備が緊張を作っているのではなくて、その逆、つまり緊張が軍備を必要としているのである」と指摘するとき、この核軍縮をめぐる発言は、ほとんど明治二〇（一八八七）年の南海先生の人間洞察につながっているのである。恐怖という人間の宿業が、相手にたいする誇大妄想を次々に生みだし、ピストルの引き金を引かせてしまう。相手を色眼鏡で見てしまうと、すべての動きが疑いを誘う。それが良くないことだとわかっているにもかかわらず、未来を予見する理性の能力ゆえに、人間は互いにピストルを投げだすことができないのである。

そして驚くべきことに、高坂自身が『三酔人経綸問答』から南海先生の言葉を引用したうえで、次のように語っているのである。非武装中立を説く洋学紳士と、弱小国を征服することを説く豪傑君の議論にたいし、南海先生は至極平凡な現実主義を解決策として語った。大事なのは、核兵器が登場した高坂の時代には、多くの識者の意見が「軍備なき平和」と「力による平和」の両極端――すなわち洋学紳士か豪傑の客のいずれか――に走ったことにある。豪傑の客に近い立場にたてば、核兵器による全世界の破壊に近づいてしまう。一方で洋学紳士のように絶対平和論を唱えたとしても、核戦争を回避することはできない。いずれの立場にたっても、平和と秩序を維持することは困難なのだ。このとき、一見きわめて凡庸に見える南海先生の主張が、実は両極端に引き裂かれた苦悩を背負いながら発せられた均衡論であること、いかに緊張感に溢れた発言であることがわかるのだ。

核兵器という大量殺りく兵器を前に、人は両極端の意見に流れやすい。しかしそれでは実際には、平和を達成することはできない。このジレンマの境界線上を生きるとき、南海先生の発言が生きてくる。

この緊張感こそ、中江兆民が誰よりも背負いつづけた立場だったのである。

参考文献

葦津珍彦「明治思想史における右翼と左翼の源流」『武士道――戦闘者の精神』所収、神社新報社、二〇〇二年
飛鳥井雅道『中江兆民』吉川弘文館、一九九九年
木下順二・江藤文夫編『中江兆民の世界――『三酔人経綸問答』』筑摩書房、一九七七年
高坂正堯『国際政治　改版――恐怖と希望』中公新書、二〇一七年
幸徳秋水『兆民先生　兆民先生行状記』岩波書店、一九六〇年
小林和幸『谷干城――憂国の明治人』中公新書、二〇一一年
西郷隆盛『新版　南洲翁遺訓』角川ソフィア文庫、二〇一七年
坂本多加雄『日本は自らの来歴を語りうるか』筑摩書房、一九九四年
坂本多加雄『近代日本精神史論』講談社学術文庫、一九九六年
坂本多加雄『明治国家の建設　１８７１～１８９０　日本の近代２』中央公論社、一九九九年

谷川恵一「中江兆民『三酔人経綸問答』稿本について」『調査研究報告』第三七号、人間文化研究機構国文学研究資料館編、二〇一七年三月
中江兆民『一年有半・続一年有半』岩波文庫、一九九五年
中村雄二郎『新装版　近代日本における制度と思想――明治法思想史研究序説』未来社、一九九九年
土方和雄『中江兆民　新装版　近代日本の思想家2』東京大学出版会、二〇〇七年
フリードリヒ・アウグスト・フォン・ハイエク『隷属への道』春秋社、一九九二年
松永昌三『福沢諭吉と中江兆民』中公新書、二〇〇一年
松永昌三『中江兆民評伝』上・下、岩波現代文庫、二〇一五年
宮村治雄『理学者　兆民――ある開国経験の思想史』みすず書房、一九八九年
米原謙『日本近代思想と中江兆民』新評論、一九八六年

第四章　人間・この豊饒なるもの――福澤諭吉『文明論之概略』を読む

1　『文明論之概略』について

成立の経緯

明治八（一八七五）年八月、福澤諭吉四二歳のときに刊行された『文明論之概略』は、『学問のすすめ』と並び、文字どおり壮年期のエネルギーすべてを注ぎ込んだ主著である。福澤個人の学問的生涯から見ても、同時代の状況をふまえても、また後世に与えたインパクトからして、この書の影響は計り知ることができない。二一世紀の今日においてもなお、読まれ、論じられるべき資格をもっている。多くの人の手にとられ、日本のあり方を考える際の糧となる豊饒《ほうじょう》さを湛《たた》えている。すなわち『概略』は、近代の古典と呼ばれるにふさわしい。以下、成立の経緯をふりかえりつつ、近代の古典たる由縁を、じっくりと味読していきたいと思う。

刊行前年の明治七（一八七四）年、福澤はある決意をする。これまで自分は、西洋の最新事情と、わが国の旧態依然とした悪習を排除することを目的に、著述活動をつづけてきた。翻訳活動を中心とした今までの著作は、しかし文明の切り売りにすぎない。翻訳書を量産する時期は、そろそろ終わりにすべきではないのか。もう一度、読書勉強を本気でおこない、西洋文明の骨髄を取りだして見せるべきではないのか。

あらゆる活動を停止し、約一年の歳月を、ひたすら読書と執筆に明け暮れた。勉強不足を感じる部分があれば、一旦、筆を進めるのをやめ、洋書をもう一度読み直してから執筆を再開した。なかでも、フランスの歴史家ギゾーの『ヨーロッパ文明史』と、イギリスの歴史家バックルの『イングランド文明史』からは決定的な示唆を受けた。また福澤自身は漢学の素養にも秀でていたから、文中、きわめて頻繁に儒教古典を引用し、歴史書の具体例をとりあげ、理解の助けとなるよう工夫を凝らした。

読者層はねらいを定め、限定して書いた。年齢でいえば五〇歳以上、視力にやや衰えを感じ始めるころの儒教に精通した知識人に、特に対象をしぼったのである。『学問のすすめ』に比べるとかなり難易度はあがるが、こうした儒学者たちは実はとても学識が高い。彼らの誤解を解きほぐし、できれば西洋文明の必要性を理解してもらうことが、本格的著作に挑戦した理由のひとつであった。漢学をふんだんに散りばめた理由もここにあった。思惑は的中したといってよい。なぜなら幸いなことに、かの西郷隆盛が通読のうえ、子弟に読むよう勧めてくれたからである。

ところで先立つ明治五（一八七二）年、すでに『学問のすすめ』初編を世に問い大きな反響をえると、『概略』執筆前後も継続的に続編の刊行をつづけた。しかし『学問のすすめ』は、あくまでも初学者対象の文明入門書であり、とにかく読みやすさに気を配った小品である。そこで福澤の著作年譜を眺めてみると、『概略』執筆を契機として『分権論』(明治一〇年)、『通俗民権論』『通俗国権論』(明治一一年)、そして『民情一新』(明治一二年)など、比較的大部で理論的な著作がつぎつぎと生まれてくる。要するに、明治八(一八七五)年の『概略』の登場は、福澤個人の生涯において、理論的思索をまとめ、刊行する大きな転換点の年となった。幕末から明治の激動を経験し、知的研鑽《けんさん》を積み重ねつつ齢《よわい》不惑に達した福澤は、確実に実りの季節を迎えていた。瑞々《みずみず》しい一番搾りの著作、それが『文明論之概略』なのである。

時代もまた、理論的著作を必要としていた。明治八年前後の日本は、いまだ必ずしも政治的安定を確保していなかった。岩倉具視を筆頭に、欧米諸国を歴訪視察した遣欧使節団が帰国したのは、明治六年のことである。視察中、留守政府を任されたのは西郷隆盛であった。明治四年の廃藩置県以後、矢継ぎ早に士族特権を廃止し、徴兵制の施行まで実現し、国民皆兵制度を整えたのは、他ならぬ士族たちのカリスマ西郷だったのである。

その西郷は、帰国した大久保利通らと「征韓論《せいかんろん》」をめぐって対立し、下野した。政治の中枢から排除され、西郷の後を追って下野した面々は、政治的発言の場を求めてさまざまな行動にうってでる。なかでも、最初に勃発したのが士族反乱と呼ばれる一連の武装蜂起であった。明治新政府が大久保利通を中心に、異見を排除し純化していく過程を「有司専制」という。

有司とは、大久保のもとに参集した官僚のことを指す。有司の権力独占への意義申し立てが武力でおこなわれた。明治七(一八七四)年には江藤新平の佐賀の乱、明治九(一八七六)年には廃刀令に憤激した神風連《じんぷうれん》の乱がおこった。前原一誠の萩の乱をへて、最終的に西郷隆盛が西南戦争で蹶起《けっき》敗死するのは、明治一〇（一八七七）年九月のことである。

激変する時代情勢、日本社会の構造改革が引きこしたストレスが、発散の場をもとめて頻々と噴出していた時期に、福澤は理論的思考に沈潜したいたことになる。この重要性は福澤研究者のあいだでも、あまり指摘されていない。しかし、周囲が騒然としているときにこそ、この国の向かうべき指針を、粘り強く理論から立ちあげることの重要性は、いくら強調してもしすぎることはない。

また実際、福澤自身がすでにこうした経験をしていた。戊辰戦争末期の明治元（一八六八）年五月、上野の寛永寺で、彰義隊《しょうぎたい》と西郷隆盛率いる新政府軍とのあいだに戦争がおこなわれた。大江戸八百八町が大混乱となり、人びとが大八車に荷物を括《くく》りつけ逃げ惑うさなか、慶應義塾では洋学の講義が粛々と進められていた。こうした騒然とした時代状況の中で、生徒へむけて福澤は次のように喝破したという――「世の中にいかなる騒動があっても変乱が起きようとも、洋学の命脈を絶やしたことはないのだ。慶應義塾は一日も休業したことはないし、この塾がある限り、大日本は世界の文明国なのだ。世間に頓着などするな」（『福翁自伝』）。『文明論之概略』という著作の名称そのものが、時代の緊張感を背負っていることがわかるというものであろう。

福澤個人の学問的生涯の転換点となり、時代に明確な理論的指針を与えた『概略』は、ではどのような影響を後世に遺《のこ》したのだろうか。どう読まれてきたのか。研究史を概観したのちに、福澤の思想に迫りたい。

その影響

『文明論之概略』が、幕末維新期の激動の時代をつよく意識していることはいうまでもない。冒頭の有名な言葉「あたかも一身で二度の人生を生きたようなもの」は、この時期の価値観の断絶がいかに大きなものかをよく示しているし、「日本人の精神に波瀾を生むだけでなく、精神内部の底にまで達してひっくり返る大騒乱を起こしたのである」という感慨からも、緊張する時代の雰囲気が伝わってくるはずである。

前時代の価値観が瓦解《がかい》し、新しい時代が否応なしに現われる。この福澤の稀有《けう》な体験に、みずからの人生を重ね合わせる人物のなかから、本格的な福澤研究ははじまった。泥沼の中国大陸戦線から日米開戦にいたる時期に学問をはじめ、福澤の著作を精神のよりどころとし、戦後、「福澤諭吉の哲学」そのほか一連の論文を発表したのが、丸山眞男《まるやままさお》である。

日本政治思想史の研究者として、江戸思想の研究を本業とした丸山は、同時に座右の書として福澤を愛し、生涯、研究対象にしつづけた。丸山自身、戦前と戦後という「一身で二度の人生を生きたような」体験をしたことが、福澤への親近感を深めたのはまちがいない。とりわけ、『概略』に書かれた日本文明の分析と批判、そしてあるべき文明像には、戦時中の日本への違和感がそのまま書き記されて、処方箋《せん》を与えてくれるような感動を覚えた。岩波新書から上中下三冊本で刊行された『「文明論之概略」を読む』は、丸山の福澤研究の到達点である。

この書は、序文だけが独立したかたちで、雑誌『図書』昭和五二（一九七七）年九月号に寄稿されたものである。著作に直接結びつく原稿のもとは、岩波書店刊の『日本思想大系』の編集担当者・伊東修から声をかけられ、編集者数人で行われた私的な読書会であった。昭和五三（一九七八）年七月から始まった読書会は、四年の歳月をかけて昭和五六（一九八一）年三月に読了する。その後、テープおこしをもとに二五回分を二〇講に編みなおし、序文をつけるなどして昭和六一（一九八六）年の一・三・一一月にそれぞれ刊行されたのだった。丸山の『概略』への思い入れがわかる文章を、ここで引用しておこう。

> 私は「開国」という一九五九年に書いた論文で、そういう問題を取り扱ったことがありますが、こんどの戦争の直後も、かなりちがったところがありながら、大日本帝国の解体状況は維新直後に似たところがあった。すくなくとも私などは直接見聞したそういう戦争直後の状況からして、逆に維新の人心を想像するのです。今まで通用していた価値体系が急速にガラガラと音をたてて崩れ、正邪善悪の区別が一挙に見分けがつかなくなってしまう。途方に暮れてどうやって物事を判断するの分からないという状況。（『「文明論之概略」を読む』（上））

概念の枠組や尺度そのものが根本から揺さぶられて、周囲の世界がただ混沌として分からなくなる。（後略）

福澤が幕末明治期に経験し、丸山が戦前戦後に見たものは何だったか。抽象的な言葉を駆使した答えがここに書かれている。人間はまったく無意味かつ混沌《こんとん》とした世界に突き落とされたままで生きることはできない。周囲の環境に意味を与え、座標軸をつくることで生きる意味を獲得しているからである。時代は今、バラバラに解体され、人びとが共有できるような正邪善悪の基準は見失われている。ところが逆に、こうした時代は、不安を利用して社会を過激で情緒的な意見で画一化しようとする者もでてくる。この劇薬を飲めば気分がよくなり、世界は安定して見えるようになる。社会の画一化を警戒せよ、これが福澤の根本命題なのだと丸山は指摘した。

福澤諭吉は西洋文明崇拝者ではない

丸山の『概略』解釈を強烈に押しだしたのが、「諸言」の解説を冒頭ではなく下巻最終部分においたこと、そして「第一章　議論の本位を定る事」を何より重要視したことである。

諸言と第一章の強調は、先の引用と深いかかわりをもっている。議論の座標軸がない時代は、不毛な議論があたかも本質的な問題であるかのようにわがもの顔にふるまう。結論がおなじだと相手に過剰に期待をし、その逆もまた起こりうる。過剰な親しみが、いきなり喧嘩の火種になる。だから相手の議論が何を目指しているのかをきちんと聞いて、「議論の本位」を定めなくてはいけない。目標を明確に定めるということだ。議論の本位が決まらないと、その案件自体の利害得失、正邪も善悪も決定することができない。

一例を挙げよう。たとえば、城は守る者から見れば強固であり、便利である。しかし攻める側からすれば難物である。つまり自分がどの視点から見るかによって、「城」という物事は利害いずれにも変わる。またたとえば、仏教と神道が論争をしている。前者は未来の幸福を主張し、後者は現在の吉凶を占っているのだから、はじめから目指す目標がちがう。にもかかわらず論争をしているのは無益ではないか。

利害ならまだ和解と妥協がしやすい。ところが正邪善悪、案件の軽重などは状況による相対評価なのだから、さらに話し合いが難しくなる――丸山は『概略』冒頭から、以上のような指摘を取りだした。丸山自身の言葉による解説は、次のようなものである。

> 利害得失というのは、現実のインタレストに関連してくるから、誰もみな敏感なんですね。集団の利害でも個人の利害でも……。ところが、事柄の軽重是非となると、何が軽く、何が重いかということは、状況の客観的認識にかかわってくる。自分に損か得かということと話がちがって、状況の客観的認識の方がずっとむずかしい。そこで、「智」ということ、「知性」が大きく意味をもって、この書全体の議論につながってくるわけです。（前掲第一三巻、傍点丸山）

かくして、福澤が『概略』で目標と定めた「西洋文明」もまた絶対的な基準ではない。少なくとも福澤本人は、西洋文明を絶対視し日本への無条件の導入を目指す、いわゆる西洋崇拝者でないのである。この点を明確に証明してみせたのが、丸山とおなじく日本政治思想史を学んだ松沢弘陽《ひろあき》であった。

松沢は『近代日本の形成と西洋経験』所収の「第Ⅴ章　文明論における『始造』と『独立』」のなかで、福澤の文明摂取体験を、アイデンティティの危機だったのだと評価する。とりわけ、福澤は当時の洋学者にたいし、きわめて批判的であった点に注目する。儒学者ばかりではなく、一見すると福澤とおなじ方向をむいているはずの洋学者に、福澤は警戒感を露《あら》わにしているのだ。

西洋世界との接触は、具体的な西洋諸国との文物をめぐるだけでなく、彼らの「世界観」を受け入れるのかどうか、という問題を突きつけた。それを松沢は「アイデンティティの危機」といったのだと思われる。西洋の書物に描かれた東西比較論、文明・半開・野蛮という三分類で世界各国を腑分《ふわ》けする態度は、要するに、この世界の善悪や意味、価値観などの基準＝ものさしが西洋文明自身にあると思っている証拠である。日本の洋学者たちは、この基準を絶対化・普遍化している。これが福澤の違和感を刺激したのである。

西周《にしあまね》や森有礼《ありのり》などは、西洋文明の基準を普遍的尺度とみなし、そこから日本の限界を指摘した。さらに津田真道《まみち》や中村敬宇《けいう》らのキリスト教導入論への批判も福澤は行っている。また日本とシナとの比較論においても、西周を意識して、福澤は日本の優位論を展開した。

福澤にとって大事なことは、西洋文明という普遍性の到来によって、日本が一種の自己同一性の危機に陥ったということである。「粉擾雑駁」な世の中を、どう理解したらよいか。自分なりの世界を見る遠近法の調節が必要不可欠な時代が始まったのである。「条理の紊れざる」ものを見つけだしたいという福澤の懇願はここからくる。松沢の『文明論之概略』理解は、次のようなものである。

福沢において、文明論「始造」の企てが、他面では西洋の文明論がふるう内面への支配の圧力からの知的「独立」のいとなみを含んでいたことは、既に『文明論之概略』「諸言」の中に示唆されているようである。（『近代日本の形成と西洋経験』）

だから福澤は、西洋の書物のなかにある、アジアを低く見る論説に意義を唱えた。気候風土などの地理的決定論で、アジアの限界を主張するバックル『イングランド文明史』の箇所を福澤は受け入れない。

その意味で『概略』は、バックルらの構想した普遍史、ヨーロッパ中心史観にたいする、アジアからの応答の書なのである。人間には地理的条件による制約などない。バックルがこの書を書いた動機が、当時、ヨーロッパのアイデンティティが脅かされ、歴史を振りかえることで西洋の圧倒的優越性を再確認する作業だったことは重要である。たいする福澤の場合、文明史を描くことは、日本国家の独立と変革をうながすことを目的とした、きわめて能動的な作業だった。成熟したヨーロッパが古いアルバムを紐解《ひもと》きながら文明史の筆を執ったのにたいし、福澤は、これからの国づくりのために文明史を貪《むさぼ》り読み、世界の流れを洞察し、未来へ対処しようとしたのだ。

以上の丸山と松沢二人の研究者に共通するのは、「福澤が単純な西洋文明崇拝者ではなかった」という主張である。『概略』はその最も精密な作業の結晶である。日本は西洋文明、あるいはシナと比較され、混迷の時代から抜けだすヒントをつかもうとする国家として描かれた。アジアの一小国からの異議申し立てが『概略』なのである。

アジアを軽視する福澤諭吉像

ところが、この二人の解釈とするどく対立する研究も存在する。思想史が専門の子安宣邦《こやすのぶくに》の『福沢諭吉『文明論之概略』精読』は、その典型的なものである。

子安は『概略』のなかに、可能性と限界の二つを見いだす。限界は、福澤が一国の独立と国権論をむすびつけた時点からはじまる。商業と戦争を対外的に展開し、グローバル化を主張する福澤の主権国家論は、当時の西洋文明とおなじではないか。つまり福澤は西洋文明と日本を同一化しようとしているではないか。昭和二〇（一九四五）年八月の敗戦にむかう方向性を、明治初期に定めたこの国のマニュフェスト、それが『文明論之概略』なのである。日本とシナを明確に分け、後者を停滞する国家だと切り捨てた点に、特に子安は注目する。

子安によれば、西洋と日本を同一化し、アジアを全否定する福澤の負の遺産を、丸山眞男は隠ぺいし、理想化したのであった。しかし福澤の限界を暴き、丸山を批判することだけが子安の目的ではない。福澤の限界が、むしろ「現在の日本」にも当てはまることが大事なのだ。現在の日本もまた、アジアを軽視し「西」ばかりを見ている。「福沢においても、覇権主義西洋を前にしてそれとの同一化へと揺れ動いていく。実際に日本の近代国家の形成がたどったのは覇権主義的なヨーロッパへの同一化の道であった」（傍点子安）。

では西洋文明に同一化するにせよ、しないにせよ、そもそも「文明」とは何なのか。どのような特徴を持っているのか。福澤の「人間の交際」と「極度と極度」という言葉を見ることでわかる。文明とは、人間同士が社交すること、交通から戦争にいたるまで、人間同士がより複雑かつ広範囲に接触することを指す。激しい流動性を福澤は肯定する。文明社会が忙しいイメージで語られるのは、この活発さゆえである。

だから議論は多岐にわたり、多様であるのが文明だ。一方で相手の議論を「極端」なケースでのみあげつらう硬直した態度、この停滞した社会を非文明と言うべきである。子安は、福澤の「文明と野蛮」概念の特徴を、江戸時代の儒学者・荻生《おぎゅう》徂徠《そらい》と比較して定義しようと試みる。徂徠とは異なり、福澤は文明を「進歩」や「活発」というキーワードでとらえる。そして停滞した状態を、野蛮といっているのである――「ここから見出されるのは、野蛮という停滞的社会の対としての文明とはたえざる前進的な社会の指標的な理念だということである。福澤の文明論的哲学は人間の野蛮として非社会的自然状態を見出すのではない。非文明の野蛮社会とは、進歩を志向しない停滞する社会である」（傍点子安）。

以上、西洋文明への対応をめぐって、あるいは日本とアジア諸国の関係について、福澤研究者には大きな解釈の違いがあるようだ。

だが三人の研究者に共有された問題意識も指摘できるだろう。第一に、それは現代社会が混迷を深めているという感覚である。研究者が生きている時代状況が見通しにくいこと、その際、かつての

『文明論之概略』が指針なるという問題意識である。『概略』は現代を照らす古典として、よみがえりつづけるというわけだ。また第二に、福澤の文明観が多様性を重んじ、なにより思考の硬直化を恐れていることへの注目である。逆にいえば、日本文明は硬直化しやすい社会だということになる。それはなぜなのかという問題意識が丸山・松沢そして子安に共有されている。

思えば幕末維新も敗戦も、冷戦崩壊後の今日も、いずれも過渡期であることに変わりはない。価値観の天変地異が起きるとき、『概略』は何を教えてくれるのだろうか。また日本文明の硬直化は、何に由来するのだろうか。病の原因が突き止められれば、対処法もまたあるはずである。以下、解説者自身の『概略』解釈を示すべきだろう。

どう読むべきか——時代診察と処方箋

まず『概略』中、もっとも有名な文章の一つ「あたかも一身で二度の人生を生きたようなもので、一人で二つの身体があるようなものだ」から始めてみる。六八年の生涯の折り返し地点、三五歳で明治維新を経験した福澤は、文字通り一身で二度の人生を経験したといってよい。それは西洋文明を身につけた福澤が、封建的な身分制度に縛り付けられた自身の前半生を反省、分析することを可能にした。たとえるなら、福澤は西洋文明という医療用具をつかって、日本文明という身体を診断し、病巣を指摘し、腫瘍《しゅよう》を取り除こうとした医者であった。その施術は鋭い文明批評として評判を呼び、名医の称号を得たため、今日まで記憶されているのである。

そう思って見てみると、驚くべきことに『概略』全一〇章のうち、一番頁数を割いている章が「第九章　日本文明の由来」であることに気づく。福澤が日本をどのような特徴を持った文明であると診断したのか。これがわかれば、処方箋である西洋文明の特徴も必要性も理解できるだろう。逆に、『概略』の日本文明診察に問題点があれば、施術の方法自体にも誤りを指摘できるかもしれない。つまり従来の研究者の主張とは異なり、僕は『概略』を第九章から読み始める必要を主張する。処方箋である西洋文明の必要性、その特徴を読む手がかりが得られるからである。

そこで福澤がくだした診断は、「権力の不均衡」というものであった。「日本で権力の不均衡は、人間同士の交際のあらゆる部分に浸透している」。「不均衡は交際の極大から極小にまですべてに及んでいる。大小や公私にかかわらず、交際あるところ必ず権力不均衡が存在する」。日本における人と人との交流は、必ず関係に上下の力学が働き、平等に接するということがない。これが不均衡という言葉の意味である。男女関係から親子の間柄、師弟関係と富者と貧民、社会のどこを見回しても上下関係があるのだ。日本の国民性といってもよいくらい、決定的な特徴だと福澤は指摘する。

日本の歴史を振りかえってみても、鎌倉幕府から北条執権、そして足利時代への移行など、権力者である武士内部では栄枯盛衰もあるだろう。しかし日本国全体を眺めてみると、武士の世界とそれ以外の人びとの世界の上下関係は数百年何の変化もない。ただ人びとは農業を行って、武士に納めているだけなのだ。社会構造自体は不均衡なままであることを、福澤は見逃さない。

また儒教の影響も無視することはできない。たとえば『論語』には、後輩たちが自分たちより優秀であることを警戒する言葉がある。『孟子』にも公明儀の言葉として、周公は孟子を裏切らず、先代を模倣することを重んじたとある。

このように昔を信じ慕い、少しも自分で創意工夫せず、いわゆる精神の奴隷（メンタルスレーヴ）になってしまい、己の精神を古の学問に捧《ささ》げ、現在にいながら過去の支配を受け、それを広めて現在を支配し、すべての人間交際を停滞させ、流れを悪くする要素を刷り込んだのは、儒教の罪だといってよい。

この文章に、福澤の日本文明にたいする評価がはっきりと表れているだろう（儒教、なかでも朱子学と福澤の関係については、渡辺浩「儒教と福沢諭吉」・小室正紀《まさみち》「江戸の思想と福澤諭吉」の研究を参照されたい）。社会が権力者と被権力者に二分割されてしまうと、それぞれは自分の利益だけを追求し、相互不信に陥る。結果、国家全体を把握する視野を持つことができない。また同時に、過去にのみ拘束され精神的奴隷状態にある日本の場合、人間交際は停滞し、新しい発想がでてこないのだ。

以上、二つの病理が日本文明の特徴となっている。ではなぜ、これが問題なのだろうか。こうした問題を抱えつつも、江戸幕府は二百数十年にわたって、安定した社会をつくりあげてきたではないか——それは最終「第十章　自国の独立を重んじる」を読むことでわかる。福澤が『概略』を書く動機は、この章に明確に書かれている。それは今や、従来の価値観・世界観では対処できない新しい課題が日本に襲いかかっているという危機意識であった。それは到底、逃げようとしても逃げ切れるものではない。これまでの生命力では抵抗できない、巨大な変化なのである。それは西洋諸国との「外交」のことだ。

ところが、以上の二つの病に冒された日本人は、外交の重要性への認識がまったくない。「よってわが国の人びとは、外交について、国内外の権力が均衡しているかどうかを知らないし、日本が不正を受けたかどうかも知らない。利害得失を知らず、他国のことを見るように平気である。これこそわが国の人びとが、外国と権力を競わない一大原因である。なぜなら外交を知らない者は、外交を憂慮する必要がそもそもないからだ」。

かくして福澤の目的は明確なものとなる。日本が国家として独立を維持するために、日本国民を文明へと導くこと。国民が文明を学ぶべきという処方箋は、国家の独立を維持するためなのである。「日本文明の由来」を診察する過程で、福澤は病原を二つに見定めておいた。その病原を抱えたままでは、国家の独立を維持しつづけることは不可能だと福澤は考えた。よって施術と処方箋が、必要になるだろう。外交というメスを振るい、日本人は文明、なかでも西洋のそれを摂取しなければならない。西洋文明の滋養を吸収し、人間交際を活発にしなければ、日本国の健康を維持できないからだ。よって残る第一章から第八章までは、西洋文明の必要性とその特徴を明らかにすることに、あてられることになるのである。その詳細は、角川ソフィア文庫版『文明論之概略』の拙訳を参照されたい。ここでは、福個人の人間性としては、智力と自尊心をもち、積極的に活動する人物が理想とされる。ここでは、福澤の文明イメージが端的にわかる二カ所を、掲げておくことにしよう。

西洋文明は人間交際において様々な意見が並び立ち、次第に歩み寄って最終的に一つになり、自由が存在しているのである。

そもそも文明における自由とは、他人の自由を犠牲にして買えることができるようなものではない。（中略）言い換えると、自由は不自由の境界に生まれるということもできるはずだ。

こうした精神の余裕が、世界全体を俯瞰する視野をもたらす。過去の因習と自分が所属する階層の利害で頭がいっぱいな人間に、国家の独立を考える余裕はないからだ。福澤諭吉という稀代《きたい》の思想家が、六八年の生涯を何に捧げ、費やしたのか。この書が主著と呼ばれるにふさわしい豊穣を湛えているのは、それを教えてくれるからである。

2　福澤諭吉は啓蒙主義者か

「啓蒙主義者」とは何か

『文明論之概略』について、一定の理解を得た僕たちは、福澤諭吉の思想についても迫ることが許されよう。夥《おびただ》しい福澤研究が積み上げられている中、ここでは最も典型的な福澤像を手がかりに、最短距離から思想の中心に迫りたい。

それは他でもない、「福澤諭吉は啓蒙《けいもう》主義者である」という自明の前提である。この福澤像はたしかに正しい。しかし、以下のような二つの「慎重な限定」が付される必要があるのだ。まずは啓蒙主義者という言葉の意味を、確定することから始めよう。

本来、啓蒙主義とは西洋思想において「理性」への信頼を主張した立場のことである。あらゆる事物を光で照らし、蒙をひらくことが、啓蒙主義の目標であった。この立場が政治思想に応用されると、従来の秩序への懐疑と打破を目ざすことになろう。だが日本で訳語として「啓蒙」が用いられたばあい、賢者が愚者を教え諭すという封建的な意味をもつこともあった（苅部直『「維新革命」への道』）。

ただいずれにせよ、啓蒙主義者は何よりもまず、現実をはっきりと理性の力で認識できる者、われこそは現実の世界を明晰《めいせき》に、するどく分析できているという自負をもっていた。だから啓蒙主義者は、「リアリスト」のはずである。リアリストを自覚することが、啓蒙主義者であるための必要条件である。

以上は僕の独創ではない。実際、『文明論之概略』の最終第十章には、福澤とリアリズムをめぐる次のような発言がある。

いわく、幕藩体制がおわり、まさに文明へと進むべきなのに、人びとには危機意識がない。これまでの価値観が解体したのちに、人びとは安逸をむさぼるのみである。だがそれでいいのだろうか。彼らの心の空白をそのままにしていていいのか。「今の日本の人心を維持する」ために、何かを処方すべきではないか——議論百出する中、福澤は主だった主張三つを取りだし、一つひとつ否定してみせたのである。

まずは尊王論者の国体論。多くの人びとにとって、藩の君主との主従関係ならまだしも、当時は「皇室と人びとの間に、親密な感情の交流はない」。皇室の尊厳をもって人心を維持することはできない。第二に、キリスト教に代表される宗教。これは国家の存在を無視した世界主義であるから、現状に適した処方箋とはいえない。そして第三に漢学者たち。彼らもまた福澤からすれば、否定の対象であった。三つの処方箋を次々に否定した後に、なぜ駄目なのかを次のように説明する。

すべて物事を論じる場合、まずその事態の名称と性質を詳細にし、それから処置方法がわかる。たとえば火事を防ぐにはまず火の性質を知って、水で消すことができるとわかり、その後、消化方法が決まるようなものだ。

一例として火事をとりあげる。まず、火の「性質」を知るべきだと福澤はいう。そして火事にたいするさまざまな処方箋＝対処方法は、火についての智識を手にし、「それから」結論されるべきなのだ。火の弱点をあきらかにして、はじめて水の必要性が主張できる。にもかかわらず、もし火事という名前を聞いただけで想像をめぐらし、勝手にその性質を断定してしまえば、人は平気で火に油を注ぐ愚をおかしてしまうこともあるのだ。それを福澤は警戒している。最初は火そのものを分析しつくさなくてはいけない――この文章がリアリズムであるとはそういう意味である。

実際、福澤は幕末から明治初期の激動期を、リアリストとして生きた。『西洋事情』『世界国尽』そのほか、海外の事情と文献を解説翻訳し、日本へひろめた福澤は、また三回にわたってアメリカ、ヨーロッパへ渡航見聞した人物でもあった。理論は経験によって裏打ちされている。福澤の書く文章は、つねに国際関係をふくめた、現実との緊張関係を失わない。現実という板に、文字を彫り込んでいるようなリアルな文章ばかりなのである。

火に水をかけるのは当たり前のことで、わざわざ火の性質を知るまでもない。だが火の代わりが、明治初期の日本国家となればどうだろうか。その性質の探求は、慎重になされるべきはずである。にもかかわらず、当時の日本人の多くは、共和制あるいはヨーロッパ最新思想という根拠だけで、必ずいつでもどこの国にでも処方すべきだと即断していないだろうか。その「術」を施すはずの日本固有の「性質」を無視していないだろうか。あるいは、時代が急速に動いているにもかかわらず、なお旧来の制度を頑強に保守して明治日本に処方しつづけていないだろうか。以下に見るように、福澤の発言は、一貫してこの危機感に貫かれている。現実の日本社会の「性質」を、徹底的に見ようとしたリアリストだったのである。

司馬遼太郎のリアリズム

ところで、はるか後年のことだが、リアリズムという言葉を重要視した作家に司馬遼太郎がいる。

司馬は『「明治」という国家』で、明治を「リアリズム」の時代と定義した。「透きとおった、格調の高い精神でささえられたリアリズム」こそ明治の特徴であり、言い換えれば「高貴さをもたないリアリズム――私どもの日常の基礎なんですけれど――それは八百屋さんのリアリズムです。そういう要素も国家には必要なのですが、国家を成立させている、つまり国家を一つの建物とすれば、その基礎にあるのは、目に見えざるものです。圧搾空気といってもよろしいが、そういうものの上にのった上でのリアリズムのことです」とも指摘したのだった。

つまり、司馬からすれば、明治時代は日々の暮らしをつかさどる「八百屋さんのリアリズム」とともに「格調の高いリアリズム」があった。日常のつきあいから外交にいたるまで、つねに現実との緊張関係を維持した精神が支配していたのだ。これは現実から遊離飛翔《ひしょう》し、自分の夢だけを謳《うた》うロマン主義とは対極の立場である。だから司馬のばあい、西郷隆盛よりも大久保利通を評価したのだった。維新後、みずからの役目をおえて死に場所ばかりもとめていたロマンチスト西郷よりも、「沈着、剛毅、寡黙で一言のむだ口をたたかず、自己と国家を同一化し、四六時ちゅう国家建設のことを考え」た大久保を、司馬は評価したのだった。

その司馬にいわせれば、「昭和」は左右を問わず「イデオロギー」に席巻されたさらに悲惨な時代であり、リアリズムは微塵もなかった。

イデオロギーを、日本語訳すれば、〝正義の体系〟といってよいでしょう。イデオロギーにおける正義というのは、かならずその中心の核にあたるところに「絶対のうそ」があります。

（『「明治」という国家』）

司馬は、みずからの戦争体験とその明治国家観から、高貴なリアリズムが支配していた明治が、大正から昭和へとむかうなかで、次第にイデオロギーに支配されたと断定している。イデオロギーとは、自分自身が正義をにぎっていると主張し、握りしめた正義を他人に振りかざし有無をいわさないという立場である。それを司馬は「絶対のうそ」、「古新聞よりも無価値」だと批判したのだった。毛沢東のプロレタリア文化大革命と、ヒトラーの『わが闘争』がその具体例である。文革時代の新聞を今日、真顔で読むことはできないと司馬はいう。

この司馬のリアリズムへの親近感とイデオロギー批判は重要である。なぜなら福澤もまた共有していた感覚だからだ。司馬のばあい、明治＝リアリズム、昭和＝イデオロギーという図式、つまり下降史観である。一方で福澤のばあい、以下に指摘するように、リアリズムとイデオロギーがせめぎ合う姿を、同時代に見いだしていた。

「交際」という言葉

ところで、僕たち人間の現実は、人と人とのつながりで生じる出来事の集積である。人生の喜怒哀楽は、すべて人間関係から生まれるものだ。だから啓蒙主義者は、第二に、倫理学者でなければならない。リアリストとして現実を凝視するためは、その現実が人間関係の網の目であること、つまり倫理学であることに気がつかねばならない。人間関係の大海を泳ぐことで人は生を紡いでいる以上、現実にこだわる者は、必然的に倫理を問わざるを得ないのである。こうして啓蒙主義者は、リアリストであると同時に倫理学者である。これが啓蒙主義者の必要十分条件である。先に僕がいった「慎重な限定」とは、この必要十分条件のことだったのである。

では、福澤にとっての倫理学とは何か。それが「交際」という言葉である。明治日本という「火」の「性質」を分析した結果、「交際」に注目すべきだと福澤は考えた。「人間の交際」「外国交際」などの言葉を、福澤は頻繁につかう。司馬の言葉でいえば「八百屋さんのリアリズム」から、国内外のリアリズムに至るまで福澤は注目している。ここではまず日々の交際について見てみよう。

たとえば『福翁百話』は、福澤晩年の著作である。そこでは、人間をウジ虫にたとえ「人生とは、見る影もないウジ虫にひとしく、朝露が乾く間もないくらいの五〇年から七〇年たらずの間を、戯れに過ぎ死んでいく」と述べている。

結局「人生は戯れ」にすぎず、跡形もなく消えてしまう儚《はかな》い時間にすぎない。また福澤は、「広大で際限のない宇宙の姿」と人生を比較し、宇宙のなかにただよう地球など大海にうかぶ芥子粒《けしつぶ》にひとしく、その上で生を営む人間は「塵のようであり、埃のようであり、水溜りに浮き沈みしているボウフラのようなものだ」ともいった。研究者のあいだで「人間蛆虫説」と呼ばれる福澤のこの人生観は、広大な宇宙のなかに人生を拡散させてしまうロマン的飛翔ではない。また同時に、世間とのかかわり一切を嫌悪否定し、隠遁《いんとん》してしまう類の人生観でもない。あくまでも現実に身を処するための精神のたたずまい、精神の均衡を保つ手段としていわれている。

実際、福澤はウジ虫を軽蔑すべきではないといい、ウジ虫にはウジ虫なりの覚悟があると説く。広大な宇宙をもちだしたのも、人間社会で起きるさまざまな出来事を、できるだけ軽く見て処理する精神のかまえ、一種の余裕を確保するためである。つまり「他人と交際する」最良の方法として人生を「戯れ」だと見きわめるべきなのだ。「人と人との間柄」（和辻哲郎《わつじてつろう》）つまり倫理は、この精神の余裕によって円滑におこなわれる。

この立場からする福澤の発言は、まさに社交の達人である。激動の時代を生き抜いた自信からくる「交際」の流儀を、文章の各所に見いだすことができる。

たとえば世の中には、非常に優秀であるにもかかわらず、世間から評価されず自分の望む仕事をできない人がいる。なぜなら、彼は頭脳明晰で世間の欠点が見えすぎるあまり「ややもすると、なんの利益もないのに他人の短所を指摘し、鋭い殺し文句の毒舌を吐いて、あたかも無益の殺生をするようなのは、人と人との交際上の一大欠点として指摘しないわけにはいかない」（『百話』・五九）。

彼はたしかに優秀なのだろう。しかし「人間の交際」がおこなわれる現実社会は欠点だらけであり、正論ばかりが通るとは限らない。しかも自分自身もその欠点おおき社会で社交を、つまりは「交際」する人間なのだ。彼の頭脳の明晰さは、自分だけは他人とは違うと思い込む。社交の世界を泳いでいるにもかかわらず、自分を特別視するその自分自身の姿だけは見えていないのだ。

「嫉妬心《しっとしん》」ばかりを生むこういった「交際」の仕方に、リアリスト福澤の眼は届いている。だから社交の世界では、ときに優秀さをおさえ「出来損ない」である方が、円滑な社交をもたらすこともあると福澤は主張する。仕事に支障のでない範囲であれば、他人がくだらない応答をしたからといって「直ちにこれを退けないで、じっくりと聞き」、優秀であるはずの自分が「大間違いで失笑し赤面することもあるはずだが、そのいい過ぎや失笑、赤面などはすべて無邪気なので、却って愛嬌の一つであって、他人との付き合いのためには無限の味わいがあるのだ」(『百話』・六一)。

馬鹿なこと一つできるくらいの度量をこちらがもつと、相手は安心する。警戒を解いてくれる。その安心感から相手は心をひらき、結果的に自分の意見をきいてくれるようになるのだ。「元来、人間の心は広大無辺」、天才は茶目っ気をふくんでいてこその天才なのである。

こういった人間認識は、人と人との距離感にたいする絶妙の洞察をふくんでいる。情にほだされず、一方で冷徹で厳粛すぎる規則にしばられることもない。社交とはまさしく、こういった人間同士の適切な距離感に精通した人間にしかできない半ば意識的な行為であって、福澤は明治における社交の達人なのである。

人間とは、政治・経済・倫理・文化などあらゆるものが交錯する劇場の主人公である。欠点だらけの世の中とは、だから多面性と矛盾、非合理性をもつ人間の魅力の言い換えなのだ。福澤は正論の通用しない人間たちに絶望しない。余裕綽々《しゃくしゃく》、逆に魅力であると喝破しそれを「人間の交際」と名づけた。まさしくフランス・モラリストにも比すべき、人間観察ではないか。

このまことに健全な人間関係への感受性は、後に大正時代にはいると解体してしまう。芥川龍之介や、芥川を否定した小林秀雄が苦しみながら戦ったのは、この感受性の解体、豊饒かつ魅力的な人間像の解体なのである。

さらに、頭脳明晰を自負する人間は、次のような誤謬《ごびゅう》にもおちいる。「戯れ」を喪失し、あまりにも「熱心」に「交際」する人間の狂気を、福澤は見逃さない。

物事の一方に凝り固まってしまい忘れることができないで、結局はその物事の重要性の有無をみる才を失って、ただひたすらに自分の重んじることだけを重視して、はたして思う様にならない場合、人を恨んだり世間を憤慨したり、怨恨と憤慨と怒りの気力が内向して顔色や言葉や行動にあらわれ、大事なことをする際に失敗する者が多い。（『百話』・一二）

この文章を司馬遼太郎が書いたとしても、なんら不思議ではない。司馬はイデオロギーを「ありもしない絶対を、論理と修辞でもって、糸巻きのようにグルグル巻きにしたもの」といっていた。同様に、晩年の福澤には、イデオロギーに殉じ、みずからの才能を誇って口角泡を飛ばし、眼を血走らせている過激の徒の精神の慌ただしさが見えていた。「絶対のうそ」であるはずの主義主張に殉じることに、彼らは生きている意味を感じる。しかし現実は欠点だらけなのだから、彼らの理想に、いっこうに現実は寄り添ってこない。ここに「怒り」と「気力の内向」が生まれ、世間を怨《うら》み憤慨する過激な行動が生まれる——福澤の眼は、彼らの精神の動きをとらえている。彼らは「熱心」で真面目である。「人間の交際」を、よりよくしようと理論武装する。だが、みずからの目つきや余裕を失った姿だけは見落としているのだ。みずからの「正義」についてこない他人を否定し排除するような「交際」しかできない、やせ細った人間像。

過敏すぎる彼らの感受性は、福澤のそれとはまったくの別物である。毒までふくんだ豊饒な人間関係をつかみ取ることができない彼らの顔は青白い。彼らは現実に密着したリアリストではなく、現実を強引に理想に近づけようとし、いらだつ「主義者」に転落しているのである。

だから福澤は「人事に絶対の美などない」と説く。「このような戯れだらけの世の中にいて、自分もまたおなじく一人の子供である者が、なにを基準にして是非得失を定めることができるだろうか。できはしないのだ」。「絶対の美」も「イデオロギー」も司馬のいうあやしげな「正義」の別名に他ならない。欠点おおき「人間の交際」では、完璧なものなど一つもない。そもそも、絶対に人びとを幸福にする「正義」など、「僅か五〇から七〇年」しか生きない一人間がつくれるわけもないのである。

では、「人間の交際」の仕方は、日和見主義しかないのだろうか。そのときそのときの利害関係で、言葉や思想を変え、定見もなくその場主義ですませばよいのだろうか。あるいはこの世には一切の「正義」や「美」が存在しないことに絶望し、世の中を拒絶し手をひくしかないのか。

そうではない。これもまた、やせ細った人間像にすぎない。福澤の眼には、時代に絶望したニヒリストの存在が入っていた。そしてここでもまたリアリストとしての精神のたたずまいを次のように説く。

今の世の中に絶対の美がないとして、では知識人と称する者たちの責任とは何かと問われれば、心虚しくして平然とし、静かに俗界の情勢を視察し、不十分なところを助け、行き過ぎを制し、濁流のように荒れ狂う世間の情勢を制することにある。(『百話』・一〇〇)

福澤思想の精髄は、この「行き過ぎを制し、濁流のように荒れ狂う世間の情勢を制すること」に尽きるのではないか。当時の日本国家の「性質」を詳細に洞察し、左右にぶれるその危うい航跡をまっすぐに文明へと導くこと、先導者としての自負、これが福澤思想の真骨頂のように思われるのである。やはり福澤は、まぎれもない「啓蒙主義者」なのである。

福澤諭吉の誕生

その福澤諭吉は、天保五(一八三四)年大阪に生まれた。父・百助が豊前《ぶぜん》中津藩の下級役人として、大坂に勤めていたからである。だが諭吉の生後間もなく、儒学をこよなく愛した篤実な父は急逝し、一家は中津へと引きあげたのであった。当時の大坂と中津の習慣はおおちがいで、それが周囲から諭吉をふくむ五人兄弟を自然と孤立させた。諭吉が「門閥制度は親の敵で御座る」(『福扇自伝』)といって封建制度を完膚なきまでに批判したのは、封建制度で出世の道を絶たれ、不遇のうちにこの世を去った父と、中津での孤立した生活意識が影響しているものと思われる。

福澤を天下に押しだした転機は、やはり幕末の動乱であった。嘉永六(一八五三)年六月、浦賀に来航したペリーの黒船は、はるか九州中津の福澤の人生にも転機をもたらした。このとき二〇歳そこそこの諭吉に、兄は「オランダの砲術を取調べるには如何しても原書を読まねばならぬ」と諭したという。諭吉は「原書」の意味さえわからなかった。だが横文字が時代をうごかすことになるだろうとだけは直感した。「人の読むものなら横文字でも何でも読みましょう」――「啓蒙主義者」福澤諭吉の誕生の瞬間だといえるだろう。

長崎で住みこみ同然の仕事をしながら勉強し、その成果もあって人の嫉妬するところとなり、居場所をなくしてしまう。そして江戸をめざして逃走をくわだて、結局は途中の大坂の緒方洪庵《おがたこうあん》の塾で洋学一辺倒の生活をおくることになる。書生のつねで、相当の乱暴などもしたようだ。次の転機は、安政五（一八五八）年二五歳のときである。藩命によって江戸へとはいった福澤は、横浜でオランダ語が一切通用しないことに驚く。時代は英語の必要性をおしえた。時代は想像以上の速度で変化をくりかえし、先へ先へと急いでいたのである。その象徴が、万延元（一八六〇）年正月の咸臨丸《かんりんまる》によるアメリカ使節団派遣という大英断であった。幕府は、日米修好通商条約の批准書交換のためアメリカへ使節を派遣するにあたり、日本人みずからの手で蒸気船を操ろうと決心したのだ。現在でいえば宇宙旅行のようなこの旅に、進んで志願した福澤はなんなく乗船を許され、勝海舟などとともにアメリカへとむかう。当時の様子を、次のように誇らしげに語っている。

しかしこの航海については、大いに日本のために誇ることがある、というのは、そもそも日本の人が初めて蒸気船なるものを見たのは嘉永六年、航海を学び始めたのは安政二年のことで（中略）その業なって外国に船を乗り出そうということを決したのは安政六年の冬、すなわち目に蒸気船を見てから足掛け七年目、航海術の伝習を始めてから五年目にして、それで万延元年の正月に出帆しようというその時、少しも他人の手を借らずに出掛けていこうと決断したその勇気といいその技倆といい、これだけは日本国の名誉として、世界に誇るに足るべき事実だろうと思う。

（『福扇自伝』）

慶応三（一八六七）年までに都合三回の洋行を経験した。なかでも三回目の洋行の帰途、福澤は幕府が開国をしぶり攘夷《じょうい》論へかたむいている状況を酒の勢いで批判し、帰国後、謹慎を命じられてしまう。しかも幕府と対立しているように見える勤皇派は、さらに過激な攘夷主義者なのだから、洋学者福澤には身の置き所がなかった。明治維新後も新政府へと出仕しなかったのは、「今度の明治政府は古風一点張りの攘夷政府だと思い込んでしまったから」であり、上野の山で、彰義隊が新政府軍と戦争をしている最中、経済書の講読をつづけていたことは、すでに触れた通りである。福澤からすれば、それはせめてもの時勢への抵抗であった。日本の独立はもはや難しいのではないかという悲観的な見方すらしていた。

だが意外にも、新政府は攘夷派ではなかった。開国策を次々にうちだし、希望の光が見えたのであった。廃藩置県はその最たるものであった。こうして福澤は、「全国の人心を根底から転覆」することをめざして、明治五（一八七二）年二月から『学問のすすめ』を世に問いはじめたのである。このとき福澤数え年で三九歳。現在から見ても壮年に達している年齢であってみれば、充実期を迎えていたのである。同九（一八七六）年一一月に全十七編をもって『学問』は完成した。「国民百六十名のうち一名はこの書を読みたる者なり」というこれまでに例をみない啓蒙書が完成したのである。「啓蒙主義者」福澤諭吉の本領は、このときからはじまる。そして四半世紀の後に、最終的な到達地点をしめしたのが、『福翁百話』『福翁百余話』などの著作だった。四半世紀を思想家として生きぬくことで、福澤は日本のリアリストにしてモラリストになったのである。

近代化＝文明化なのか

ところで、日本の近代化を批判するとき、福澤はかならず槍玉《やりだま》に挙げられる。日本の近代化はどのような問題点をもっているか、近代をどう批判的に乗り超えるべきかが問われるとき、かならず福澤諭吉が呼び戻される。先の丸山眞男や子安宣邦などが、みずからの時代状況を理解するに際し、福澤に戻るのも、福澤の著作群が日本の近代化の歩みを決定づけたとの思いからなのである。

だが一体、いつから啓蒙主義は近代主義と同義語になってしまったのか。つまり福澤は啓蒙主義者＝近代主義者に祭り上げられてしまったのか。啓蒙主義に、僕はすでに「慎重な限定」を付しておいた。第一に、啓蒙主義者はリアリストでなければならず、第二に、人と人の関係を考える倫理学者でなければならないと書いておいた。

だとすれば、啓蒙主義者は本来、時代の欠点と限界を凝視し、指摘する人間のはずである。一方で、近代主義者という言葉には、過去よりも現在を肯定し、頂点をみなす傾向があるはずだ。近代は新しい、だから正しい。これが近代主義者を無意識のうちに支配している物の見方である。今を生きる自分への過信が潜んでいる。だが、本当に近代は新しい時代なのだろか。過去よりも優れた時代なのか。さらにそもそも、福澤は近代を肯定していたと断言できるのだろうか。

たとえば中国文学者の竹内好《たけうちよしみ》以来、福澤は近代主義者のレッテルを貼られている。日本の近代化とは、福澤の路線を走りつづけることであり、『脱亜論』がその証明書であると竹内はいっている。竹内によれば、岡義武など一般的な近代政治思想史では、脱亜入欧の思想が一段落した後、アジア回帰が流行し、その頂点が「大東亜戦争」だと思われている。だがそれは違うのであって、福澤諭吉の思想すなわち脱亜論こそが、一直線に昭和期の大東亜戦争を生みだしたのだ（「日本人のアジア観」）。なぜなら大東亜共栄圏は、じつは帝国主義＝西洋近代への同一化にすぎないのであって、アジアの名を借りた近代＝西洋主義だからだ。竹内は次のように福澤を批判する。

福沢の思想は終始一貫、日本国家の思想の中核となったと私は考えるのである。欧化と国粋は、天秤の皿のごとく、動と反動をくり返して今日に及んでいる日本近代思想史上の主要テーマの一つであるが、流行は多彩であっても、根底の文明観においては、福沢の設定したコースから極端にそれることはなかった（「日本とアジア」）。

ここで「根底の文明観」といっているのは、西洋の近代化を唯一の進歩の手段かつ目標とみなす「文明一元観」のことである。その最大のイデオローグが「偉大な啓蒙家」福澤諭吉であった。福澤存命中から、近代化を唯一とみなす文明史観に反対する、西村茂樹や内村鑑三などの思想家もいた。また後には、強烈な反文明開化主義を唱えた「日本浪曼派」などの思想集団もでてきたのだった。だが、明治国家の思想に筋金をとおし、以後日本国家のお墨付きをえたのは、福澤の「文明一元観」だというのだ。

ここで竹内は、司馬遼太郎とは明らかに違う史観を主張している。司馬は、明治＝リアリズムの時代であり、昭和＝イデオロギーが席巻するという下降史観だった。だが竹内は「文明一元史観」最大のイデオローグ福澤諭吉の思想＝脱亜入欧論が、そのまま一直線に戦争へとつながったと考えているのだ。

竹内からすれば、福澤こそ近代化というイデオロギーを握りしめた思想家なのだ。そして竹内は、西洋文明崇拝＝近代主義＝脱亜論にかわる世界の見方として「アジア主義」に注目したわけだ。「福沢の価値に対置する別の価値をもってしなければ、アジア主義はテーゼとして確立しない」とまでいったのだった（「日本のアジア主義」）。

アジア主義の可能性については、今は置く。問題は、福澤が日本の近代化にあたって、西洋文明だけを唯一の目的とし、肯定した人物なのかということである。この問題意識が、先に丸山眞男・松沢陽弘・子安宣邦らの福澤研究者においても論争の種になっていたことは見てきた通りである。竹内好も同じ問題意識のなかで福澤に否定的な立場にたつわけだ。

しかし、私見では福澤は啓蒙主義者であっても近代主義者ではなかった。確かに福澤は「文明」を讃《たた》えた。しかし西洋文明には明確に限界があり、眼前の西洋も近代社会も全面肯定などできなかった。文明に西洋という文字が付いたとき、福澤はその限界を冷静に見極めるリアリストになる。つまり啓蒙主義者になるのだ。

狼狽する近代人

福澤の近代への懐疑をしるためには、『民情一新』という著作を参照すればよい。『民情一新』で俎《そ》上《じょう》に乗せられているのは、一八〇〇年代半ばから世界を席巻した情報革命と交通機関の発達にほかならない。

この書はきわめて刺激的な示唆に富んでいる。『福翁百話』『福翁百余話』で日々の社交について語っていた福澤は、ここでは海外を事例に、西洋文明が何をもたらすのかを見て取る。リアリストの眼が海外にむけられたとき、映ったのは、情報と交通の革命という巨大な変化であった。一八〇〇年代の半ば過ぎに、電信や郵便技術あるいは鉄道が急速に発達すること、流動性を福澤は「近代」の特徴だと見た。次に、その情報伝達技術の発達が、広範な地域に情報を拡散させ、人びとの心を同一の思想がとらえるさまを見て取った。ヨーロッパから過激な思想が、文明開化と称してロシアにひろがる。

文明開化が次第に進歩してゆけば、人びとは皆あるべき正しい道を見つけ、社会は次第に穏やかに収まるに違いないという意見を、どうかすると学者がいう。だが所詮それは漠然とした妄想であって、なんの証拠もないのだ。今日の社会の発展を文明開化の結果だとすれば、進歩すればするほど社会の混乱はかえってますます激しくなるだけのようだ。人びとはすでに新技術を手に入れている。その勢いがついた人びとから政府の様子をみれば、その時代遅れぶりをみるに堪えないと、見下さざるを得ないのだ。（中略）政府を蔑視し、愚弄し、あるいは敵視して一気に改めさせようとする勢いは、あたかも人びとが政府を制圧するようなものなので、政府側はその圧力に耐えきれず大きく抵抗せねばならなくなる。そして唯一の抵抗の手段は、専制と抑圧があるのみなのだ。（『民情一新』）

もし竹内好のいうように、「文明一元観」に立つならば、文明開化は人びとに安定をもたらすはずである。だがそれは無根拠な妄想であって、事態は逆なのである。文明開化と近代化は、人びとを混乱に陥れるのだ。

さらに福澤はロシアを具体例を参考に西洋文明が日本人をどこへ導くかを描く。いわく、「実につまらない気の小さい者たちが、せせこましく一度尊王のイデオロギーに偏ると、自由を蛇蝎のごとく嫌って文字もみず、逆にいったん自由主義にかぶれると、君主や貴族をみて、自分の肩に担った重荷のように思い、いっぽうで門閥一切を廃止すべきだといえば、片方では民権は一切許可できないという。なんとまあ狼狽のはなはだしいことか。ものごとの極端から極端に移って、まったく他のものを受け入れることができないその様子は、あたかも潔癖症の神経を病んだ人が、つねに汚れを洗い落とそうとしている病と同じなのだ」(『民情一新』)と。

狼狽と潔癖症という福澤のことばに注目すべきである。狼狽と潔癖症こそ、近代人のすがたを最も的確にしめした定義である。自由や平等のための万能薬があると、彼らは信じる。その目から見た現実は、矛盾と不平等に満ちた世界と映るだろう。たしかに矛盾と欠点を許せない義侠心、これは青春の特権だ。だがすべての不平等、あるいはあまりにも微細な矛盾ばかりが目につくのは、神経を病んでいるといっていいのではないか。

社会全体の矛盾について、つねに不平を鳴らし苛立ちつづける人びとが満ちあふれる。平等を徹底する目的のためにつくった制度に逆にがんじがらめにされてしまう。自由をめぐって狼狽、動揺をくりかえす社会は、結局は精神の自由を得られないのだ。

むしろ多少の矛盾と不平等を引きうけてもなお生ききってみせる強さこそ、福澤が求めた文明であった。あるいは人間とはそういう豊饒さと猥雑さを湛えた存在だといってもよい。人間の豊饒さとは、個人においては精神の、社会においては秩序の均衡を保ちつづけることである。

ところが現実の近代は、イデオロギーに殉じる人びとの群れと、一方で「正義」や「真理」の不在に絶望するニヒリストの時代になっている。信じて疑わない人びとと、何も信じることができない人びとの交錯する劇場。これが近代なのである。こういった人間に警戒感をしめす以上、福澤を反近代主義者であるといって間違いないのではないか。少なくも近代に懐疑を抱きつつ伴奏していたことは確実である。だとすれば、福澤の近代への懐疑は、次の文章と通底する危機意識すら持っていたと考える。たとえば『東洋の理想』の中で、岡倉天心は次のようにいっている。

たしかにアジアは、時間を貪り食らう交通機関のはげしい喜びはなにも知らない。だがしかし、アジアは、いまなお、巡礼や行脚僧という、はるかにいっそう深い旅の文化を持っているのである。すなわち、村の主婦にその糧を乞い、あるいは夕暮れの樹下に座して土地の農夫と談笑喫煙するインドの行者こそは、真の旅人だからである。（『東洋の理想』）

竹内好が、福澤に対抗的にだしてくる岡倉天心のアジア主義は、実は福澤が『民情一新』で指摘したのとおなじく、交通機関の発達がもたらす危機感から発せられている。情報――具体的には新聞――の拡散を担う鉄道の発達を福澤も天心も警戒しているのである。

文明とは何か

明治二〇（一八八七）年一〇月、二五歳で東京美術学校幹事となった天心は、日本の文明化の先頭走者であった。よってもちろん、日本をふくむアジアもまた交通機関の波に飲み込まれていることなど知悉していた。だからこそ天心は「アジア」と「美」を、失われつつある理念として持ちだしているのだ。夕暮れの樹下に座す農夫の姿は、今や刻々と失われつつある。天心のアジアと美は、過去からの遺産を言い換えたものである。

そして福澤諭吉もまたおなじだった。もちろん福澤は『脱亜論』のように、アジアとの連帯を説くことはない。しかし福澤と天心は意外に近い場所にいる。なぜなら福澤もまた、天心のように、近代に対抗するための処方箋を過去にもとめているからだ。

たとえば福澤は、皇室の伝統が人びとにあたえる精神的安定を期待した。また武士道の「やせ我慢」によって、近代に対抗しようとした。合理的には説明できない感情に、人間は支配されている。その非合理なものを受け止める度量がなければ、ロシアのように近代の波に飲み込まれ、人間はやせ細り、イデオロギーかニヒリズムに殉じてしまうのである。

福澤にとって皇室や武士の気風は、天心のアジアと美とおなじであろう、かけがえのない遺産なのであって、精神の均衡をはかるための安定剤であった。日清戦争後、三国干渉を批判する論調が国内を席巻する様子を福澤は非難している。思想の左右は関係ないのであって、過激化すること、狼狽すること、つまり自分のなかにある不安を何かで急激に解消しようとすること――これが福澤にとって最も避けるべき課題だった。近代の毒を解毒できるのは、皇室であり武士の気風であると福澤は見ていたである。

ちなみに、福澤が抱いた危機感が世間の表にでてくるのは、大正一〇（一九二一）年の朝日平吾によるテロ事件だと僕は考えている。朝日平吾の鬱屈し、内向した精神が性急に「正義」をもとめた姿は、まさしく福澤が憂慮した近代人の典型だからである。

より図式的にいえば、先の芥川龍之介や小林秀雄、そして晩年の夏目漱石が登場した大正時代に、近代の危機はわが国ではじまったと考える。大正以後、福澤の「独立自尊」は「自我」と名前を変えたえうで、みずからの置きどころをなくし、苛立つ何ものかに決定的に変質するのだ。

それはともかく福澤は、司馬遼太郎が肯定的な評価を下した明治時代の内部に、すでに人びとの心を腐食するイデオロギー殉教者と、ニヒリズムの影を読み取っていたわけである。さらに竹内好の言葉をつかえば、福澤は「文明一元観」の背後に、闇が存在することを確実に知っていたわけである。

だから福澤にとって、近代とは危機であり、近代化＝文明化ではない。近代化とは西洋文明化にすぎない。福澤が強調してやまなかった「文明」は、西洋文明とおなじではないのである。彼が西洋文明を最終目標にしたことなど一度もない。つまり竹内好の批判である「文明一元観」になど立ったことはないのだ。

最後に、その福澤が考える文明とは何かを『民情一新』から引用しておこう。福澤の文明にかんする定義で、これほどまでに明確なものはないのに、なぜかまったく無視され、引用されてこなかった次の文章を見てほしい。

文明とは、あたかも大きな海のようなものだ。大海は細い流れも、大河の流れも、さらに清い水も、濁った水も受け入れ、だからといって海の本質を失わない。それとおなじように文明とは本来、国王も、貴族も、貧民も、金持ちも、良民も、かたくなな民も、みな許容し、清濁剛柔の一切をこのなかに包み込めるはずのもの。これらをみな包み込んでなお、秩序を乱さず、理想とする場所に進んでいけるのが真の文明なのである。（『民情一新』）

福澤から見て、近代人は苛立ちすぎ、不機嫌にすぎ、イデオロギーを抱きしめ青白くやせ細っている。過去も理想もすべてを懐におさめる豊饒で活発な人間像こそ、福澤のもとめた文明なのであった。

参考文献

岡倉天心『東洋の理想』講談社学術文庫、一九八六年
苅部直『「維新革命」への道――「文明」を求めた十九世紀日本』新潮選書、二〇一七年
小室正紀「江戸の思想と福澤諭吉」『福澤諭吉年鑑』第三二号、福澤諭吉協会編、二〇〇五年
子安宣邦『福澤諭吉『文明論之概略』精読』岩波現代文庫、二〇〇五年
司馬遼太郎『「明治」という国家』日本放送出版協会、一九八九年
竹内好「日本とアジア」・「日本のアジア主義」『日本とアジア』ちくま学芸文庫、一九九三年
松沢弘陽『近代日本の形成と西洋経験』岩波書店、一九九三年
丸山眞男『「文明論之概略」を読む』上・中・下、岩波新書、一九八六年
渡辺浩「儒教と福澤諭吉」『福澤諭吉年鑑』第三九号、福澤諭吉協会編、二〇一二年

第五章　グローバル時代の日本人――夏目漱石『門』を読む

1　二つの広野を彷徨《さまよ》う

本当に『門』はつまらないのか

日本の「近代」とは何だろうか。

明治末期、この問いに答えるかのように、いくつかの重要な作品が世に問われた。夏目漱石『門』と石川啄木「時代閉塞の現状」もそうした作品の一例である。いずれも明治四三（一九一〇）年、幸徳秋水ら社会主義者が弾圧された大逆事件と同年に書かれた。『門』は一般に、『こころ』や『行人』に比べ、評価が低い作品である。主人公の宗助が苦悩の末、参禅する有名なくだりは、著作全体の静逸な夫婦生活からするといささか唐突で、構成の破綻を示していると言われる。こうした批判の早い例では、正宗白鳥が、この参禅の部分さえなければ、日常の夫婦生活を描いた作品として評価できると言っている。日本の自然主義文学を代表する白鳥からすれば、平凡な生活、あるいは赤裸々な人間模様こそが描かれるべきであり、「世相を描出」することが小説の使命だとされる。したがって美文の『虞美人草』や、参禅と異常な夫婦の過去を暴露する『門』後半の記述は、否定されるべきなのである。白鳥にとって、言語それ自身の自律した芸術性や技巧性は、余計な装飾にすぎない。「真実」の人間の姿と関係はないからだ。

漱石論で著名な文芸評論家の『門』批判も見ておこう。漱石が執拗に追跡する三角関係に注目した柄谷行人のばあい「この日常には、希望もないが絶望もない。激しいものは何もない。（中略）結局なしくずしのまま老いていくような予感がこの作品にはある。その意味では、参禅もそれほど重々しく受け取る必要はない」（『増補　漱石論集成』）と、白鳥とは別の角度から、参禅には否定的評価をくだしている。

江藤淳になると、『門』への評価はより辛らつになる。江藤は『門』を論じた評論の副題を「罪からの遁走」とつけたうえで、「自己抹殺」をキーワードに作品を評価しようと試みる。江藤によれば、漱石は『門』の前半でしみじみとした夫婦愛の物語を描いたが、次第に過去の三角関係の「罪」が全面にせり出してくる。主人公は、この罪から遁走するために禅門を叩く。「贖罪《しょくざい》を表看板にして円覚寺の山門をくぐった宗助は、実は自己を抹殺して一切の人間的責任を回避しようとした卑劣の徒にすぎない」（『決定版夏目漱石』）。ここで卑劣とまで書いて、宗助を非難するのは、江藤に特有の倫理観があるからである。江藤にとって人間的責任、すなわち社会関係の只中で旺盛に生きることは、どれほど辛いとしても人間の人間たる所以である。したがって参禅し、禅寺という非日常の空間に逃げこんだ宗助は、社会から離脱しつづけているのであって、否定的に評価されねばならない。

だがはたして、『門』は本当につまらない作品なのだろうか。宗助の参禅の是非を語れば、十分に読んだことになるのだろうか。恐らく違う。結論から先に言えば、『門』はグローバル化の時代を描いた作品として読み直されねばならない。グローバル化とは、カネやモノばかりでなく、他ならぬヒトが無限の広野を駆け巡るという意味であり、その人間は「近代」を生きる。とりわけ僕が注目したいのは、二つの広野――宗助の空漠とした内面精神と、宗助の友人・安井が雄飛した中国大陸の広さ――についてである。

ところで『門』は、次のようなやり取りで終わっている。宗助は、ある日曜の午後、四日ぶりの垢を落としに銭湯へ出向いた。そこで二人の中年男性がようやく春らしくなった、鶯の声を聴いたと時候の挨拶を交わしていた。その様子を帰宅後、妻のお米にすると、「ほんとうにありがたいわね。ようやくのこと春になって」と言って、はればれしい眉を張った。だが宗助は縁側で爪を切りながら、「うん、しかしまたじきに冬になるよ」と答えて、下を向いたままハサミを動かし続けるのである。

宗助の答えは、妻の無邪気な喜びをやんわりとひっくり返す皮肉を含んでいる。この静かな逆説は、夫婦間に走る亀裂の象徴であり、この世の問題には一切片付くものなどありはしないという『道草』の結末とおなじである。これはつまり、人間社会全体の「不確実性」を語るものだと言ってよい。結末の直前が「小康はかくして事を好まない夫婦の上に落ちた」と書かれているのは偶然ではない。どんなに穏やかに見える日曜の夫婦の会話にも、それを壊す要素――宗助の皮肉！――が潜んでいるのであって、人間は小康、すなわち一時的な平安の上に生息している生き物にすぎないのである。例えばルネ・デカルトのコギトや真理のような、この世界を支える最終根拠、絶対的かつ普遍的な規準など何もないということを指摘しているのである。

『門』の主題は、崩壊の予兆を抱えた宗助夫婦が、その危機を取り戻し元に還ること、つまり全篇通じて「一切何もない」ことを描いた点にある。普通、僕たちは新しいこと、変化や革新をよいものだと思って生きているし、また小説にドラマを求める。啓蒙主義や進歩主義は、自らが真理へと向かって前進していると信じることで、将来を肯定的に描き出す。小説であれば意外な展開の描写が読者を惹きつける。しかし「変化」とは、本当に肯定だけに満ちた明るい未来を約束するものだろうか。むしろ変化とは、つかの間の秩序が瓦解し、生々しい暴力的世界が露出することであり、例えば大震災で知人が死に、一家族が丸ごとこの世界から霧消することかもしれないではないか。

実際、宗助夫婦は二つのほの暗い予兆に脅かされている。第一に、「家」とそれを支える妻の崩壊の危機であり、第二に、「冒険者」による夫婦の秩序それ自体への挑戦である。

宗助が住む家は、廂《ひさし》に迫る急こう配の崖が縁先からそびえているので、朝から日差しが入らない。いつ崩れるかわからないが、不思議と一度も崩れたことはない。崖の上には家主の坂井が住んでいて、子宝に恵まれ始終活発な子供たちの声が聞こえてくる。たいする閑静な崖下の宗助の家は、周囲が雨でぬかるんでいる。また宗助は、加齢による歯の壊疽《えそ》とほぼ同時に、靴の底が破れて雨水を吸ってしまうことにも気づく。六畳の天井は雨もりで色が変わってしまっている。こうして身体と生活の端々が、少しずつ音もなく崩れていくのだ。

決定的だったのは、流産をくり返し血色の悪いお米が、狭心症を発病した際の出来事である。医者の頓服を飲んでようやくぐっすりと眠りだしたお米を見届け、下級役人である宗助は翌朝出社したものの、仕事は思い通りはかどらない。思い切って午後に休暇をとって帰宅した際の光景を、宗助は次のように描いている。

見ると、お米は依然として寝ていた。枕元の朱塗の盆に散薬の袋とコップがのっていて、そのコップの水が半分残っているところも朝と同じであった。頭を床の間の方へ向けて、左の頬《ほお》と芥《から》子《し》をはった襟元《えりもと》が少し見えるところも朝と同じであった。呼息《いき》よりほかに現実世界と交通のないように思われる深い眠りも朝見たとおりであった。すべてが今朝《けさ》出がけに頭の中へ収めていった光景と少しも変わっていなかった。

この光景は衝撃的である。なぜなら近代化につき進み、すべてが変化してやまないこの時代に、半日ものあいだ、一切が変化しなかったからだ。

明治末期の日本の「現実世界」は、非常に活発な勢いで猛烈に前進している。毎日、宗助が乗る鉄道も、下級役人という所属も、日本の「近代」を象徴している。例えば宗助は、ようやく行った歯医者ですら、近代に出会う。順番待ちの暇つぶしに一冊の雑誌を手にする。明治三一（一八九八）年に創刊された『成功』である。それをめくると、成功の秘訣はなんでも猛進すべきであること、しかしただ猛進していてもだめで、しっかりとした根底の上に立って猛進すべきであると書かれていた。宗助は一度は雑誌を閉じて、成功と自分とは無縁であると考えた。それでも思い直して、もう一度開くと、今度は「風碧落を吹いて浮雲尽き、月東山に上って玉一団」とあるのを読んだ。『禅林句集』にある言葉で、風が大空の浮雲を吹き払うように迷いが晴れ、山の端を照らすさわやかな月のように心が澄みわたるという、禅の悟りの境地を表現した語録である。

石原千秋『漱石と日本の近代（下）』によれば、この一見すると正反対に見える成功談と禅語録は、実はおなじ心象風景からきている。帝国大学出身者などの、エリート階級とは無縁の読者を対象とした『成功』は、自己啓発を特徴とする庶民派の雑誌だった。したがって社会で出世するためには精神の「修養」が必要であり、禅の特集が組まれたのもこのためだった。丸山眞男なら「ア・インテリ」と呼んだ階級に属する人たち、地域の識者として生活を営むこの手の人たちには、禅の修養訓は健全な経営に資するからこそ読まれたのである。さらに、国内での成功が無理な読者へ向けて、満州や朝鮮への海外渡航や移民を奨励したのも、この時代の雑誌の特徴だという。簡単に言えば、宗助が目にした禅語録は、社会的成功を修める者が学ぶべき修養であり、自己啓発の言葉として読まれたはずなのである。

鉄道と同様に、起業者たちにはいささかも前進する近代を疑う視線はない。明治末期の日本は、猛烈な勢いで成功を目指す人を鉄道に乗せて駆けてゆく。それは後に触れる石川啄木が、「富」の世界に熱狂する若者たちに見た性質と同様のものである。

ところが宗助のばあい、自らは成功とは無縁であると感じたからこそ、禅語録に慰謝を感じている。宗助は明治から脱落するために禅に接近する。そして妻のお米もまた喧騒に満ち、あらゆる事象が半日で変化してしまう近代から欠落しようとしている。死の淵でようやく踏み止まる浅い「呼息」だけが、現実世界とお米をつなぎとめる唯一の糸である。家の内部の光景がたった半日だけでも変化しないことは、近代においては死を予感させるほど世の中は動きつづけるのだ。

内部崩壊する「近代」

宗助夫婦はこのとき、明治社会が生みだす「近代システム」からはじき出されかけている。社会関係からの離脱を余儀なくされ、何ものでもない存在に陥りかけている。世間と夫婦を繋ぎとめているのは、雨でじくじくと湿気る靴を履いて、宗助が出かける「役人」という所属先だけである。宗助は否応なしにこの仕事を続けねばならない。なぜなら近代との接点を失えば、宗助もまた御米とおなじ昏睡状態の世界、何ものも変化せず、死んだ湖面のように何者でもない存在に落ち込んでしまうからである。

ここで興味深いのは、崖上に住む坂井家の家族構成である。坂井家の主人のもとを訪れると、人形のための夜具を干し終わった子供たちが、襖の影からこちらをのぞき込んでくる。宗助が彼女らをからかうと、笑い転げた女の子たちがオママゴトをはじめる。西洋の叔母さんごっこをしようと言うのだ。お父さん役はパパであり、お母さんはママと呼ばねばならない。では祖母の西洋の名前は何かしら？恐らくババにちがいない――。

一見すると、坂井家の裕福で子宝にも恵まれた生活は、西洋風の明るさに満ちている。充分に差し込む陽光で包まれた坂井家の家族は、パパ、ママと呼びあう遊びに興じている。だが漱石は坂井家を、「旧幕時代のなんとか守」と名乗った家系であり、この界隈では「いちばん古い門閥家なのだそうである」と書き記るしている。坂井家の主人は宗助夫婦とは反対に、恐らく見合い結婚だったに違いない。旧幕以来の伝統の上にしっかりと足を据えた坂井家の方が、逆に欧風の遊びに興じ、子沢山の明るい雰囲気に包まれていることに注意しなければならない。つまり近代の果実を味わっているのは古い歴史をもつ坂井家の方であり、決して帝大を出た宗助夫婦の方ではない。明治維新以前の時間の堆積によって支えられてはじめて、西洋文明はすんなりと受け入れられているのだ。抱一の屏風絵に興じ、田舎から荷を背負った行商から反物を買い叩く坂井家は、封建時代の富裕層の生活リズムを確実に残している。欧風の生活様式は、坂井家の本質をいささかも脅かしはしない。かりに欧風の遊びを取り上げられたとしても彼らは、何ら揺るぐことなくもとの生活に戻るであろう。しかし宗助夫婦は、この前近代が与える余裕、地盤のようなものがないままに西洋文明を呑み込めと言われているのである。

ここには、「近代とは何か」をめぐる重要な洞察が秘められている。明治維新以降、日本が目指し続ける近代化の末端に宗助夫婦は所属している。宗助は京都帝国大学という官制の人材吸収システムに所属することで、近代人としての道を歩き始めた。だがそこで友人の恋人を奪い、三角関係に陥ることで近代的な恋愛をしたたかに生きた。結果、彼らは親族、友人、社会から倫理的に糾弾され、捨てられることになる。

この時、宗助夫婦は二つの秩序からの離脱を強いられる。第一に、鉄道に象徴される忙しい世の中、未来へむかう近代から捨てられただけではない。第二に、三角関係を糾弾されるとは、因習による倫理から責められ、旧来の人間関係から排除されることを意味するのである。「世間は容赦なく彼らに徳義上の罪をしょわした」と書くときの倫理や因習を、坂井家がいまだに保持している世界観と言いかえてもよい。過去とのつながりを、恋愛によって宗助夫婦は失ったのである。

かくして、未来と過去いずれの所属先から放り出され、夫婦となった二人の間にも溝は残ってしまった。溝を埋めるはずの子宝に恵まれなかったからである。役人という所属では金銭面はもちろん、その金銭が与える家と靴からしても壊れかけていて、夫婦の不安定さを穴埋めすることはできない。いずれにも共通するのは、「不確実性」の上に辛くも夫婦関係が成り立っているという事実だけである。

つまり近代人であるとは、徹底的に個人であること、自己を理解してくれる存在は妻ですらなく自己以外ありえないこと、その自己さえも将来の自己像を予見できない人間のことを指す。周囲は不安で満たされていて、何一つ確実なものは存在しない。周囲や将来だけではない、自己内部にすら確実なもの、絶対的かつ普遍的な真理などあり得ないことを痛切に知ることが、漱石が『門』で描く「近代」の定義なのである。宗助の内面はどこまでもつづく空漠とした広野なのであって、宗助自身がそこを流離うことを強いられているのである。

ところで、以上が宗助自身による内部崩壊だとすれば、第二の危機は、いわば外部から訪れる。三角関係を処理し、傷口がようやく固まりかけた折、突如出現したのが中国大陸からの「冒険者」というキーワードである。

「冒険者」とは何か

宗助は金銭の工面がつかず、大学へ弟の小六をあげる目途が立たず途方にくれていたとき、救いの手を差し伸べてくれたのは坂井家の主人だった。「どうです、私のところへ書生によこしちゃ」と糊口をしのぐ手立てを進めてくれた坂井にもまた弟がいた。その弟について聞いてみると、なんでも相当の学費を工面して大学にあげたにもかかわらず、やくざな仕事についたらしい。気味の悪い予感を覚えつつも、宗助がその後の消息を聞いてみると、主人は卒然、「冒険者《アドベンチュアラー》」という言葉を言い放ったのである。

時代が「日露戦争後まもなく」と設定されていることが重要である。これ以降、第一次大戦で五大国にまで登り詰めるまでの一〇年あまり、日本は国際舞台への拡張基調に染めあげられる。伊藤博文がハルピンで暗殺されたのは、『門』執筆の前年のことだし、小六が満州やハルピンを物騒な場所だ、危険な気がしてならないと言うのにたいし、宗助が「いろいろな人が落ちあっているからね」と肯定的に答えているのも象徴的である。「冒険者」とは、具体的には中国大陸にいる浪人や移民たちの存在であり、坂井家の主人の弟は、その末端の事例である。彼は大いに発展したいという野望を抱き、まずは満州へ渡った。起業を思い立ち、遼河を利用して豆粕大豆を船であげおろしする運送業を展開し、たちまちのうちに失敗してしまうのである。

その後、風の噂によれば彼は蒙古にまで入り込み、うろつきながら牧畜をやってうまく稼いでいるという。この弟が飄然と坂井家の主人のもとに、最近出現したのである。

山師である弟が、蒙古から上京したのには理由があった。兄である主人から、蒙古王のために二万円ほどを借りたい、つまり蒙古の土地を抵当にした借金の申し入れだったのである。主人はこの話の最中、弟には同伴者がいること、その名前は「安井」といい、話を聞くだけなら面白い人物だから、ちょっと今度一緒に飯を喰おうではないかと宗助を誘う。

その安井こそ、宗助夫婦が夫婦になる以前、お米の恋人だった安井のことであった。忘れていた三角関係の罪が、ここでふたたび浮上してきたわけである。

この会話が終わったときの、主人と宗助の対照ほど面白いものはない。「冒険者」の出現にたいし、主人はいささかの動揺も感じていない。飯を喰いながらちょっと話を聞けばよいという主人にとって、蒙古の儲け話は、山中から反物を背負って都会へ出てきた田舎者を馬鹿にしながら、買い叩く際に聞く四方山話とまったく変わらない。生活の根本を揺るがすものはなく、弟は生活に彩りと変化を与える程度の存在にすぎない。冒頭でみた正宗白鳥や柄谷行人が『門』を評して、淡々した宗助夫婦の生活を描いたものだと言ったが、本当の意味で平凡な生活をしているのは、世間の秩序にしっかりと足をくだし、奔流する近代に左右されることのない、坂井家の主人の方なのである。たいする宗助が、このとき安井という名前を聞いて青白くなり、塞ぎこんだのは当然といえば当然である。しかもそれより先に、主人の弟が「冒険者」であると聞いた時点で、宗助が大きな衝撃を受けていた事実に注目した漱石研究者はいない。では、なぜこれほどまで宗助は動揺しているのか。安井の登場以前から、「冒険者」の存在におびえているのはなぜなのか。

それは彼が、もう一つの「近代」に出会っているからに他ならない。宗助が受けた衝撃を示す、次の文章を見てみよう。

坂井が一昨日《おとゝい》の晩、自分の弟《おとと》を評して、一口に「冒険者《アドベンチュアラー》」と言った、その音《おん》が今宗助の耳に高く響き渡った。宗助はこの一語の中に、あらゆる自暴と自棄と、不安と憎悪と、乱倫と悖徳《はいとく》と、盲断と決行とを想像して、これらの一角に触れなければならないほどの坂井の弟と、それと利害をともにすべく満州からいっしょに出て来た安井が、いかなる程度の人物になったかを、頭の中で描いてみた。描かれた画はむろん、冒険者《アドベンチュアラー》の字画の許す範囲で、もっとも強い色彩を帯びたものであった。

日露戦争後の日本は、中国大陸へと躍進するグローバル化の時代だったのだ。「冒険者」はその象徴である。

グローバル化が、なぜ宗助に自暴自棄を誘ったのか。不安と憎悪をイメージさせたのか。また倫理や道徳からの逸脱だと思われたのだろうか。

「冒険者」が、従来の秩序から逸脱しているからだととりあえずは言える。しかしより本質的なのは、彼らが宗助とは正反対の入り口から「近代」に入り込んでいるからだ。宗助夫婦と「冒険者」に共通するのは、「不確実性」ということである。宗助夫婦は、三角関係が原因で世間から追い出され、自ら遁走した存在である。宗助と安井は、京都帝国大学という前進する近代の象徴で出会った。しかし両者ともに、近代的恋愛によって引き裂かれ、近代のレールから逸脱したのである。一人は社会関係一切を絶ち、人間関係を最少人数にまで縮めることで「近代」を発見する。雑誌『成功』に描かれるような立身出世を信じ込んでいる人びとが乗っているレールが近代だとすれば、その裏面を並走する不安と不確実性に押し潰されされているのが、宗助の「近代」なのである。宗助は社会から逃げつづける。内面という広野で移動しつづけ、漠然とした不安につねに脅かされる。世間と自分とのあいだには、つねにズレのようなものがあり、精神は脱臼し、違和感がむしろ常態である。

一方の安井が乗り込んだ「冒険者」の世界は、人間関係を最大化することを目的とする。「いろいろな人が落ちあっているからね」と言うとおり、そこでの人間関係は経済的利害のためのつかの間のものであり、満州から蒙古を目指すような拡張主義一辺倒の起業者集団の世界である。彼は身体ひとつで移動し、流動性をなによりも特徴とする人生を生きる。不確実な未来は、「盲断と決行」のチャンスをうかがう肯定的な時間となる。

安井らの特徴が拡大を目指し、既存の秩序や倫理を一切無視していること、不確実な存在であることに注目すべきである。つまり宗助夫婦と安井は、一見して正反対の世界を生きてきたように見えて、実は、何ら根拠をもたず、不安定な存在であり、二つの広野を――内面と大陸――移動しつづけるタイプの人間なのだ。

先に江藤淳が、宗助を評して「自己抹殺」と言ったのは一面において正確な指摘である。なぜなら宗助は、社会関係から自己の存在を消し去ることによって、爆走する近代から身をかわすからだ。だが江藤が指摘し忘れているのは、宗助にとって移動とは、自己の精神内部で生じている事態だということである、「彼は黒い夜のなかを歩きながら、ただどうかしてこの心からのがれ出たいと思った」。宗助は何ものかに動揺しつづける。彼が暗い夜のなかを歩いていると感じ、「その心がいかにも弱くて落ち付かなくって、不安で不定で」あることを「自己本位」だと言っていることに注目せねばならない。宗助の自己本位は、まったく自己など確立されていないこと、自己の自明性の混乱だけがアイデンティティを形成しているのである。のちに説明するように、おなじ自己本位でも自然主義者のそれとは、性質をまったく異にするのである。

たいする安井は、「自己拡張」の世界を生きようとしていたに違いなく、爆走する近代の上を滑走しつづける。宗助のように神経衰弱になることなく、起業者として国境すら越えてグローバルに移動しつづけるのだ。

よって、こうした種類の人間たちには、「小康」しかあり得ない。宗助夫婦と安井の「近代」は移動中の小休止、「小康」と言いかえることができる。傍らには『成功』を読んで滑走しつづける近代が、奔流のように人びとを押し流している。さらにその流れの中に、坂井家の人びとが悠然と泳いでいて、生活を粛々と営む姿が控えている。

2　虚無とテロリズムのあいだで

自然主義と自己絶対化

ところで、僕は先に、「近代」に悩む者たちには、デカルトのコギトや真理のような世界を支える最終根拠、絶対的かつ普遍的な規準など何もないと指摘しておいた。小康しかあり得ないと書いておいたのである。にもかかわらず、日露戦争後の文学にかんする限り、正反対の事態がおきていた。絶対的基準の役割を僭称する言葉が文壇を席捲していたのである。自然主義がそれである。

『門』で宗助が直面した「近代」と、自然主義のそれを比較するために、次の著作を参照しよう。『文芸にあらわれた日本の近代』の著者・猪木武徳は、漱石の講演「文芸の哲学的基礎」を精密に分析している。漱石によれば、知・情・意をあやつる文芸家は、四つの理想を追求する存在だという。第一に美的理想であり、第二に真理を追究する理想であり、第三に愛と道義への理想であり、最後に荘厳への理想である。漱石が危惧したのは、現代文芸が美や善、愛にたいする理想を失い、さらに荘厳へのあこがれも衰微してしまったことにあった。さらにその結果、第二の真理を重んじすぎる文芸が、文壇を席巻している状況に、漱石は危機感を覚えたのである。

なぜなら西欧文学において真理追求が自然主義文学を生みだしたからだ。漱石が具体例としてヘンリック・イプセンやギ・ド・モーパッサンそしてエミール・ゾラの作品をあげ、その輸入に明け暮れている日本を批判したとき、念頭にあったのはわが国の自然主義のリアリズム、すなわち田山花袋らの小説だったことは確実である。ここで興味深いのは、猪木が明治自然主義の問題を、二〇世紀西洋社会思想史との関連で次のように位置づけている点にある。日本の文学の問題をより広い視野からとらえなおし、西洋哲学の文脈から読み解こうとしているのだ。

例えばアイザィア・バーリンによれば、西洋哲学では一八世紀に、「真」は宗教的真理という意味からデカルト的な確かさに変質したとされている。これは自然科学の発見と勃興に根ざすものであり、方法的確かさに基づけば、外界はもとより人間の内面も、人間自身が独力で、真理を明らかにできるという考え方である。自然は宗教的意味づけのベールを脱ぎ、客観的な対象となり、科学者の観察が、普遍的真理を暴きだす。

それは言いかえれば、「正しい」問いには一つだけの「正しい」答えがあるという確信である。世界には一つだけの真理があるという信念、すなわち「一元論」がここからでてくる。しかも今や神は不在なのだから、人間こそこの世界を一元的に把握する主人公になったわけだ。

これは次のように言いかえることができる。本来、世界であれ人間関係であれ、凹凸があり、偶然に左右される未知のものである。その複雑さと非合理を認めず、人間が把握できることだけを真理とみなす。非合理な世界に合理性でふたをしてしまうのだ。つまり、一元論とは、多様な世界から自己を遮断すること、自己絶対化とおなじ意味なのである。この自然科学の一元論の影響下に西洋の自然主義文学運動ははじまった。つまり自然主義とは、人間中心主義の文学であり、自己絶対化の文学なのだ。

この自然主義と『門』の宗助を比べてみよう。先に江藤淳が宗助のことを「自己抹殺」と呼んだこと、しかしその解釈では不徹底であって、宗助の「自己本位」が不確実性と不安に満たされていたことは指摘したとおりである。内面精神のフロンティアを彷徨し、移動しつづける不安こそ、宗助が発見した「近代」だったはずだ。

にもかかわらず、自然主義は徹底した一元論によって、人間の真実は一つであること、赤裸々な獣性の暴露によって描く人間こそ、普遍的であり真理であると喝破した。自然主義者らが信じて疑わなかったのは、自己自身の過激な経験談の暴露が、そのまま人間の本質であり普遍的だという確信である。真理と呼びかえてももちろん構わない。

自然主義の自己絶対化が、漱石の自己本位と逆の構造をしていることが重要である。漱石の自己本位は、移動と不安定のうえに築かれたあやふやなものであり、小康でしか癒すことのできないものである。たいする自然主義のそれが、いかに自信に満ち溢れ、いささかの懐疑も含まない自己であることか。またその信頼が崩れた際に、相対主義やニヒリズムの奈落に一気に呑み込まれてしまうことか。

石川啄木のニヒリズム

そして明治末期、この課題に真正面から取り組んだ歌人がいた。石川啄木のことである。以下に見るように、啄木もまたその鋭い感受性で自然主義のなかに自己絶対化とその結果である相対主義とニヒリズムを指摘した。そして「近代」とは何かを問いつづけた。

北海道での放浪生活に終止符をうち、啄木が東京を目指したのは明治四一（一九〇八）年のことである。文壇の流行は自然主義に席捲されていて、啄木もまた小説で名を成そうと目論んでいた。ある短文のなかで、啄木は、自然主義の小説は「現実暴露の悲哀」しかもたらさないと言っている。この悲哀には熱意も涙もなく、ただ沈黙があるだけで「虚無」とおなじである。自然主義は人びとを「どうにか成る」「成る様になる」という感覚に導き、一切の積極的な活動を行えない心境に陥れてしまうのである。

啄木によれば、本来、自然主義は強烈な自己絶対化を文学的に表現したものである。世間の倫理や秩序に反抗し、破壊し、その代わりに自己をすべての判断基準に据えた。この強い自負心がある限り、「悲哀」と自然主義はまったく相容れないはずである。

ところが、自然主義が日露戦争後の東京で流行していることが重要なのである。産業が急速度に発達する明治末期は、近代化＝都会化を意味するのであって、都会と地方の格差はどんどん広がっていた。都会は若者を魅惑する一方で、どこかに居場所を見つけだすのが難しい、世知辛い場所でもある。啄木は嘆く。都会に出てきた人間は、田園生活に復帰したいと願うだろう。地方にいる者は都会生活にあこがれるだろう。この矛盾が行きつくところまで行けば、人はもはや思慕すべき一切をもたない存在になってしまうであろう――。

その結果、現代の若者はどうなっているか。彼らは強い自己絶対化などとは無縁の、「現実的」な人間になっているのである。例えば教育機関は、教養を養うような余裕ある場所ではなくなっている。「教育はただ其『今日』に必要なる人物を養成」するために、つまり就職戦線に勝ち残るための技術を提供する場所にすぎなくなった。在学時代から就職先の心配におわれ、しかもその半分は職を得られない。さらにひどくなると、途中で学校をやめてしまい、人生そのものを中途半端にしてしまうのだ――「かくて日本には今『遊民』といふ不思議な階級が漸次其数を増しつつある」（以上、「時代閉塞の現状」）。都会にも地方にも居場所ない「我」が、どうして活き活きとした若者でいられるだろうか。日本の自然主義が行き着いた場所は、西洋のそれのような強烈な自己主張とは正反対の場所、どこにも居場所を見いだせない自滅的傾向をもったニヒリズム集団を生み出したわけである。

啄木のこの時代洞察は、自然主義を論じることで可能となったものである。文学の特徴を論じてきたにもかかわらず、啄木は時代全体を俯瞰した批評家になっている。では明治末期はどのような時代なのだろうか。啄木は、次のような歌をうたうことで、若者たちの心の内奥を描いてみせている。

世界の何処かには何か非常な事がありさうで、そしてそれと自分とは何時まで経つても関係が無ささうに思はれる。（中略）まるで、自分で自分の生命を持余してゐるやうなものだ。

何か面白い事はないか！
それは凡ての人間の心に流れている深い浪漫主義の嘆声だ。（「硝子窓」）

やや遠きものに思ひし
テロリストの悲しき心も――
近づく日のあり。（「悲しき玩具」）

誰そ我に
ピストルにても撃てよかし
伊藤のごとく死にて見せなむ（「一握の砂」）

もちろん伊藤とは、ハルピンで暗殺された伊藤博文のことである。ニヒリズムで閉塞した社会を打破するために、自然主義は無気力から一転してテロリズムへと過激化する。すなわち明治四〇年代の時代状況は、停滞――成る様に成る――に身を委ねる自滅型と、盲目的ヒロイズムと暴力へのあこがれ型――伊藤暗殺――、この相反する二面性に最大の特徴がある。自己収縮と自己肥大が同居する時代なのだ。

そしてこれがまちがいなく、『門』の宗助と安井それぞれの立場に重なってくる心情なのである。

石川啄木と夏目漱石が見たもの

ところで啄木は、日露戦争後を生きている自分たち青年が、「国家」について無関心であると言っている。より正確に言えば、父兄たちの世代の国家への関心と、自分たちの世代のそれは、まったく異なると言うのである。例えば啄木が注目したのは、青年実業家たちにとっての国家である。彼らは日増しに帝国主義で膨張していく国家にたいし、誠に結構なことだと賞賛する。自分たちも経済分野でおなじように対外進出せねばならないと考える。そして次のように叫ぶのだ、「正義だの、人道だのといふ事にはお構ひなしに一生懸命儲けなければならぬ。国の為なんて考へる暇があるものか！」（「時代閉塞の現状」）。

ここには、啄木からみた「近代」が鮮やかに描出されている。啄木世代にとって、国家とはグローバリズムの言いかえだからである。国家がグローバリズムに邁進するかぎりにおいて、我々はそれを阻害する理由をもたない。むしろ国家に同調し、対外的拡張をつづけていくだろう。

この立場には、日清日露両戦争に勝利したことによって、国家目標が達成された後の時代の雰囲気がかかわっている。明治期全体を覆いつくしていた「富国強兵」という目標は、戦勝により植民地化の危機を脱したことで、まず「強兵」への関心を喪失する。次に「国」への興味も後継に退く。国民全体で目指すような高揚感が失われていくからだ。そこで若者に残されたのは「富」、すなわち経済分野での成功と拡張の野望である。青年実業家たちは、自らの野望を阻害しないのであれば、国家が存在すること自体を否定しない。ただし、興味もない。一方で大半の若者は経済的成功とは無縁なまま、都会の片隅で膝を抱えているのだ。啄木もまたそうした都会人のひとりであり、その悲しみを歌うことで慰謝《いしゃ》を得ようとしていたのである。

かくして、自然主義を通して見える、わが国の「近代」とは、次のようになるだろう。グローバル化のなかで、経済的成功と起業を目指す青年実業家たちがいる一方、競争に敗れた若者たちが都会に溢れている。自然主義が陥るニヒリズムは、「正義だの、人道だの」すなわち倫理を放棄した徹底的な利益主義へと若者たちを駆り立てる。巨大な格差を放置したまま、若い「冒険者」たちが経済的「成功」を目指す。一方で自滅的傾向を深めた若者たちは、「何か面白い事はないか！」という溜息をつくだけで何も実行できない。

都会の片隅にうずくまる彼らは、起業をはじめるすべを持たない。身近で手触りある人間関係からも見放され、孤立感を深めた彼らを襲うのは、直情的で自暴自棄な「行動」へのあこがれである。あるいは過激な「行動」への焦燥である。それを言葉にしたのが、啄木の歌なのだ。テロリストへの同情と、伊藤博文のように死んでみたいというギリギリの発言。他人に襲いかかりたい攻撃性と、一方での自滅的孤立感――。

啄木が発見したこの二つの相反する感情こそ、漱石が『門』で描いたことである。宗助の「自己抹殺」とは啄木の自滅的傾向であり、安井の「冒険者」的精神のなれの果てが、テロリストへの羨望につながっているのだ。

だとすれば、啄木と漱石が、この日本の「近代」にたいしどういう戦略で対峙したのかが問われるべきだろう。本書を貫く課題であり、批評が目指すべきもの、すなわち「近代システム」から抜け出す方法とは何かという問題である。

「近代」と「国家」のあいだ

結論から言えば、啄木の方は江藤淳が目指した方向に近く、漱石の方は宗助に参禅をさせることで、それぞれ「近代システム」からの超克を目指したのである。

例えば啄木のばあい、「国家」への健全な興味の回復こそ、自然主義からの脱出方法であった。それはグローバリズムの愛国心とは異なるかたちでの、国家の回復である。啄木は女郎買、姦通の記録ばかり書き散らし、人間の「真」を描いていると自称する自然主義文学を認めない。また面白い事を求める自己破滅的な溜息も、テロを求める性急ないらだちも認めることはない。いずれも国家が不在だからだ。そして次のように宣言することで、評論「時代閉塞の現状」を締めくくるのである――「即ち我々の理想は最早《もはや》『善』や『美』に対する空想である訳はない。一切の空想を峻拒して、其処に残る唯一の真実――『必要』！　これ実に我々が未来に向つて求むべき一切である」と。

この啄木の発言をめぐって、例えば批評家の大澤真幸は次のように言っている。評論「時代閉塞の現状」は、大逆事件進行の最中に書かれた作品である。啄木がこの事件をつうじて発見した敵は、ネーションすなわち国民国家である。個人を拘束するルールや制約には様々な種類がありうるのに、ではなぜ、とりわけネーションに狙いを定めたのだろうか。

大澤によれば、それはネーションに独特の「所属」の仕方にあるという。それは「無名戦士の墓」を分析することでわかる。人は本来、自己で決断し、選択したもののためにしか殉死することはできない。黒人や女性といった生得的性質のために殉死はできないからだ。一方で、フェミニズムやマルクス主義といったイデオロギーのためになら、人は殉死することが可能である。他ならぬ自分が決断し、選択した思想だからだ。ならばなぜ、ネーションの場合のみ「無名戦士の墓」すなわち、特定の個人の選択ではないにもかかわらず、命を捧げる殉死が可能なのだろうか。

以上のように問いを立てたうえで、大澤は、それは僕たちがネーションを「先験的」に「選択」しているからだと言った。言いかえれば、僕たちはまるで自分の意志で決断し、選択したかのように、国家に帰属するということだ。あらかじめ生まれた瞬間から、特定の国家への帰属が決定しているにもかかわらず、「自分は日本人になる」と選択したかのように錯覚する。これが「先験的選択」の意味である。大澤自身の言葉でいえば、「ネーションは、先験的選択を大規模にもたらした、最初の社会形態であった。それ以前は、集団への所属は、先験的非選択（生まれついての地縁的・血縁的共同体への所属等）か経験的選択（結社への参入）かのいずれかに二分されてきた。だが、ネーションにあっては、両者を横断するようなやり方、先験的でありかつ、選択でもあるようなやり方によって、参加が可能になるのだ」（以上、「啄木を通した9・11以降」）。

大澤が主張したいのは、「近代」とは「国家」のことであり、「国家」に閉じ込められた状態こそ、啄木が発見した「時代閉塞の現状」だということである。そして国民国家を否定するために、啄木が出した最終結論が「必要！」という言葉に集約されているというのである。大澤は啄木の「必要！」を必然性と読み替えたうえで、この必然性を徹底的に追及した先に、「偶有性」への気づきが得られるという。偶有性とは、ほかの可能性でもありえたと感じる能力のことであり、この想像力が「国家」という閉鎖空間から僕たちを脱出させてくれる、つまり「近代システム」を超克できるというのだ。

参禅が意味するもの

こうした大澤の「必要！」解釈は、国家の外部にでることを意思した行動である。

しかし、アイザィア・バーリンの主張を参照しながら、自然主義を考察してきた僕には、大澤の議論には決定的な危険が潜んでいると考える。必然性の徹底の先に偶然性が現れ、今、目の前にある国民国家＝「近代」を打破できるという主張は、むしろ逆効果をもたらすと思うからだ。なぜなら、必然性とは、バーリンによれば「一元論」の徹底にほかならず、一元論の徹底はニヒリズムと価値相対主義に陥っていたはずだからだ。すなわち大澤が結論するネーションの「外部」、あるいは偶有性とは、一歩間違えれば確実に自然主義が陥った価値相対主義にはまり込んでしまう。つまり自滅的傾向かテロリズムへのあこがれしか生みださないということだ。

だとすれば、残された道は、改めて宗助の参禅ということになりはしまいか。宗助の参禅とは、いったい何を意味し、何を僕たちに示しているのか。

宗助は、暴走する近代の傍らで、人間関係を拒絶し自己収縮の「近代」を生きていた。しかし、外部からの侵入者・安井が登場することで、自己拡張する「近代」におびやかされもしていた。両者に共通する「不確実性」は、宗助にとっては不安を、安井にはチャンスを与えていた。宗助は不安に耐えられず、安心立命を求めて参禅を決意する。つまり混乱する自己本位から脱出し、小康ではなく、ある確実な何かをわが物にしようとするのである。

しかし混乱はそう容易に解決しなかった。漱石は宗助の苦悩を次のように描く——自分は他者に、苦難に沈む自分の門を開けてもらうつもりで参禅へ向かった。しかし門の向こう側からは、自分ひとりで開けて入ってこいという声だけが聞こえてきた。その手段は頭の中ではわかる。でもそれを「実地にあける力」は持つことができなかった。自分は門の前でただ逡巡するしかなかった。その際自分自身で最も呪ったのは「分別」すなわち、知識を捨てる方法をもたなかったことである。

宗助が参禅で突きつけたれたのは、「知恵」がもつ限界である。この限界を見定めるために、最後に一人の経済学者の言葉を参照して終わることにしよう。F・A・ハイエクの『隷属への道』という著作である。ハイエクはこの書のなかで、人間の知性がもつ限界を、設計主義批判として分析している。では設計主義とは何だろうか。それは人間が世界を合理的に解釈し、その力によって世界を設計できると考えることである。人間がみずからの理性の力を過大評価し、社会や自然環境を思いのままにつくろうとする。これは先に引用したバーリンが一元論と名づけた思考態度とおなじことを指摘している。人間の理性が、非合理で凹凸ある世界を設計するのは傲慢であり、必ず予想外の事態に直面する。このように指摘したハイエクは、代わりに信仰の重要性を訴えた。内心に蠢《うごめ》く不定形なエネルギーは宗教によって安定を得、人間以上の崇高な存在を前にして、謙虚になるのである。

と同時に、経済学者であるハイエクは、市場でモノが自由に取引きされることを肯定する自由主義者でもあった。人間が意識的に市場に介入することを嫌ったハイエクは、市場原理主義のグローバリストでもあったのだ。大きな政府の介入を嫌い、徹底的に自由に、モノが流動することを肯定したからである。

以上のハイエクの議論を参照しつつ、宗助が直面した問題を改めて考えてみよう。すると、宗助は、ハイエクに批判されるほどには知性を信じておらず、しかしハイエクが強調するほど信仰の徒になることもできない。しかも、大陸を流離う安井や啄木の眼の前で活躍する若手起業家は、まさしく明治末期のグローバリストであり、市場原理主義者なのだ。もちろん宗助は彼らから精神的に一番遠い場所にいるわけだ。

「彼は門を通る人ではなかった。また門を通らないですむ人でもなかった」――この『門』の一節からわかるのは、設計主義でも信仰の徒でもなく、また市場経済の自由にも懐疑的な場所に追い込まれた宗助の姿である。この宗助の居場所のなさこそ、僕たち自身の姿を言い当てているのように思える。

日本の「近代」とは、そのシステムの外部に出ることとの困難を、まずは痛切に味わうことのほかにはない。

参考文献

石原千秋『漱石と日本の近代』下、新潮選書、二〇一七年
猪木武徳『文芸にあらわれた日本の近代――社会科学と文学のあいだ』有斐閣、二〇〇四年
江藤淳『決定版　夏目漱石』新潮文庫、一九七九年
大澤真幸『近代日本思想の肖像』講談社学術文庫、二〇一二年
柄谷行人『増補　漱石論集成』平凡社ライブラリー、二〇〇一年
フリードリヒ・アウグスト・フォン・ハイエク『隷属への道』春秋社、一九九二年

終　章　新・代表的日本人

西郷隆盛の影響力

内村鑑三の著作に『代表的日本人』がある。巻頭は西郷隆盛から始まるが、内村の西郷像は、僕におおくの示唆を与えてくれる。内村は、のろまで無邪気な西郷が、おおくの挫折を経験するなかで、自分の内側に閉じ籠りがちであったと指摘する。西郷が成し遂げようとした維新革命は、彼の理想に反して文明開化一色に突き進んでしまった。サムライ精神は無視され、優柔不断となり儒教の道を喪失し、日本人の堕落を招いてしまったのである。打ちひしがれた西郷を救ったのは、「天」の声だったと内村はいう。キリスト教の天と、儒教の天命の思想を重ねつつ、内村は西郷が内向と自閉から脱出し、使命観を帯びた活躍をしたと評価するのである。

ここで僕も新・代表的日本人を西郷隆盛から始めたい。第一の理由は、その影響力の甚大さにある。たとえば東洋のルソーとして名高い中江兆民は、フランス留学から帰国後、献策をするべく島津久光のもとを訪れる。兆民の野心は、自分と西郷隆盛こそが、本来の精神を失った維新革命を、正道に戻すために活躍できるというものだった。隠棲している西郷を国政に復帰させるなど容易なこと、勝海舟と面会させるだけで十分だと兆民はいい放った。その兆民が愛したルソーの民約論を読み、自由民権運動に参加した宮崎八郎は、明治一〇（一八七七）年、西南戦争で決起した時、西郷軍とともに戦死している。だがまさにその時、ある人物が獄中にあって戦死を免れていた。のちに右翼の巨人となる頭山満である。西南の役後、鹿児島の地を訪れた頭山は、そこで地元民から鹿児島の人材は全て刈り取られ、今や不毛の地になったと教えられる。以後、頭山は反藩閥政府の立場から政治活動へとめりこんでゆく。

政治信条でいえば、兆民や宮崎は左派に、頭山は右派に分類できるだろう。だが西郷隆盛という人物のもとに、彼らはおなじ夢を追って合流している。だとすれば、西郷隆盛とはいったい、何を意味するのだろうか。維新革命以後の日本において、西郷の名はどのような響きをもつ存在なのか。

ここに西郷を取りあげる第二の理由がでてくる。内村鑑三にも中江兆民にも頭山満にも共通する思いとは何か。それは維新以来の文明開化が、日本本来の姿を喪失していくことへの違和感である。これを「近代化」の是非といい換えることもできる。文明開化は、確かに日本人を豊かにしただろう。しかし、その「豊かさ」とは、たとえば牛肉を喰うことであり、鉄道や電信で利便性が増すことにすぎない。同時に精神の内部で、大切な何かが崩壊したのではなかろうか。西郷でさえ陥った魂の苦悩に、日本人は以後、悩まされることになりはしまいか。

近代化の毒を、西郷は「天」の声を聞くことで解毒できた。そして日本から正義と道徳的偉大さが失われることを嫌った結果、国を糺《ただ》すために、城山の地で死を選んだのである。つまり、死をもって近代日本に体当りをして異を唱えたのである。ならば僕たちが追いかけるべきは、近代化の是非と、その解毒方法ということになるだろう。新・代表的日本人を、僕はこの観点から選んでいる。柳田國男と伊東静雄、小林秀雄と江藤淳の四名は、それぞれ民俗学徒であり詩人であり批評家である。だが、彼ら人文学の空気を吸う者たちが取り組んだ課題は、西郷隆盛的なものであったといってよい。日本の近代化の毒を、彼らはしたたかに吸いながらも、極めて個性的な文体によって解毒方法を指し示したからだ。

柳田國男と近代の「死」

ではより具体的に、近代とは何だろうか。四人に共通するのは、死への嗅覚である。死を見つめることで、僕たちにとっての近代の意味を明らかにしてくれたのである。

明治三三（一九〇〇）年、東京帝国大学卒業と同時に農商務省に入省した柳田國男は、全国各地をまわりながら雑誌『郷土研究』を刊行、大正時代に入ると関東大震災に触発され、本格的な民俗学研究に取り組んだ。とりわけ柳田民俗学を特徴づけたのが、氏神信仰と常民にまつわる研究である。日本人にとって自らが死ぬことは、家永続の問題と深いかかわりをもっている。家の永続を願うのは、まず何よりも自分自身のためである。死んで霊魂となった自分が、血を分けた者から祀られることが、最大の幸福だと考えられてきたからだ。死後、その霊魂は手厚い供養を受けることで、次第に固有の名前を失い、氏神に吸収されていく。「人は亡くなつて或る年限を過ぎると、それから後は御先祖さま、又はみたま様といふ一つの尊い霊体に、融け込んでしまふ」(『先祖の話』)。

盆や正月には祖霊は山から降りてきて家を訪問する。その祖霊は子孫の幸福と繁栄を願うことで、生者たちと深いかかわりもち、普段は山のうえから見届けている。春には田の神となり五穀豊穣を助け、また村社会の人間関係を円滑なものにしてくれる。

真夏の日差しのなか、蝉時雨の畦道《あぜみち》にたたずみながら、僕たちはふと、死者が傍らにいることを感じないだろうか。それは山から降りてきたばかりの祖霊なのではないか。山から村へ盆道を通って迎えられる氏神は、子孫に幸福をもたらしてもくれるのだ。鍛冶屋や桶屋、マタギなど漂泊者にたいして、定住しおなじ信仰と生活リズムを刻む農民たちを、柳田は常民として描き出した。

たとえば以上の氏神信仰を、浄土教信仰の生者と死者の関係と比較してみるとよい。浄土教では死者の霊魂が留まることは怨霊そのほか生者の社会を危うくする状態である。供養された霊魂は、遥か彼方の西方浄土へと向かうことで、社会秩序は保たれると考えるわけである。

この浄土教と比較した時、氏神信仰の、なんと生者と死者の距離が近いことか。死者が常に子孫の繁栄を願い、見届けている以上、家は存続し続けねばならない。個人はこの使命を果たすために、宿命のうえを歩まねばならない。

だが柳田が死について考え始めた明治末期の現実は、日清日露戦争を経て、日本が急速に工業化し、都市部へ人口が移動した時代だった。それは家と村から個人を解き放ち、自由を与えてくれたことだろう。田舎に住んでいれば当然であった、岡の麓に住み、川沿いに田んぼをつくる生活は消滅していく。それは自分の意思を超えた先祖の願い、家繁栄の願いを受け止めること、宿命を引き受ける常民の生き方の消滅を意味するのだ。柳田はそれを強い言葉で「家の自殺」とまでいった。未来にいたはずの子孫の声なき声を、絞め殺したからである。

だとすれば、子孫を殺めてまで自由を謳歌した個人は、いったいどうなるのだろうか。突出した個人こそ、近代の毒そのものではなかったか。

恐らく伊東静雄の言葉は、近代の毒の結晶体である。煌《きら》めきはあまりにも魅惑的なもので、そう感じれば感じる程、僕たち自身が近代に冒されているという証明でもある。詩が死に直結していることを、静雄の作品は教えてくれるからである。たとえば室生犀星の著名な「ふるさとは　遠きにありて思ふもの　そしてやさしく　うたふもの」という言葉には、回帰すべき故郷への信頼が溢れている。だが静雄にとって故郷とは憎悪の対象であり、強いられて思い出し、還ることを逡巡させる場所に他ならなかった。しかも伊東の魂は、流れ着いた近代都市の雑踏の中にも、空虚のにおいを嗅ぎ分けてしまう。つまり、どこにも居場所をもつことができないのだ。故郷の家を捨てた時、伊東は古典的時間を失っている。死者とのつながりは奪われ、死は自分だけのものになる。

ここからわかるのは、近代とは、救済をあらかじめはく奪された人間たちの群れであり、精神は安堵する場所をもたず、救済されることもない。魂として「宙づり」だということである。何ものにも束縛されないことは、自由とは逆の不安しか与えてくれない。個人とは、悲しく抒情する存在にすぎないのだ。静雄の実際の詩作品で見てみよう。「水中花」には、日本の近代詩がたどり着いた、孤高の精神の極北が刻まれていると思うからだ――。

今歳水無月のなどかくは美しき。
軒端を見れば息吹のごとく
萌えいでにける釣りしのぶ。
忍ぶべき昔はなくて
何をか吾の嘆きてあらむ。
六月の夜と昼のあはひに
万象のこれは自ら光る明るさの時刻。
遂ひ逢はさしり人の面影
一茎の葵の花の前に立て。
堪へがたければわれ空に投げうつ水中花。
金魚の影もそこに閃きつ。
すべてのものは吾にむかひて
死ねといふ、
わが水無月のなどかくはうつくしき。（「水中花」）

都会の片隅の祭りで購入した水中花を、家に持ち帰った。賑々《にぎにぎ》しかった雑踏は、しかし、どこか寂しさを感じさせもした。追憶するもの一切を持たない私は、ただただ出所不明の虚無感に嘆息《たんそく》している。しかし初夏は途方もなく美しく、白昼の夥《おびただ》しいひかりが森閑とした空虚さを強調している。葵の前に立ち、昨夜買い求めた水中花を投げ上げてみればよ。金魚のように煌めきながら、花開いた水中花を見あげるとき、空虚さに満ちたすべてのものが、私に向かって、今、美しく死ねと命じるのである――。

この死への誘惑が、戦時中、柳田國男が都市と農村の問題について書いた頃であることに注目すべきだろう。柳田は消えゆく死者との関係を凝視している。一方の静雄は、来るべき死の美しさに吸い寄せられているのだ。

ここにはドイツ・ロマン主義につうじる死への憧れがある。ノヴァーリスやライナー・マリア・リルケといった詩人が謳い、ニーチェが警戒とともに定義したロマン主義者とは、現実に激しく傷つき、生きることに苦悩する者たちのことである。彼らは休息と静寂、芸術による自己救済を求めてしまう。あるいはまた、一時的な陶酔と痙攣、麻痺と錯乱に没我の境地を求めてしまう。そして最終的に「宙づり」の状態から抜け出すために、究極の静寂である自死にみずからを委ねるというのである。その影響を受けながら、日本近代の毒は、静雄によって言葉の結晶体となった。

小林秀雄と江藤淳の自意識

浮遊し分裂する個人を、最も深く生きたのは小林秀雄と江藤淳である。小林の「一つの脳髄」という評論には、前年の関東大震災で露出した赤い山肌の生々しさと、黄色い地層に異様な違和感を覚えた告白が書かれている。また蒸気船のなかで、周囲の者たちと同調して揺れ動く自身の身体への困惑を書き記している。さらには、眼の前を過ぎていく荷車や犬、通行人たちが次々と眼に飛び込んできて重い疲労感に襲われる――「電柱が通ると落書や広告を読む。私は苛々して非常な努力で四角なセルロイドから目を離した」。具体的事例を列挙しながら、青年小林が描きたかったのは、自己という存在の危うさに他ならない。

普通、僕たちは、自己の存在の自明性を疑わない。あらゆる価値判断の基準は自己にあると思うからこそ、自由の主張は成立する。明治末期に文壇を席捲した自然主義文学は、こうした素朴で牧歌的な自己主張であった。周囲には権威や権力がある。彼らはこうした存在を否定し、あらゆる関係性から離脱した時、自由な自己が生まれると考える。赤裸々な性的描写や不倫を好んで描くことは、真実の人間性に肉薄するためなのである。

この自然主義文学の秩序解体論は、権威の存在を自明視している。しかし小林秀雄にとって、この世界は自然主義者とは正反対に見えたのである。日本社会はすでに十分に解体しているのであって、自明の権威もルールも存在しない混乱した状態にある。秩序を前提してこそ、批判もできる。そこに自己の生きている感触、反抗心による生の充実感もあるのだろう。だが、青年期にすでにこの種の自由を奪われていた小林にとって、世界には確実な秩序など一つも存在しなかった。当然、世界に位置づけるべき自己の存在も不定形なものとなる。目の前の物事を位置づけ、批評し、善悪の序列をつける基準を、自分自身のなかにもつことなどできない。だからこそ、世界は赤肌の土砂のように生々しく不気味だったし、あらゆる物が脳内に侵入してくるのを抑えられないのだ。

これは、究極の相対主義の状態を生きているという意味である。近代の毒は、小林によって「自意識」と定義されたといわれている。それは相対主義の波に呑み込まれて、翻弄され、疲弊した自己のことである。確固とした基準を内側に持たずとも、人は自意識過剰になることができる。僕たちは何ひとつ、現実に対して決定することができない。柳田國男が描いた氏神信仰の世界であれば、先祖代々の家を継承し、未来の子孫のために引き継ぐ役割を果たすことが、自己の存在証明であり、よい人生の判断基準となった。それは自己が歴史という時間に充たされているという意味である。だが時間を失った今、小林の自意識はその瞬間瞬間の刺激に翻弄されつづける以外にない。犬がくれば犬を見、広告の文字が頭に飛び込んでくればそれを拒絶することができない。

伊東静雄と小林秀雄を噛み殺そうとした近代の毒を、「虚無」と「自然」という言葉によって、正確につかんで見せたのが江藤淳である。江藤は長編評論『小林秀雄』のなかで、小林を分析しつくすことに成功している。小林の内面には深く暗い夜の世界がひらけていて、自殺者は虚無のなかに意識を抹殺しようとするという。さらに、虚空に根をおろす人間存在を最もよく理解していたのが小林なのだともいう。興味深いのは、こうした実存的危機を描くなかで、江藤が小林に、ではいったい、どのような救済方法が残されているのかを問い詰めたことだ。

つまり、僕の関心にひきつけていえば、近代からの解毒剤は何かと問いただしているのである。

小林の答えは自然であった。江藤によれば、小林による虚無からの脱出方法は、太平洋の青い空と、紺碧の海水、すなわち自然にしかない。「第二章 「近代」の超克――江藤淳論」で引用した文章の一部にはこう書かれていた――「この個性が自己検証の果てに『自然』のイメイジを発見したということは、おそらく彼一個の問題を越えて、日本の近代全体に関係している」。これが西洋近代であれば、パスカルのように神による救済をまずは思いつくであろう。しかしキリスト教の神が不在の日本において、近代の毒にあてられた僕たちは、自然に身を委ねることにしか、救いはない。このように江藤は、小林秀雄の批評作品を読み込んだわけである。

この自然の発見を、伊東静雄の「すべてのものは吾にむかひて／死ねといふ、／わが水無月のなどかくはうつくしき」という絶唱と比較してみるがよい。これは偶然の一致の域を超えてしまっている。日本人が死者との共同性を手放し、孤立した死に直面させられた時、現れたのは美しい自然であった。

歴史に参加する

ここで時代全体を俯瞰してみよう。伊東静雄が死を意識し、小林が自意識と悪戦苦闘した大正末期から昭和初期は、近代の危機が様々な領域で叫ばれた時代であった。昭和四（一九二九）年の世界大恐慌は、資本主義の限界をあらわにした。第一次世界大戦後、ドイツで採用された議会制民主主義は、昭和八（一九三三）年のヒトラー登場によって、わずか一四年間で破綻する。日本が国際連盟を脱退したのも同年のことだ。以後、日本は欧米の国際秩序にアジア主義をもって挑戦していく。

つまり近代社会を支える資本主義・民主主義・国際秩序のすべてが行き詰まりをみせていたのだ。この暗い時代が、日本の詩人に繊細な言葉を紡ぐことを強いた。また小林秀雄という批評家に、相対主義の極北を生きることの辛さを教えた。わかりやすい解決方法は、小林の周囲にもたくさん登場していた。とりわけマルクス主義文学は、その強烈な正義観と世界観で、近代の解毒が可能であると主張したのだった。だが小林は、これを拒絶した。近代の解毒は唯物史観ではなく、ある人物の歴史観と死生観をしることによって、可能だと説いたのである。

昭和一六（一九四一）年『改造』に掲載された「歴史と文学」で、小林は芥川龍之介と乃木希典の自死をめぐって、次のようにいっている。芥川は小説「将軍」で、世間で英雄視されている乃木を戯画的に描き、乃木の凡庸な人間性を暴露しようと試みている。乃木の英雄性を揶揄したのちに、最後の場面で青白い文学青年を登場させたうえで、将軍の自殺した気持などは前時代的なものにすぎない。新しい時代を生きる我々青年には、乃木が自殺する前に記念写真を撮った理由を理解することはできない。先日、友人が自殺したが、彼には写真を撮るような余裕はどこにもなかった。こうした自死こそが本当の死であり、真実なのだ、このように乃木を皮肉らせたのである。

小林は若いころに読んだ「将軍」の読後感と、戦争の渦中にあり、「近代システム」が危機に陥った今では、全く異なる読後感を得たという。いうまでもなく、乃木将軍は西郷隆盛との間で戦われた西南戦争に官軍として参加し、植木口の戦いで軍旗を奪われる失態を犯した。天皇と国家に対する不忠を自覚した乃木は、以後、常に死に場所を求めて転戦していたといってよい。明治が生んだこうした強烈な理想家にとって、自殺とは、大願成就にほかならず、記念撮影はおろか、何をする余裕だってあったに違いないのだ。文学青年のように、自意識に噛み殺され、余裕なく命を絶つことなどあり得ようか。またもっと大事なことは、乃木の自死と青年のそれを見て、なぜ文学青年の方が人間らしく正しいと思うのだろうか。事実は逆ではないのか――「余裕のない方が、人間らしいなどといふのは、まことに不思議な考え方である。（中略）こういう考え方が、先ず思い付きとして文学のうちに現れ、それが次第に人々の心に沁み拡り（中略）一種の心理地帯が、世間に拡って了ったという事でありますし」。

小林が確信をもって語っているのは、伊東静雄とともに小林自身を襲っていた自死の論理の完全な否定である。深刻な顔をして自己の内面を描写するよりも、乃木の英雄的行為がもつ健やかさにこそ、描くべき人間がある。尊敬や共感や愛情が、人間を生き生きと描くことを許すのだ。それは英雄にたいし心を開き、尊敬すること、つまり歴史に参加することに他ならない。この時、小林は、柳田國男とは異なる方法で過去を奪還している。虚無と虚空でしかなかった自己のなかに、歴史という時間を注ぎ込み、日本文化によって真っ白だったキャンバスに色彩を施していくのだ。

目下、令和六（二〇二四）年の世界は、欧米の価値観が挑戦を受け、資本主義は格差を生み、自由と民主主義は自明のものではなくなっている。政治経済外交の「近代システム」が危機に瀕し、「閉塞」しているのは、彼らの時代とおなじなのだ。ならば精神の危機について、おなじ水準の言葉は書かれているだろうか。今、僕たちがなすべきことは、まずなによりも日本語への繊細な感受性を取り戻すこと、批評の言葉の清水を心に降り注ぐことではないだろうか。

僕たちのなかから、六人目の新・代表的日本人が登場せねばならない。

参考文献

伊東静雄「水中花」、『定本　伊東静雄全集　全一巻』所収。人文書院、一九七一年
内村鑑三『代表的日本人』岩波文庫、一九九五年
江藤淳「小林秀雄」『江藤淳著作集　3』所収。講談社、一九六七年
小林秀雄「一ツの脳髄」『小林秀雄全作品　1』所収。新潮社、二〇〇二年
小林秀雄「歴史と文学」『小林秀雄全作品　13』所収。新潮社、二〇〇三年
西郷隆盛『新版　南洲翁遺訓』角川ソフィア文庫、二〇一七年
柳田國男「先祖の話」『柳田國男全集　13』ちくま文庫、一九九〇年

初出一覧

・批評回帰宣言――序にかえて　書きおろし
・第一章　「天皇と人間――坂口安吾と和辻哲郎」『新潮』令和元（二〇一九）年六月号、一四七―一八〇頁。
・第二章　「家族と敗戦――江藤淳論」『新潮』令和三（二〇二一）年二月号、八五―一一六頁。
・第三章　「解説　中江兆民入門――外交を中心に」、中江兆民著、先崎彰容訳・解説『三酔人経綸問答』（ビギナーズ　日本の思想）、KADOKAWA、令和元（二〇一九）年。
・第四章　「解説　人間・この豊饒なるもの　福澤諭吉論」、福澤諭吉著、先崎彰容全訳『文明論之概略』（ビギナーズ　日本の思想）、KADOKAWA、平成二九（二〇一七）年。
・第五章　「宗助はなぜ参禅したのか――日本近代における『門』」『ひらく』第六号、令和元（二〇二一）年一二月、九四―一〇四頁。
・終　章　「死をみつめる（創刊一〇〇周年決定版　現代の知性二四人が選ぶ　代表的日本人一〇〇人」『文藝春秋』令和五（二〇二三）年八月号、二七二―二七九頁。

あとがき

昨今のロシア情勢やイスラエルの緊張を饒舌に語る立場に僕はいない。

批評が最も遠くから時代と接する営みだとして、僕にできることは、近代と日本をめぐる三部作を書いて、粗雑な日本語が飛び交う日常に抗すること位であった。三部作とは、江戸期の国学者・本居宣長を論じた『本居宣長――「もののあはれ」と「日本」の発見』（新潮選書）を書くことであり、引きつづき本書を世に問うたことであり、そして『私の富国強兵論』を新書として出版しようと予定していることを指す。本居宣長とは、『古事記伝』で知られる古典学者であり、おおくの歌論と源氏物語論を残した人物である。宣長を勉強していると、江戸時代をはるかに超えた日本古典の生成期にまで遡らねばならない。そこからわかるのは、わが国は絶えず到来する大陸の制度文物への対応に追われてきた歴史である。一見、時代から超然としてみえる言葉の世界こそ、政治外交が強いる緊張を最もするどく受け止めている。日本の歴史を広く俯瞰してみると、いつの時代も「近代」とおなじような事態が起きていることがわかる。『本居宣長』は、いわば日本が国家として課された条件を、言葉の世界で描いてみたいという僕の批評精神が書かせた作品である。

そして本書は、「近代」を、僕たちに最も馴染み深い明治時代以降の西洋の衝撃から描いたものである。一八六八（明治元）年以降の一五〇年あまりの間に、日本語はさまざまな試練を経験してきた。流行の最先端に乗るよりも、時代に違和感をもち、その感受性を言葉にして、時代を描くことができるものは稀である。本書に登場した福澤諭吉・中江兆民・夏目漱石・和辻哲郎・坂口安吾・江藤淳は、まぎれもない批評家である。時代をするどくえぐり言葉にしたが、誰にも群れないその孤立した姿は、批評家そのものである。そして近刊予定の『私の富国強兵論』は、日本古典生成期から明治一五〇年を経由し、日本の「近代」をつかんだ僕自身が、令和の現代日本社会をどう診るべきかを示した試論的時事評論ということになる。

つまり僕は時代を自由に往還し、居場所を固定せずにものを書く。今後も現在から「遠い場所」で、言葉を紡ぎつづけようと思う。それこそが、自分が生きている時代を、最も克明に描けていると思うから。

令和六年五月

先崎　彰容

人名索引

あ　行

か　行

さ　行

た　行

な　行

は　行

ま　行

や　行

わ　行

事項索引

あ 行

か 行

さ 行

た　行

な　行

は　行

ま　行

や　行

ら　行

《著者紹介》

先崎彰容（せんざき・あきなか）

1975年，東京都生まれ。東京大学文学部倫理学科卒業。東北大学大学院日本思想史博士課程単位取得終了（文学博士）。現在，日本大学危機管理学部教授。著書に『ナショナリズムの復権』（ちくま新書，2013年），『未完の西郷隆盛』（新潮選書，2017年），『維新と敗戦――学びなおし近代日本思想史』（晶文社，2018年），『本居宣長――「もののあはれ」と「日本」の発見』（新潮選書，2024年）ほか。

批評回帰宣言

――安吾と漱石、そして江藤淳――

2024年8月31日　初版第1刷発行　〈検印省略〉

定価はカバーに
表示しています

著　者　先崎彰容

発行者　杉田啓三

印刷者　坂本喜杏

発行所　株式会社　ミネルヴァ書房

607-8494　京都市山科区日ノ岡堤谷町1
電話代表（075）581-5191
振替口座　01020-0-8076

冨山房インターナショナル・新生製本

ISBN 978-4-623-09623-7

Printed in Japan